ANDREAS SCHRÖFL
Pfaffensud

HEILIGER SANKTUS »Ich müsst schnell zum Pieseln«, meint der Graffiti noch kurz bevor die Firmung von Sanktus Tochter Martina beginnt. Sanktus, der ihm kurze Zeit später folgt, überrascht seinen Freund in einem Handgemenge mit einem Geistlichen in den Waschräumen des Pfarrheims – der Abt, der die Firmung durchführt, wie sich später herausstellt. Nach der heiligen Messe wird Abt Philipp tot in der Sakristei aufgefunden, neben ihm eine blutige Monstranz sowie der Graffiti, der in der blutverschmierten Hand eine Karte mit dem Abbild Luzifers hält. Ist der Graffiti, bekennender Atheist, der Mörder, oder ist das ein weiteres Werk des Unbekannten mit der Luzifermaske, der in Internetbotschaften die Verfehlungen von Geistlichen, die Missbrauchsdelikte und die stockenden Diskussionen um den Zölibat und die Liberalisierung der Kirche anprangert? Pfarrer Remigius Hintermeier und sein afrikanischer Kollege Joseph »Sepp« Mbewu bitten den Sanktus bei der Aufklärung um Hilfe. Für den Sanktus ist der Fall die Chance von daheim Reißaus zu nehmen. Seine Frau Kathi hat nämlich Besuch aus Dresden.

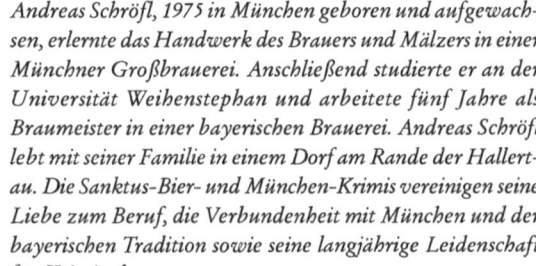

© Max Werkmeister, Freising

Andreas Schröfl, 1975 in München geboren und aufgewachsen, erlernte das Handwerk des Brauers und Mälzers in einer Münchner Großbrauerei. Anschließend studierte er an der Universität Weihenstephan und arbeitete fünf Jahre als Braumeister in einer bayerischen Brauerei. Andreas Schröfl lebt mit seiner Familie in einem Dorf am Rande der Hallertau. Die Sanktus-Bier- und München-Krimis vereinigen seine Liebe zum Beruf, die Verbundenheit mit München und der bayerischen Tradition sowie seine langjährige Leidenschaft für Kriminalromane.

ANDREAS SCHRÖFL

Pfaffensud

Bier-Krimi

GMEINER

Immer informiert

Spannung pur – mit unserem Newsletter informieren wir Sie
regelmäßig über Wissenswertes aus unserer Bücherwelt.

Gefällt mir!

Facebook: @Gmeiner.Verlag
Instagram: @gmeinerverlag
Twitter: @GmeinerVerlag

MIX
Papier aus verantwor-
tungsvollen Quellen
FSC® C083411

Besuchen Sie uns im Internet:
www.gmeiner-verlag.de

© 2021 – Gmeiner-Verlag GmbH
Im Ehnried 5, 88605 Meßkirch
Telefon 0 75 75 / 20 95 - 0
info@gmeiner-verlag.de
Alle Rechte vorbehalten
1. Auflage 2021

Lektorat: Claudia Senghaas, Kirchardt
Herstellung: Mirjam Hecht
Umschlaggestaltung: U.O.R.G. Lutz Eberle, Stuttgart
unter Verwendung eines Fotos von: © ffphoto / stock.adobe.com
und © fotoduets / stock.adobe.com
Druck: CPI books GmbH, Leck
Printed in Germany
ISBN 978-3-8392-2851-7

Er, der HERR, dein Gott, wird diese Leute ausrotten vor dir, einzeln nacheinander ...

(5. Mose 7,22)

PERSONENVERZEICHNIS

Alfred Sanktjohanser, der »Sanktus«, Bierbrauer und Hobbydetektiv

Familie:
Kathi, seine Frau, Programmiererin, ruhender Gegenpol zu ihrem Mann
Martina, Kathis Tochter, schwierig, da in der Pubertät
Schorschi, Sanktus' und Kathis Sohn, der einzig Vernünftige
Anna, Sanktus' große Schwester und Mutterersatz
Jean-Pierre, »Hannes«, ihr Lebensgefährte, Autohändler, zünftig, trinkfreudig
Der alte Sanktjohanser, Sanktus' Vater, Familienoberhaupt, oft anstrengend

Sanktus' Freunde und Ermittler:
Quirin Himsl, der »Graffiti«, Sanktus' Jugendfreund und zwielichtiger Geschäftsmann, sehr gutaussehend, Bazi
Schlauch-Gernot, Bierbrauer im Gärkeller, cholerisch
Malte Rosen, der »Piefke«, Biersieder im Sudhaus, Erbsenzähler
Giovanni, Hilfskraft im Lagerkeller, aufbrausend
Helmut Ehrensberger, Brauer im Flaschenkeller, ruhig, besonnen
Bhuphinder Singh, Inder, Wirt und Koch im Stammlokal ›Neue Kirche‹, katastrophaler Autofahrer
Ashwini, seine Nichte, Bedienung in der ›Neuen Kirche‹, trägt Sari, Schönheit

Hanspeter Häberle, Mitinhaber der ›Haidhauser Bierwerkel‹, Bierbrauer, gemütlicher Schwabe

Die Polizei:
Bine Schranner, junge Kommissarin, hat alles im Griff
Rudi Bergmann, amtierender Kommissar, Franke, alter Freund von Sanktus, Pfundskerl
Charlie Burgmaier, Polizist, Sanktus' langjähriger Feind
Lenz Hofer, Polizist, Handlager des Burgmaiers

Pfarrer:
Pfarrer Remigius Hintermeier, Pfarrer Sankt Johann Baptist, Bekannter von Sanktus, fortschrittlich und dynamisch
Pater Joseph Mbewu, Pfarrer aus Südafrika, Freund Hintermeiers, zünftig
Abt Philipp, Engelbert Praetorius, Abt vom Berg
Pfarrer Maximilian Aust, Münchner Pfarrer
Pfarrer Edmund Siebler, Münchner Pfarrer
Rosina Muxeneder, Pfarrsekretärin
Gregor, Oberministrant Sankt Johann Baptist

Graffitis Handlanger
Murat, Nikos, Pröbstl, Binser, Skywalker, Gump, Ganswürger, Wast

Weitere
Birthe Dombrowski, Kathis Freundin aus Dresden, rotes Tuch für den Sanktus
Manu Schmiedinger, Graffitis große Jugendliebe
Lily Pfisterer, Bekannte aus Graffitis Jugendzeit
Sandy, doof

PROLOG

Pfarrer Matthias Zechbauer wachte am späten Abend auf seiner Chaiselongue auf, und sein Schädel drohte zu zerplatzen. Er grunzte einen letzten lauten Schnarcher, bevor er die Augen öffnete und sich umsah. Sodbrennen, war sein einziger Gedanke.

Er wuchtete seinen adipösen Körper von der Liege hoch und schleppte sich torkelnd ins Bad seiner Pfarrwohnung. Keuchend öffnete er den *Allibert*, um eine Natrontablette aus einer Dose herauszupfriemeln. Mit seinen dicken Fingern war das gar nicht so einfach.

Er schluckte die Tablette gierig mit einem großen Schluck Wasser hinunter und schickte gleich noch zwei Kopfwehtabletten hinterher. Sofort wurde das Brennen gelindert, und ein satter Rülpser stieg aus der Speiseröhre hoch. Die Magensäure war neutralisiert, und er war wieder halbwegs hergestellt. Er bespritzte sein Gesicht kurz mit Wasser und fuhr mit den feuchten Händen durch seinen spärlichen Haarkranz. Haareschneiden war auch wieder einmal angesagt Aber für wen? Die alten Weiber in der ersten Reihe würden ihm auch so bei seinen unmotivierten Predigten zuhören.

Nun erst bemerkte er seinen furchtbaren Durst. Was würde er nun für eine Weißweinschorle geben? Haus und Hof? Ein Königreich? Seine Seele? Allein der Gedanke an das prickelnde kühle Nass mit dem säuerlichen Geschmack ließ ihm das Wasser im Mund zusammenlaufen. Ein Fall für eine weitere Natrontablette.

Er öffnete den Kühlschrank, rülpste noch einmal, aber weit und breit kein Chardonnay, kein Veltliner noch sonst eine Rebsorte zu entdecken. Aber eines war klar: Ohne Gute-Nacht-Schluck würde er keinen Schlaf finden und sich ewig im Bett wälzen. Am nächsten Tag würde er total verkatert und zerstört aufwachen, und die Frühmesse würde eine Tortur für ihn darstellen. Solche neumodischen Sachen wie das Wiederaufleben einer Roratemesse, die gefühlt mitten in der Nacht stattfand, lehnte er aus diesem Grund völlig ab.

Missmutig schloss er den Kühlschrank und streifte seine Soutane über, die zwar über seinem Ranzen spannte, aber selbst zu solch einer späten Stunde hätte er sich nicht im Bademantel in die Sakristei getraut. Auch wenn er lediglich eine Flasche Messwein holen wollte.

In diesem Moment fiel ihm ein, dass er den Ministrantenstammtisch wieder einmal vergessen hatte. Also eher verschlafen, aber der anstrengende Tag eines Geistlichen mit Weißwurstfrühstück im Kreis seiner Kollegen und ein opulentes Mittagessen mit dem CSU-Ortsverband hinterließen Spuren. Dazu kamen Kaffee und Kuchen beim Tanztee im Pfarrsaal mit den älteren Damen. Anschließend ein paar Halbe im Bierstüberl gegenüber. Da kannst du einen Stammtisch schon mal versäumen.

Er zog seine Hose unter dem Pfarrersgewand hoch und merkte, dass der Gürtel trotz des neu hinzugefügten zusätzlichen Lochs schon wieder zu eng war. Missmutig schloss er ihn trotzdem. Ab morgen würde er eine Diät anfangen.

Er öffnete die Tür, die vom Pfarrheim zu Kirche führte, und wollte sich im spärlich beleuchteten Gotteshaus zur Sakristeitür schleichen, doch schon als er in den Altarraum trat, kam ihm etwas anders vor als sonst. Von rechts, aus dem hintersten Teil der Kirche, wo sich der Hochaltar befand, konnte er einen flackernden Lichtschein ausmachen und zischende Geräusche vernehmen.

Pfarrer Zechbauer schritt zögerlich aus der Tür und schwenkte in diese Richtung.

Vor dem Altar, der ganz an der hinteren Wand der Kirche erbaut war, war eine Leiter aufgestellt worden, die von einer schwarzen Gestalt gesichert wurde. Oben auf der Leiter stand eine weitere Gestalt, die dabei war, die weiße Wand über dem Altar mit Farbe zu besprühen.

Wehe denen, die sich früh am Morgen aufmachen, um Rauschtrank nachzujagen, die bis spät am Abend bleiben, dass der Wein sie erhitze! Zither und Harfe, Tamburin und Flöte und Wein gehören zu ihrem Gelage. Aber auf das Tun des HERRN schauen sie nicht, und das Werk seiner Hände sehen sie nicht, Jes 5,11-13

war in roter Farbe in großen Lettern zu lesen.

Die Gestalt auf der Leiter drehte sich zu Zechbauer um. Es war das gehörnte Gesicht des Teufels, das ihn feindselig anblickte.

Pfarrer Zechbauer grunzte wieder, und ihm entkam ein leise gehauchtes »Zefix!«. In diesem Moment wurde er ohnmächtig.

FREITAG

1.

Es war soweit. Das langersehnte Fest war endlich da. Heute war Firmung! Die von der Martina, also von Sanktus' Stieftochter. Eigentlich hat sich der Sanktus, obwohl er nicht der wirkliche Extremkatholik vor dem Herrn war, auf den Tag gefreut, doch jetzt ist er, gefühlt seit fast einer Stunde, auf dem engen Klo der Haidhauser Altbauwohnung gesessen und hat auf sein Handy gestarrt. Nicht, dass du meinst, eine schlechte Nachricht auf dem Display, nein, nur das Solitär-Kartenspiel. Kurz und gut, der Sanktus hat sich einfach nicht aus der Toilette hinausgetraut, weil draußen Chaos. Meinst du, kannst du ihm nachfühlen, da die Kathi und die Martina herumgefuhrwerkt haben wie zwei Berserkerinnen? Das natürlich auch, aber es war zusätzlich ein weiterer Krisenfaktor hinzugekommen: Birthe Dombrowski, eine alte Freundin von der Kathi, und jetzt halt dich fest, aus Dresden!

Das »Dadüdada« hätte der Sanktus ja auch noch vertragen, weil ja Dialektfan, aber diese Frau, wenn sie geredet hat, hat direkt gesungen, mit so einer hohen Stimme, und jetzt pass auf, die Zeit, in der sie am Tag den Mund einmal gehalten hat, war so ungefähr auf 20 Minuten begrenzt. So ist es dem Sanktus zumindest vorgekommen, denn dieses Weib hat den ganzen lieben langen Tag geschnattert, da wirst du verrückt. Dauerbeschallung kein Ausdruck. Und das Schlimme an der Sache, sie hat die Kathi mitgezogen, und die hat somit ungefähr zehnmal so viel geredet wie sonst. Normalerweise hat die Kathi nie kopflos drauflosgeplappert, sondern immer erst ihr Hirnkastl eingeschaltet. Das war die Eigenschaft, außer ihren wunderschönen Zehen und ihrem Humor natürlich, die der Sanktus an der Kathi so gemocht hat, aber dieser Schalter war anscheinend gerade auf »Off« gestellt und der Sanktus am Leiden.

Wie kannst du dir die Birthe jetzt vorstellen? Sie war blond, ihre Haare hat sie zu einem Knoten auf dem Kopf zusammengefasst gehabt, aber nicht hinten, sondern zentral oben, wie die kleine My von den Mumins, also Fernsteuerantenne Anfänger. Ihr Gesicht war, abgesehen von dem brutal überschminkten roten Mund, ganz hübsch, aber die Erscheinung! Nix für den Sanktus. Die Birthe hat circa 100 Kilo gewogen und hat in ihrer unpassenden Kleidung ausgesehen wie eine abgepresste Blutwurst. Wäre auch noch gegangen, aber ihre Füße für den Sanktus halt überhaupt nicht tragbar. Sie hat extrem hässliche Zehen gehabt, die sie, es war ja warm, da Juni, barfuß zu jeder Gelegenheit auf dem Sofa oder auf einem Stuhl in die Höhe gereckt hat. Und immer »Dadüdada und Gänsefleisch«.

Der Sanktus, der die Birthe vorher nicht gekannt hat, war voller Tatendrang gewesen und hatte den Damen einen Schweinsbraten mit Blaukraut und Knödel gekocht, weil man muss ja jemand aus einem anderen Bundesland die bayerischen Schmankerl näherbringen, aber weit gefehlt, da Veganerin. Wie kannst du jetzt, wenn du nur Grünpampf frisst, so einen Ranzen in der Gegend umeinander schleppen, hat sich der Sanktus gefragt. Ist ihm dann auch plausibel erklärt worden, denn der Veganerwahn sei aus ihrem Abnehmwahn entstanden. Jo-Jo-Effekt-Vorbeugung hat es geheißen. Alkohol hat sie aber schon getrunken, und bei den Mengen an Wein, die sie weggepumpt hat, hätte sie auch eine halbe Sau in der Semmel essen können, Meinung vom Sanktus. Aber die war ja bei den Damen nicht gefragt. Ob das Etikett der Weinflasche mit veganem Kunstleim oder auf gar ketzerische Weise mit nichtveganem, auf Milcheiweiß basierendem Caseinleim draufgepickt war, war der Dame aber wurscht.

So hat sie halt das Blaukraut und die trockenen Kartoffelknödel mit zwei Flaschen Merlot runtergespült, und der Lärmpegel hat proportional zur Rotweinabnahme zugenommen.

»Ünd do Zwinger und die Semperöper und da müsstet ihr ünbedingt mol kömm. Und weste noch früher?«, und so weiter.

Und dann haben die Damen in Erinnerungen geschwelgt, wie toll es damals war, als die Kathi sie mal in Dresden besucht hat, und wie viel Männer die Birthe seinerzeit abgekriegt hat und so weiter. »Gloobste nüsch, nö?«

Und wenn der Sanktus die Birthe angeschaut hat, hat er das auch nicht geglaubt. Aber mei, weiß man's? Steckst du nicht drin.

Die Martina hatte den Ausführungen am Anfang noch interessiert gelauscht, weil Weibergespräch, hatte aber dann auch schnell eine Müdigkeit vorgetäuscht und war ins Bett gegangen. Der Schorschi, Sanktus' Sohn, und er selbst waren auch, nach Verstreichen eines unauffälligen Zeitraums, gefolgt. Die Frauen hatten noch bis 1 Uhr weitergemacht, und da das »Dadüdada« inzwischen recht laut gewesen war, war für den Sanktus an Schlaf nicht zu denken gewesen.

Wenn du jetzt meinst, das kannst du deiner Frau zuliebe mal aushalten, liegst du falsch, weil die Birthe war nicht nur zwei Nächte, sondern jetzt schon eine geschlagene

Woche bei ihnen in München und der Sanktus kurz vor dem Durchdrehen. Baldiger Amoklauf relativ wahrscheinlich!

Der Sanktus hat gerade auf »Neues Spiel« drücken wollen, da hat es an der Klotür geklopft.

»Sanktüs, gännstefleisch ma fertschwerden? Ich müsste ooch mal«, hat die Birthe gesungen.

»Na bravo«, seitens Sanktus, und er hat gezwungenermaßen gespült. Klopapier hat er keins gebraucht, da er ja schon seit einer halben Stunde fertig war. Alibimäßig hat er noch etwas Lavendelduft versprüht, hat das kleine Fenster geöffnet und »Sofort!« gerufen. Hat sie doch noch ein bisserl zusammenzwicken sollen, die dumme Gans.

Nach circa drei Minuten hat der Sanktus die Tür geöffnet, und die Birthe ist mit 180 Sachen in die Toilette hineingestürmt. Nachdem der Sanktus eigentlich fluchtartig hinaus hat wollen, weil ja nicht länger als notwendig in einem Raum mit diesem Weibsstück, haben sich die beiden fast im Türrahmen verkeilt. Dabei ist dem Sanktus aufgefallen, dass die Birthe nur in Unterwäsche, aber mit Seidenstrumpfhose bekleidet war. Ein Bild zum Scheiße-Schreien. Anscheinend hatte sie ihr Bedürfnis beim Anziehen verspürt und war losgesprintet.

Der Sanktus hat jede ihrer Fettrollen an seinem Körper spüren können, und das rote Fischmaul war direkt vor seinem Mund. Jetzt wenn sie schnappt, also ihr Fischmaul direkt ins Gesicht drückt, sterb ich, hat er gedacht, aber die Birthe hat nur den Kopf geschüttelt und sich weiter an ihm vorbeigedrängelt.

»Endlüsch«, hat sie mit einem erzürnten Blick nur gezischt, ihn aus dem Klo geschoben, die Tür zugeschlagen und abgesperrt.

Die Kathi, die gerade, auch nur mit Unterwäsche bekleidet, am Sanktus vorbeigegangen ist, hat ihn angeschaut und verwundert gefragt, ob er einem Geist begegnet wäre, so blass, wie er aussehe.

»Fast, Kathi. Fast. Aber geht gleich wieder.«

»Zieh dich auch an«, hat die Kathi genörgelt. »Um 9 Uhr geht die Kirch los!«

»9 Uhr schon? Die spinnen ja!«, hat der Sanktus gerufen. Seit wann ist denn so früh ein Gottesdienst? Echt jetzt, oder? Meinung vom Sanktus.

»Und hoffentlich ist da heut nix, weißt schon, wegen dem Wahnsinnigen mit den Psalmen«, hat die Kathi noch aus dem Schlafzimmer gerufen.

2.

Vor der Kirche auf dem Johannisplatz praktisch Auflauf aller Angehörigen und allem, was Füße hat, kannst du dir vorstellen. Jeder Einzelne aufgebrezelt bis zum Dorthinaus. Auf einer Firmung auf dem Land siehst du schöne Trachten, und die Kinder sind auch traditionell angezogen, aber hier in der Landeshauptstadt hast du meinen können, die

Queen von England kommt mit ihrem Hofstaat gleich um die Ecke. Manche Mütter oder vielleicht auch Tanten haben Hüte aufgehabt, dass sie auch in Ascot beim Pferderennen durchgegangen wären. Affig kein Ausdruck.

Die Kathi hat sofort die Verwandtschaft gesehen, also Sanktus' Schwester, die Anna, samt ihrem Lebensgefährten, dem Hannes, und dem alten Sanktjohanser, Sanktus' Vater. Alle Gott sei Dank dem Anlass entsprechend, aber normal gekleidet. Die Kathi selbst hat keine Verwandtschaft gehabt. Ihr Vater hatte vor Jahren Selbstmord verübt, und ihre Mutter war ihm kurz darauf gefolgt.

Nachdem sich alle begrüßt hatten, ist die Martina, die ein elegantes hellblaues Cocktailkleid angehabt hat, mit ihrer Firmpatin, der Anna, ebenfalls schick im Kleid, in Richtung Altarraum verschwunden, wo sich die Firmlinge und Paten vor der Messe mit dem Pfarrer noch einmal kurz getroffen haben.

Der alte Sanktjohanser hat seinen Sohn zu sich hergezogen.

»Wos is na des?«, hat er gefragt und auf die Birthe gezeigt.

Die Birthe war in einem engen, zitronengelben knielangen Kleid unterwegs. Ein gleichfarbiger Hut hat schief ihren Schädel geziert, und der Schopf war heute einmal hinten am Kopf, sonst hätte der Hut wahrscheinlich nicht auf ihren Kohlrabi gepasst. Der einzige farbige Kontrast war das unvermeidlich rot angeschmierte Fischmaul. Gott sei Dank hat sie geschlossene Schuhe angehabt, und der Zehennagel-Farbklecks ist dem Sanktus erspart geblieben.

»Ein Zitronenfalter«, hat der Sanktus geantwortet.

»San die ned a bisserl zierlicher«, hat der alte Sanktjohanser gefragt und mit beiden Händen ein kleines Wesen angedeutet. »Ist sie das?«

»Ja, das ist die Birthe Dombrowski, gebürtig in Dresden, Eltern aus Ostberlin.«

»Um Gottes willen!«, war alles, was der alte Sanktjohanser noch rausgebracht hat, bevor der Graffiti, Sanktus' langjähriger Spezl, von hinten auf sie zugekommen ist.

Der Graffiti wie immer model-like. Ein Meter 90, dunkle Haare, dunkler Anzug und schwarzes Hemd. Durch den Anzug hast du seine durchtrainierte Figur erahnen können. Im Schlepptau hat er eine junge, gutaussehende blonde Dame gehabt.

»Servus, Sanktus«, hat er gerufen. »Bin ich z' spät?«

»Naa, passt scho, Graffiti. Grad recht.«

Beide haben sich die Hände geschüttelt, aber nicht normal, sondern so auf cool, wo du die Daumen umgreifst und dann ein bisserl hin und her rüttelst. Der Sanktus hat der Begleitung auch seine Hand gegeben, und der alte Sanktjohanser hat es ihm mit verzücktem Blick gleichgetan.

»Sanktjohanser. Sehr angenehm«, hat er gemeint, und die Begleitung hat gestrahlt.

»Ich bin die Sa-andy.«

»Ja genau. Das ist die Sandy«, hat der Graffiti gesagt. »Sie ist die Tochter von einem meiner Geschäftspartner. Der ist mit dem Binser und dem Murat unterwegs, und die Sandy wär sonst ganz allein gewesen.«

»Und so 'ne Firmung wollt ich ja schon lange mal sehen«, hat die Sandy fast kindlich gelallt.

Graffiti jetzt beschämter Blick zum Sanktus und der Schulterzucken.

»Ja dann«, hat der Sanktus gestammelt und in die Hände geklatscht. »Dann bist ja heut bei uns genau richtig, Sandy. Sehr schön. Sehr schön. Papa, magst du der Sandy mal kurz die Gegend zeigen? Ich hätt was mit dem Graffiti zu bereden.«

Dem Sanktus war nämlich gerade eine rettende Idee gekommen.

»Graffiti, ich muss raus von daheim«, hat er angefangen.

»Sanktus, du wirst doch ned …«, hat der Graffiti fast geschrien.

»Pst! Sei stad. Nein, nein. Natürlich ned. Aber wir haben seit einer Woche Besuch.«

»Besuch?«

»Ja, ich sag nur *Zitronenfalter*. Mehr sog i ned«, hat der Sanktus geflüstert und in Richtung Birthe gedeutet, die gerade den Hannes belabert hat.

Der Hannes, mit süßsaurem Lächeln, hat ganz Gentleman immer wieder ihre Hand von seinem Oberarm entfernt. Aber lange würde er es nicht mehr aushalten. Das hat ihm der Sanktus angesehen.

»Jessas, Maria und Josef. Was ist denn das?«

»Das ist einfach nur grausam und brutal, Graffiti. Ich halt des nimmer aus. Ich sag's dir. Ganz ehrlich!«

»Und die Kinder?«

»Jetzt sind dann Ferien. Die Martina fährt mit der Anna in den Urlaub, hat sie zur Firmung gekriegt, und der Schorschi ist mit meinem Papa unterwegs.«

»Und der Zitronenfalter?«, hat der Graffiti wissen wollen.

»Hat noch nicht angedeutet, wann er wieder heimfliegen will.«

Der Graffiti hat ein verständnisvolles Gesicht gemacht.

»Ich trau mich ja gar ned fragen«, hat der Sanktus fast gewinselt. »Am End sagt die, sie bleibt noch drei Wochen.«

»Nicht auszudenken«, hat der Graffiti gemurmelt. »Das

kriegen wir schon irgendwie hin. Apropos fürchten, was sagst denn zu dem neuen Psalm-Fall?«

»Find ich cool«, hat der Sanktus gesagt. »Warum? Is scho wieder was passiert?«

3.

Seit einigen Wochen war die religiöse Welt Münchens im Aufruhr. Ein mit einer Luzifermaske vermummter Unbekannter rief im Internet zum kritischeren Umgang mit katholischen Priestern auf, die seiner Meinung nach Schande über ihr Amt brachten. Er prangerte sexuelle Übergriffe, Habgier, Amtsmissbrauch und Gotteslästerung an. In einigen Münchner Kirchen wurden Altäre und Kirchenwände mit Psalmen besprüht, die diese Sünden kritisierten. Auch der Punkt Entschädigung von Missbrauchsopfern wurde thematisiert, was die Debatte um die Schandtaten einiger katholischer Priester wieder aufleben ließ. 2018 wurde von den deutschen Bischöfen eine Studie veröffentlicht, die die Missbrauchsfälle im Bereich der Deutschen Bischofskonferenz zwischen 1946 und 2014 dokumentierte. Die darauffolgenden Zahlen aus einem eigens eingerichteten Entschädigungsfonds wurden jedoch als zu gering eingestuft. Das Paradoxon, dass hier für die schändlichen Verfehlungen der Geistlichen die Kirchensteuer zur Hilfe herangezogen werden könnte, die von braven, gläubigen Katholiken entrichtet wird, und trotzdem weiterhin neue Fälle bekannt wurden, bescherte dem Unbekannten Tausende von Klicks im World Wide Web. Als Grundübel identifizierte der provokant den heutzutage überholten Zölibat, der die Auswahl fähiger Menschen mit Lebenserfahrung seiner Meinung nach fast unmöglich machte. Somit sollten auch verheiratete Diakone zum Priester geweiht werden, wolle man mit der Zeit gehen und dem Rückgang der Zahl katholischer Geistlicher entgegenwirken. Auch die Einsetzung weiblicher Diakoninnen wurde von »Luzifer« propagiert. Die Weihe von Priesterinnen in der katholischen Kirche komischerweise jedoch nicht, was die Follower-Gemeinde verwirrte. In einem Video legte der Unbekannte dem katholischen Klerus nahe, sich auf die Amazonas-Synode im Herbst des Jahres zu besinnen und die katholische Kirche zurück zum wahren Glauben und dennoch in eine florierende Zukunft zu führen. Bis dahin werde mit weiteren *Anregungen* zu rechnen zu sein.

»Einen Kuttenbrunzer hat's wieder getroffen«, hat der Graffiti gemeint.

Du musst wissen, dass der Graffiti ein Kirchenhasser war. Er war so unkatholisch, wie es nur gerade möglich war. Ob er ein heimlicher Atheist war, hat der Sanktus nicht gewusst, denn immer, wenn er in diese Richtung gefragt hat, ist ihm der Graffiti ausgewichen. Er hat dann jedes Mal etwas von einem einschneidenden Ereignis in seiner Vergangenheit gefaselt.

»Herr Himsl«, hat der Sanktus angefangen, »ich bin jetzt a ned der Katholik number one in the house, aber heut hamma Firmung. Also reiß dich bitte a bisserl z'samm.«

»Weng meiner«, hat der Graffiti zerknirscht zugestimmt. »Aber sei froh, dass ich heut überhaupt da bin. Ich bin seit über 20 Jahr in keiner Messe mehr g'wesen. Schau, das mach ich heut alles nur wegen dir und der Martina.«

»Passt! Rechne ich dir in alle Ewigkeit hoch an, aber sag, was war los?«

»Einen Pfarrer haben s' wieder erwischt. Der Luzifer hat's am Tag zuvor im Internet angeprangert. Psalm 73,12, *Siehe, das sind die Gottlosen; die sind glücklich in der Welt und werden reich.* Am nächsten Tag hat's den Pfarrer Altenböck aus Sendling derbröselt. Zuerst hat er eine Karte mit einem Luziferbild erhalten, und dann sind Beweise aufgetaucht, dass er sich bei den Spendenaktionen immer selbst was zukommen lassen hat. War jetzt ned viel, aber trotzdem. Er wollt's für die Orgelreparatur zurücklegen, sagt er. Na, ja, wer's glaubt, wird selig.«

»Sauber. Vatikanische Geheimpolizei, oder was?«, hat der Sanktus gefragt. »Das wenn der Bummerl noch erleben könnt. Da wär er voll in seinem Element. Herrschaft, da muss ich auch amal wieder ans Grab. War ich scho ewig nimmer. Aber heut reden wir ned von den Toten. Heut is Firmung.«

»Ich müsst schnell zum Pieseln«, hat der Graffiti auf einmal gemeint. »Wo kann ich denn da hin?«

»Geh rüber ins Pfarrheim. Da gibt's ein Klo!«

Und weg war der Graffiti.

Idee gar nicht so dumm, hat sich der Sanktus gedacht, weil sicher ist sicher, und es schaut schon recht blöd aus, wenn du während der Firmung deiner Tochter raus auf die Toilette musst. An allen Leuten in der Bank vorbei und dann diese vorwurfsvollen Blicke. Kann man doch vorher erledigen, solch eine Pennäler-Blase. Typisch, wieder der. Wahrscheinlich zu viel Weißbier zum Frühschoppen getrunken und so weiter. Also dem Graffiti hinterher ins Pfarrheim.

4.

Als der Sanktus gerade die Klinke zur Toilettentür hat herunterdrücken wollen, hat er Geschrei von innen hören können. Es hat auch etwas gerumst, also alle Anzeichen für ein Gerangel oder Kampf. Er hat kurz nachgedacht, dann aber sofort hinein, weil vielleicht muss er ja dem Graffiti aus irgendeiner Patsche helfen.

So hat er also die Tür aufgerissen und sofort zwei Gestalten ausmachen können. Den Graffiti und einen Herrn in schwarzer Soutane, über der ein goldenes Kreuz an einer Halskette gehangen ist. Der Geistliche, etwas derangiert, hat gerade seine Brille wieder aufgesetzt, aber es war erkennbar, dass das filigrane Metallgestell etwas Schaden genommen hat. Wie das passiert ist, hat sich der Sanktus gar nicht vorstellen wollen.

Er hat dem Geweihten ins Gesicht gesehen. Dort war extreme Erleichterung zu erkennen, da die Farbe von tiefrot wieder in normale Gefilde gewandert ist. Tiefes Durchschnaufen seitens Pfarrer. Dann hat sich dieser die Soutane wieder zurechtgerückt und den Blick vom Graffiti zum Sanktus schweifen lassen.

Den Graffiti hat der Sanktus ja jetzt schon lange Jahre gekannt, und dessen Gesichtsausdruck nach war er gerade bei etwas äußerst Unangenehmem ertappt worden. Der Sanktus hat Angst, Wut und Hass gesehen und ist sich vorgekommen wie ein Jedi-Ritter, der die innersten Gefühle und Gedanken anderer Leute durch die »Macht« spüren kann.

Furcht führt zu Wut, Wut führt zu Hass. Hass führt zu unsäglichem Leid, hat er sich Meister-Yoda-like gedacht. Rausgebracht hat er aber nur: »Ois klar bei euch? Passt ois?«

»Freillä«, hat der Graffiti gestottert, und der Geistliche hat nur genickt und sich am Sanktus vorbei in Richtung Ausgang gedrängt. Im Vorbeigehen hat der Sanktus gemeint, dass er leise »Verwechslung« gehaucht hat.

Wie der Sanktus in den Gang vor der Toilette hinausgelugt hat, hat er eine etwa 60-jährige große Dame, die ihn an die Elisabeth Flickenschild aus den Edgar-Wallace-Krimis erinnert hat, ausmachen können. Sie musste die ganze Szene beobachtet haben, da die Klotür, die der Sanktus zuvor mit aller Wucht aufgerissen hatte, hängengeblieben ist, und somit freie Sicht auf die Szene gegeben war.

»Alles in Ordnung, Frau …?«, hat der Sanktus gefragt, da die Dame einen etwas blassen Teint und verwirrten Ausdruck gehabt hat.

»Muxeneder, Rosina Muxeneder. Ich bin die Pfarrsekretärin hier«, hat sie gestottert.

Jetzt hat der Sanktus die Dame angeschaut. Ja, Pfarrsekretärin hat gepasst. Wahrscheinlich hatte sie eigentlich Nonne werden wollen, so war ihr Auftreten. Sie war ganz dunkel gekleidet. Schwarzer Rock, schwarze Strümpfe, dunkelgraue Bluse. Der einzige Farbtupfer war eine goldene Kette mit einem Kreuz um ihren Hals.

Fast wie bei dem Pfarrer grad, hat sich der Sanktus gedacht.

Er und der Graffiti haben die Frau angesehen und sie die beiden. Immer wieder hat sie in Richtung Ausgang gelugt, durch den der Geistliche gerade verschwunden war. Sie hat auf die Tür gedeutet, und der Sanktus hat den Eindruck gehabt, als ob sie etwas sagen hat wollen. Dann hat sie wieder den Graffiti angesehen, und der Blick, den sie nun aufgehabt hat, war den Bruchteil einer Sekunde eisig. Nein, *eisigst*! So, als würde sie den Graffiti einfrieren wollen.

Logisch, Gedanke vom Sanktus, weil Pfarrsekretärinnen haben es halt gar nicht gern, wenn man Pfarrern in ihren Toiletten an die Gurgel geht. Kurz darauf hat sich die Dame aber schon wieder ein Lächeln abgerungen.

»Ich glaub, es ist besser, Sie gehen jetzt«, hat sie gemeint.

»Ja, genau. Pack ma's«, der Sanktus.

Murmeln seitens Graffiti.

»Was war denn das?«, hat der Sanktus beim Hinübergehen, eigentlich eher Hinüberhasten, zur Kirche wissen wollen.

»Nix.«

»Wie? Nix? Du hast doch den am Krawattl g'habt. Erzähl mir doch keinen Schmarren, Graffiti«, hat der Sanktus gekontert.

»Halt die Pappn jetzt. Verwechslung. Hat er doch g'sagt«, hat der Graffiti geschimpft. »Jetzt ist Firmung, und a Ruh is!«

Der Sanktus hat gewusst, dass er in diesem Moment nicht mehr weiterkommen würde, und war somit wirklich still.

Auf dem Kirchplatz ist ihm die Kathi schon entgegengekommen.

»Wo bist denn schon wieder, zefix?«, hat sie gerufen. »Herrschaft, es geht gleich los.«

»Frau Sanktjohanser«, hat der Sanktus mit mahnender Stimme und erhobenem Zeigefinger deklamiert, »auf dem Platze der Kirche darfst du doch nicht fluchen. Schäme dich, Weib! Wir hatten ein Bedürfnis, dem nachgegangen werden musste.«

»Hä?«

»Beim Pieseln waren wir halt, der Graffiti und ich.«

»Ja, is scho recht. Jetzt komm. Alle sitzen schon drin.«

5.

Und jetzt ist dem Sanktus genau das passiert, was er eigentlich mit dem Gang zur Toilette vermeiden hat wollen. Die Leute haben in der Kirchenbank wegen ihm aufstehen müssen, und natürlich Kopfschütteln und abfälliges Gemurmel. Der Kathi war das furchtbar peinlich, nur dem Graffiti war das egal. Er ist einer Übermutter, die sich am lautesten beschwert hat, dass man ja auch pünktlich zum Gottesdienst in die Bank kommen könnte, einfach auf ihre weißen Lackschuhe getreten, ist da drauf kurz verweilt, hat sich freundlich entschuldigt, noch einmal das Gewicht verlagert, damit die Zehen wirklich blau werden würden, und hat sich mit einem Lächeln zum freien Platz neben der Sandy weiter durchgearbeitet. Kommentare der Übermutter gar nicht so christlich.

Direkt, nachdem der Graffiti gesessen war, hat die Glocke geläutet, die Gemeinde hat sich erhoben, die Ministranten und der Pfarrer Hintermeier, ein mittelgroßer, etwas korpulenter Herr mit Bart und Brille, sind in den Altarraum geschritten, aber dann hat den Sanktus fast der Schlag getroffen, denn die Kathi hatte weit vorn einen Platz ergattert, und somit hat er eine gute Sicht gehabt. Der zweite Geistliche mit der Bischofsmütze, der Abt vom Berg, der die Firmung durchgeführt hat, ist nun aus der Sakristei gekommen, und er war niemand anderes als der Mann, den der Graffiti grad vorher auf dem Pfarrheimklo am Schlawittl gehabt hat.

Der Sanktus hat zum Graffiti geschaut, und der hat ein diabolisches Lächeln auf den Lippen gehabt. Gar nicht gut. Nein. Gar nicht gut, Meinung vom Sanktus. Gefährlich, aber hat ja jetzt gerade nichts passieren können. Wenn der Sanktus gewusst hätte, wie falsch er mit dieser Schlussfolgerung gelegen ist, hätte er sich nicht so entspannt in die Kirchenbank gefläzt und durchgeschnauft.

Der Pfarrer Hintermeier hat die Messe in seiner umgänglichen, niederbayerischen sympathischen Art perfekt gestaltet und der Sanktus war froh, dass die Zeit wie im Flug vergangen ist.

Als die Firmlinge mit ihren Paten vorgetreten sind, hast du ein Blitzlichtgewitter gesehen, dass du meinst, du bist bei den Filmfestspielen in Cannes oder bei der Oscar-Verleihung in Los Angeles. Tausende von selbsternannten Hoffotografen haben sich aus den Bänken geschält, um den besten Blick auf ihre pubertierenden Schratzen zu erhalten und den Schnappschuss ihres Lebens zu machen.

Der Pfarrer Hintermeier hat die umtriebige Fotografenmenge mit einem Grinsen im Gesicht aufgefordert, sich wieder zu setzen, da er sonst nicht weitermache, und die Kirche dann wohl so lange dauern würde, dass die Weißwürste definitiv das Zwölf-Uhr-Läuten hören würden oder es sie gar zerreißt. Ein Affront im katholischen Bayern, und so hat sich die Menge wieder zurück in die Bank gepresst. Völkerwanderung Scheißdreck dagegen.

Der Sanktus hat von hinten auf seine Martina geschaut und war stolzer Vater, obwohl sie nicht seine leibliche Tochter war. Aber sie hatte seine Prägung, sprich, sie war halt doch irgendwie eine Sanktjohanser, auch wenn die Pubertät alles versucht hat, um die humorige bayerische Gelassenheit aus ihr zu vertreiben. Ja, sie hat sogar angefangen, daheim Hochdeutsch zu reden, also nach der Schreibe, was den Sanktus wirklich fertiggemacht hat. Aber zwischendrin, also zwischen Telefon und Smartphonewischen, war sie dann wieder ganz die Alte, und der Sanktus hat erneut Hoffnung geschöpft. Sie war halt sein kleines Mäderl und würde es für immer bleiben.

Der Schorschi, der neben ihm gesessen ist, hat ganz leise gefragt: »Wann ist des endlich aus? Ich hab Hunger!«

Der Sanktus hat ihm über den Kopf gestreichelt und gemeint, dass es wohl noch 20 Minuten dauern würde.

»Bei dir dauert immer alles 20 Minuten«, hat der Bub gemeint. »Und dann dauert's ewig.«

Der Sanktus hat schmunzeln müssen. Wie so oft hatte ihn sein Sohn wieder einmal entlarvt. Die Kathi, die den Dialog mitbekommen hatte, hat gelächelt und dem Schorschi die Hand gedrückt.

Als Firmling und Patin an der Reihe waren, hat die Anna der Martina von hinten die Hand auf die Schulter gelegt, und der Abt hat dem Mädchen ein Kreuzzeichen mit Chrisam auf die Stirn gezeichnet. Dann hat er sich kurz mit der Martina unterhalten, und die nächsten waren an der Reihe. Eigentlich ein sympathischer Mensch, hat sich der Sanktus gedacht. Was hat der Graffiti wohl gegen ihn gehabt? Oder doch eine Verwechslung? O mei! Das würde wieder ein Gewürge werden, bis er das aus seinem alten Spezl herausbekommen würde.

6.

Nachdem der Gottesdienst vorbei war, haben sich alle Beteiligten auf dem Vorplatz der Kirche versammelt, wo bereits weiße Stehtische aufgestellt waren. Nun konnte sich jeder stärken, denn es gab Sekt, Bier, alkoholfreie Getränke sowie Canapés.

Der Schorschi ist schnurstracks zur Bar gerannt und mit einer Orangenlimonade zurückgekommen.

»Der ist viel zu brav«, hat der Sanktus gemeint. »Der kommt dir nach, Kathi. Ich hätt auf jeden Fall ein Cola dahergebracht.«

»Oder gleich eine Halbe Bier«, hat die Kathi schmunzelnd gemeint. »Aber hast recht. Ein braver Bub ist er, Gott sei Dank.«

Die Martina ist gerade mit der Anna zu der Gruppe hergekommen, beide Damen waren mit einem Glas Sekt mit Orangensaft bewaffnet, da war auch schon die Birthe wieder auf dem Tableau. Gott sei Dank hatte sie in der Sandy ein williges Opfer gefunden, das sich nicht getraut hat, ihr einen Korb zu geben oder einfach abzuhauen, und die Birthe hat gnadenlos in sie hineinblubbern können. Dem Sanktus war es recht, da der Graffiti eh noch nicht aus der Kirche herausgekommen war. Komisch, denn der Sanktus hat sich nicht vorstellen können, dass sein Freund länger als nötig in einem Gotteshaus verweilt. Aber sei's drum, die Sandy und die Birthe waren aufgeräumt, die Mädels haben geratscht und der Hannes war mit dem alten Sanktjohanser völlig unterhopft zu dem Tisch, wo es das Bier gegeben hat, durchgestartet. Natürlich haben sie dem Sanktus und dem Graffiti auch ein Bier mitgebracht. Doch der Spezl war immer noch nicht da.

Auf einmal ist der Pfarrer Hintermeier bei den Herren gestanden und hat mit ihnen angestoßen. Wie immer war er in eine schwarze Soutane gekleidet. Anders hast du ihn nirgends antreffen können. Selbst wenn er mit seinem Mountainbike durch München geradelt ist, hat er dieses Gewand angehabt. Wie er es geschafft hat, mit dem Stoff nicht in der Kette des Radls hängenzubleiben, war dem Sanktus ein Rätsel.

»Prost. Kennen mia zwoa uns?«, hat er den Sanktus gefragt. »Sie komma mir so bekannt vor. Aber ich weiß jetzt ned, wo ich sie hintun muss.«

Der Sanktus, personengedächtnismäßig seit eh und je schlecht, hat den Kopf geschüttelt.

»Ich auch ned, aber bekannt schon, äh, ja, ja …«, hat er geflunkert.

»Wurscht. Komma schon no drauf, aber hobts es den Abt g'sehn? Der geht ma no ab. I hob ja drin versprochen, dass na alle jetzt Fotos mit eahm machen können. Wo is na der? Der wollt sich eigentlich nur noch in Ruhe umziehn. I schau amoi«, hat er gemeint und sich zum Gehen umgedreht.

»Moment, Herr Pfarrer«, hat der Sanktus gemeint. »Ich geh mit. Mir geht nämlich mein Spezl, der Himsl Quirin, noch ab.«

»Na pack ma's! Auf geht's«, hat der Hintermeier gemeint, und die beiden sind in Richtung Kirche und durch das große Portal wieder in den mächtigen Backsteinbau hinein.

Sie sind durch die langen dunklen Bankreihen mittig durch das Kirchenschiff in Richtung Altar geeilt. Dem Sanktus war bereits klar, dass irgendetwas nicht stimmen hat können, denn, wenn der Graffiti jemanden am Vormittag eine aufstreichen will und zwei Stunden später gehen diese Person und der Graffiti ab, dann kannst du eins und eins zusammenzählen. So schaut's aus! Nicht, dass der Graffiti aggressiv wäre oder ein großer Schläger, brauchst du nicht glauben. Außerdem hat es lange gedauert, bis man den Graffiti so gereizt hat, dass er ausfallend wird. Handgreiflich eigentlich nie, also privat. Geschäftlich hätte der Sanktus jedoch keineswegs seine Hand für ihn ins Feuer gelegt, denn was die Firma *Himsl In- und Export* so getrieben hat, ist ihm Gott sei Dank völlig verborgen geblieben. Ob die Geschäfte alle ganz legal gelaufen sind, hat er bezweifelt. Eigentlich war es dem Sanktus ganz recht, dass er nie etwas mitbekommen hat und seine Freundschaft zum Graffiti ausschließlich privater Natur war. Geschäftliche Querelen haben stets seine zwielichtigen Angestellten, der Murat, der Nikos, der Binser oder der Pröbstl, geregelt.

Vor ihm hat der Pfarrer Hintermeier gewinkt, und dem Sanktus ist aufgefallen, dass ihnen eine Gestalt zwischen den Bankreihen entgegengekommen ist. Dabei hat es sich um die große Dame aus dem Pfarrheim gehandelt, die Pfarrsekretärin Muxeneder.

»Muxi«, hat der Hintermeier gerufen, »hast du den Abt g'sehn?«

»Naa, Herr Pfarrer. Der ist noch ned aus der Sakristei rausgekommen. Ich hab mir jetzt natürlich nicht hineinschauen trauen, weil ich als Frau und ein geweihter Herr ... Naa, müsst ich mich ja der Sünden fürchten.«

Die Muxeneder hat sich sofort bekreuzigt.

»Muxi, so wild wär's jetzt auch ned. Aber hast recht. Wissen S'«, hat er sich an den Sanktus gewandt, »unser Mesner ist krank, und die Muxi, also die Frau Muxeneder, hilft grad a weng aus.«

Nun sind sie eiligen Schrittes zum Eingang der Sakristei gelaufen, der sich auf Höhe des Altars befunden hat. Der Hintermeier hat an die Tür geklopft.

»Bertl«, hat er gerufen, »Bertl, bist du da drin? Engelbert. Mach auf!«

Dann hat er an der Tür gerüttelt. Sie war verschlossen.

Er hat sich zur Aushilfsmesnerin hingedreht.

»Also, Muxi, sperr auf!«

»Meinen S', ich sollt, Herr Pfarrer? Ned, dass der ehrwürdige Herr Abt vielleicht noch ned ganz angezogen ist«, hat die Ersatzmesnerin gestammelt.

Der Hintermeier hat der Muxeneder den Schlüssel aus der Hand genommen und die Tür zur Sakristei aufgesperrt und geöffnet. Drinnen ist auf einem Teppich in einer Blutlache der Abt vom Berg gelegen. Sein Kopf hat eine klaffende Wunde aufgewiesen, und es war klar, dass er erschlagen worden war. Das Mordwerkzeug war offensichtlich. Es hat sich dabei um die Monstranz vom Altar gehandelt. Sie war blutverschmiert zu Füßen des Abts hingestellt worden.

Neben dem Toten ist ein blasser Graffiti gekniet. In der Hand hat er eine Karte mit einem Luzifer-Bild gehabt. Seine Finger waren blutverschmiert.

Die Muxeneder hat einen gellenden Schrei ausgestoßen und geschrien: »Das ist er! Das ist der Mann, der den ehrwürdigen Abt heute schon auf der Toilette angegriffen hat. Polizei! Polizei!«

Sofort ist sie aus der Sakristei hinaus, durch das Kirchenschiff und durch das Portal auf die Treppen gerannt und hat in die Menge geplärrt: »Er hat den ehrwürdigen Abt umgebracht! Er hat ihn mit der Monstranz erschlagen! Abt Philipp ist tot!«

Dann ist sie bühnenreif ohnmächtig vor der Kirche zusammengebrochen.

7.

In der Sakristei hat es von Polizisten gewimmelt. Die Schranner Bine und der Bergmann Rudi, beide Münchner Kriminalbeamte, waren da, außerdem ein Rechtsmediziner und mehrere Streifenbeamte. Der Pfarrer Hintermeier ist neben dem Toten gestanden und hat gebetet.

»So«, hat er gesagt, »seids amal stad und ihr singts jetzt alle mit.«

Er hat »Segne du, Maria« angestimmt, und der Sanktus, die Bine und der Rudi haben ganz leise mitgesungen. Die Polizisten haben etwas gebrummt, also Maikäfersyndrom. Nur der Graffiti hat kein Wort rausgebracht. Er hat die Anweisung gehabt, sich nicht vom Fleck zu rühren, da ja schließlich Hauptverdächtiger, scheint's. Eigentlich hat nur der Hintermeier gesungen, weil er der einzige Textsichere war, aber feierlich war es trotzdem, denn einen toten Abt begleitest du halt nicht jeden Tag auf seinem letzten Weg.

»Hast du den umbracht?«, hat der Sanktus dem Graffiti zugeflüstert.

»Spinnst du komplett, du Vollgaserer«, hat der zurückgezischt. »Bin doch ned deppert! Der war scho hin, wie ich kommen bin!«

Dann sind, wie sollt's auch anders sein, der Leichen-Seppi mit seinem narrischen Vater, also *Bestattungsdienst Hingerl*, in bester Blues-Brother-Manier aufgetaucht.

»Des hätt i mir ja glei denken können, dass du wieder da bist, wenn's wo eine Leich gibt, Sanktus«, hat der Seppi gemeint und den Sanktus entsetzt angeschaut.

»Ich denke, das ist Kommissar Manfred Kopfeck von der Kripo Erding. Die Bayern und ihre Spitznamen. Versteh, wer wolle«, hat der Rechtsmediziner verdutzt gemeint. »Der ist wohl immer da, wenn's in 'ner Kirche«, das hat er jetzt gesprochen wie *Köörche*, »'ne Leiche gibt. Ich kenn den von dem Mord in Steinhausen im letzten Jahr. Aber macht, wat ihr wollt. Ergebnisse habt ihr am Montag. Ich geh jetzt ins Wochenende. Tschü-ü-üs!«

»Kommissar Kopfeck?«, hat der Rudi gefragt.

»Notlüge«, hat die Bine hinausgeschossen. »Tut nix zur Sache, gell, Sanktus?«

»G'wiss ned, Bine. G'wiss ned«, hat der Sanktus bestätigt. »Rudi, tu weiter!«

Der Rudi hat nur mit den Augen gerollt und drohend den Finger erhoben.

»Aber guad für 'n Umsatz isser, da Sanktus. Muass ma eahm lassn«, hat der alte Hingerl gefaselt und den Sarg verschlossen.

»Darf ich die Karte amal anschauen?«, hat der Sanktus gefragt, und die Bine hat sie ihm, eingepackt in einer Klarsichtfolie, gegeben.

Die Karte hat einen sitzenden Teufel mit geschwungenen Hörnern gezeigt. Die Flügel haben ausgesehen wie von einer Fledermaus, seine Beine waren behaart, und über seinem Kopf hat ein Pentagramm gethront. Die Zahl 15 war römisch, also XV, dargestellt.

»Der Teufel. Tarotkarte Nummer 15«, hat die Bine kurz gesagt. »Dreh mal um!«

Der Sanktus hat die Rückseite betrachtet. Mit einem wasserfesten Stift war groß »5« draufgestanden.

»Fünf?«, hat der Sanktus gefragt.

»Keine Ahnung«, hat der Rudi gemeint.

»Die Monstranz und die Karte prüfen wir auf Finger-abdrücke«, hat die Bine gesagt. »Und dann schauen wir weiter.«

»Meine werdts auf der Monstranz ned finden«, hat der Graffiti eingeworfen. »Der war nämlich schon tot, wie ich gekommen bin!«

»Tja. Herr Himsl, das können S' dann alles im Bräsidium zu Prodokoll gebn«, hat der Bergmann Rudi gefränkelt.

»Wir wären jetzt dann aber alle zum Mittagessen im *Hof-bräukeller* am Wiener Platz«, hat der Sanktus gesagt. »Der Graffiti ist nämlich bei uns auf der Firmung eingeladen, und die andern warten alle schon draußen. Geht's halt mit, ihr zwei. Na könnts in Ruhe verhören, und wir schrotten ned die ganze Feier.«

Der Rudi hat die Stirn gerunzelt, dann gelächelt und genickt.

»Weng meiner. Ausnahmsweise, Sankdus! Geh ma mal naus und schau ma, ob der Krankenwachen scho die hys-derische Dame wegbracht hat. Die würd ma aa gern vor-her no sprechen.«

8.

Eine Stunde später sind alle, immer noch etwas aufgeregt von den Ereignissen, unter Kastanien im schattigen Biergarten am Wiener Platz gesessen. Natürlich im Teil mit Bedienung. Jeder hat ein Getränk vor sich gehabt, der Sanktus bereits seine zweite Maß in Zubereitung. Der Graffiti hat Wasser getrunken, weil er nicht gewusst hat, was ihm an diesem Tag noch so alles blühen würde.

Natürlich große Diskussion um die Geschehnisse gerade eben, aber die Birthe hat den Fall ohnehin schon gelöst gehabt. Der Sanktus hat schon nicht mehr hinhören können, aber dann sind Gott sei Dank auch schon die Bine und der Bergmann Rudi um die Ecke gekommen und haben Platz genommen.

»Jetzt bestellen wir alle erst einmal was zu essen«, hat die Kathi gesagt. »Esst, was euch schmeckt. Bine und Rudi, ihr seid natürlich auch eingeladen.«

»Für mich bidde ned«, hat der Rudi gesagt. »Mich holt gleich die Lena ab.«

»Ja, genau«, hat der Sanktus lachend gesagt, das Telefon gezückt und die Lena, die er schon seit seiner Gymnasialzeit gekannt hat, angerufen. Sie hatte auch schon mit ihm ermittelt und ihm während der Hopfenkiller-Morde, als er vom Kriminalassistenten Demuth polizeilich gesucht worden war, in ihrer Wohnung Asyl gegeben.

»Du darfst noch bleiben, Rudi«, hat der Sanktus gesagt. »Sie kommt später noch auf eine Halbe vorbei.«

Der Rudi hat gelacht, den Kopf geschüttelt und ein Bier bestellt.

»Jetzt erzähl, Rudi«, hat die Kathi ihn aufgefordert. »Wennst überhaupt darfst.«

»Jetzt hat er ja Feierabend«, hat der alte Sanktjohanser gerufen. »Na derf a scho, gell!«

»Ist der Mann Polizi-ist?«, hat die Sandy gefragt, die irgendwie immer noch an der Birthe gehangen ist. »Der sieht gar nich so a-us! He, voll kra-ass.«

»Isch weeß es nich«, hat die Birthe angefangen. »Fleisch könnte hior mal jemand Klarheit schaffen. Man weeß ja nich, was man sochen darf …«

»Jaja! Is scho recht«, hat der alte Sanktjohanser gemeint. »Das ist der Kommissar Bergmann. Ein alter Freund von meinem Sohn.«

»Kommt Ihr Sohn auch noch?«, hat die Sandy gefragt.

Jetzt hat der alte Sanktjohanser nur noch den Kopf geschüttelt, und der Graffiti hat seinen in den Händen vergraben.

»Er ist der Vater vom Sanktus«, hat der Graffiti geseufzt.

»Hat mir keiner gesa-agt«, hat sich die Sandy verteidigt.

»Rudi, hast du die Hexeneder verhört?«, hat die Martina gefragt.

»Muxeneder heißt die, oder?«, hat die Bine eingeworfen.

»Ja, aber wir nennen sie so, weil sie so furchtbar ist. Sie tut immer so katholisch, derweil ist sie ein giftiges altes Weib!«

»Also Martina!«, hat die Kathi gerufen. »Sag amal! Wie redst denn du?«

»Ja, wir haben sie verhört«, hat der Rudi gesagt. »Sie hat ausgesagt, dass der Graffiti schon vor der Messe auf den Abt losgegangen ist. Auf dem Klo vom Pfarrheim.«

»Stimmt das?«, hat die Bine gefragt.

Der Graffiti hat abgewinkt.

»Kommt ja eh raus. Freilich stimmt's.«

»Warum?«, hat der Sanktus wissen wollen.

»Weil ich halt mein Maul ned halten kann. Er hat mich beim Pinkeln gefragt, was ich zu dem maskierten Luzifer sag.«

»Na bravo!«, hat der Sanktus gemeint.

Ringsum fragende Blicke.

»Genau! Dann hab ich natürlich gesagt, ich find es ned schlecht, dass man den Kuttenbrunzern und Tabernakelwanzen mal das Gas einstellt und dass sie sich endlich wieder auf das Christentum besinnen sollen und nicht nur kleine Buben vernaschen.«

Jetzt war es still am Tisch.

»Kann ja ich ned riechen, dass das gleich der Abt ist. Ist mir aber auch wurscht, fei wirklich«, hat sich der Graffiti verteidigt.

»Und warum sind Sie ihm dann nach der Messe in die Sagrisdei nach?«

»Hä?«, Frage vom Graffiti.

»Sakristei«, hat der Rudi hochdeutsch wiederholt.

»Bin ich eigentlich ned. Ich wollt nur ein Kerzerl stiften. So ein bisserl als Entschuldigung, weil ich so einen hohen Pfaffen verschreckt hab. Da hab ich ein Wortgefecht in der Sakristei drin gehört.«

»Zwei Männer?«, hat die Bine gefragt.

»Kann ich ned sagen. Die Tür war angelehnt, und wie ich rein bin, war nur noch der Abt da.«

»Das ist aber komisch«, hat die Martina gesagt.

»Ich hab Hunger, Kruzifix!«, hat der Schorschi auf einmal aus heiterem Himmel gerufen.

»Das hat er von dir, Sanktus«, hat die Anna konstatiert, und die Kathi hat nickend bestätigt.

Der Hannes hat vor Lachen fast sein Bier über den Tisch geprustet.

»Gleich gibt's was«, hat der Sanktus den Buben beruhigen wollen.

»Ja, genau. In 20 Minuten«, haben der Schorschi und die Martina gemeinsam kommentiert und sich schiefgelacht.

»Ich bin sofort zu dem Abt hin und gleich drauf ist hinter mir die Tür versperrt worden. Meints ihr wirklich, ich würd als Mörder warten, bis die Polizei kommt? Bin ja ned deppert. Der Mörder muss sich hinter der Tür versteckt haben, und wie ich mich zum Abt hinuntergebeugt hab, ist er in das Kirchenschiff hinaus und hat abgesperrt.«

»Ja, Herr Himsl. Das ist dheoredisch möchlich, aber man kann das im Nodfall alles doll arrangieren, um von sich selbst abzulenken, oder um während der Dad ned gestörd zu wern. So a Schlüssel is schnell organisiert und wieder wech. Lass ma des mal so stehen. Und wie haben Sie den Abt vorgefunden?«, hat der Rudi wissen wollen.

»Er ist mitten auf dem Boden auf dem roten Teppich gelegen. Er hat noch gelebt. Ich hab seinen Kopf angehoben, weil er mir was sagen hat wollen. Drum hab ich auch blutige Hände gehabt. Aber er hat nichts mehr rausgebracht. Leider. Die Monstranz ist neben seinen Füßen gelegen«, hat der Graffiti erzählt.

»Und die Luziferkarte?«, hat die Bine gefragt.

»Hat er in der Hand gehabt. Die hab ich genommen. Da findets auf jeden Fall meine Fingerabdrücke drauf. Aber echt! Ich hab den nicht umgebracht. Wirklich ned.«

Der Sanktus hat den Graffiti angeschaut und hat ihm 100 Prozent geglaubt, dass er am Tod des Abts nicht schuld war, aber die Story vom Klo, die hat der Graffiti jemandem anderen erzählen sollen.

»Und der Fünfer, der hinten auf der Karte drauf war? Was könnte der bedeuten, Graffiti? Fällt mir nur spontan das fünfte Gebot ein: Du sollst nicht töten.«

»Geh, Schmarren, Sanktus«, hat der Graffiti erwidert. »Die hätte der Mörder ja direkt selber behalten können. Da würd er sich doch selber meinen, oder?«

»Oder Rache«, hat der Sanktus gemeint. »Vielleicht war der Abt an irgendwas beteiligt in seiner Vergangenheit. Weißt du da nix, Graffiti?«

Der Sanktus hat den Graffiti jetzt so angeschaut, dass dieser gewusst hat, dass er ihm die Geschichte auf dem Klo nicht abnimmt.

»Zahl 5 in der Bibel«, hat der Graffiti gemurmelt und gegoogelt. »Fünf kluge Jungfrauen, fünf glatte Steine Davids, fünf Gerstenbrote, fünf verständige Worte ... Ich weiß ja ned ...«

»Also doch fünftes Gebot, oder? Aber kann der Praetorius wen umgebracht haben?«

SAMSTAG

9.

Die Person saß vor ihrem kleinen kerzenbeleuchteten Altar und blickte auf den Artikel der *Münchner Morgenpost*. Die Kerzen flackerten, und im Hintergrund spielte ein alter CD-Player die Schubertmesse. Ansonsten war das Zimmer stockdunkel. Der Schatten fuhr die Züge des Gesichts von Pfarrer Altenböck auf dem in der Zeitung abgedruckten Porträt zärtlich mit dem Finger nach.

»*Siehe, das sind die Gottlosen; die sind glücklich in der Welt und werden reich.* Ist dir zum Verhängnis geworden, alter Depp. Hättest dich auf deine christlichen Werte besinnen sollen. Aber mit euch wird jetzt abgerechnet.«

Die CD spielte gerade *Ehre, Ehre sei Gott in der Höhe*.

»*Wohl dem, der nicht wandelt im Rat der Gottlosen noch tritt auf den Weg Sünder noch sitzt, da die Spötter sitzen*, Gabrielskirche. *Sondern hat Lust zum Gesetz des Herrn und redet von seinem Gesetz Tag und Nacht!*, in der Ludwigskirche. *Der ist wie ein Baum, gepflanzt an den Wasserbächen, der seine Frucht bringt zu seiner Zeit, und seine Blätter verwelken nicht; und was er macht, das gerät wohl*, in der Bennokirche. Jawohl! Das werdet ihr lesen können, ihr gotteslästerliches Pack«, flüsterte die Person ihrem Bild im Spiegel, der neben dem Altar hing und ihr Gesicht im Flackern der Kerzen wiedergab, zu. Hass und Traurigkeit sahen ihr entgegen.

»Macht weiter so, meine Engel, und die Welt wird wieder eine bessere sein. Der wahre Glauben wird zurück in unsere Gotteshäuser kehren, und der Herr wird uns mit Dank belohnen.«

Die Person öffnete ihre Arme wie ein Priester, legte den Kopf in den Nacken und nahm einen tiefen Atemzug, da vernahm sie einen Lichtschein auf dem Hocker neben dem Altar. Das Display ihres Handys hatte zu leuchten begonnen. Sie öffnete das E-Mail-Postfach und betrachtete den Absender. Dann öffnete sie die Mail. Es war ein Link zu einer Seite der *Münchner Morgenpost*, die den Mord an Engelbert Praetorius, Abt Philipp vom Berg, ganz in der Nähe, meldete. Nicht mal so schlecht. Bisher jedoch kein Anhaltspunkt auf den Mörder. Wut stieg in ihr hoch. Unendliche Wut.

»Und sie werden erkennen, dass ich der Herr bin, wenn ich meine Rache über sie bringe«, spie die Gestalt dem Altar entgegen und löschte die Kerzen.

10.

»Diese Botschaft geht an alle Gottlosen in unserer Gesellschaft. Besinnt euch endlich auf eure christlichen Werte. Überdenkt euer Wirken, seid barmherzig, großzügig, spendet Liebe. Nehmt Abstand von Egoismus, Habgier, Neid und Hass. Denkt an die nächsten Generationen. Verbaut ihnen nicht die Zukunft mit eurem Streben nach Profit.

Geht in die Kirchen und betet für euer Seelenheil. Lebt nach der Vorgabe des Herrn! Ich habe euch drei Psalmen an die Wand unserer Gotteshäuser geschrieben. Beachtet sie und es wird euch nichts geschehen.«

12. Internetvideo des Unbekannten mit der Luzifermaske

11.

Aus der Münchner Morgenpost –
Mord in der Sakristei
Ein Artikel von Severin Birnstingl

Am gestrigen Freitag wurde Abt Philipp, mit bürgerlichem Namen Engelbert Praetorius, ermordet in der Sakristei der Pfarrkirche Sankt Johann Baptist am Johannisplatz aufgefunden. Abt Philipp zelebrierte an diesem Tag die Heilige Firmung mit zahlreichen Firmlingen aus Haidhausen. Alles verlief nach Plan, jedoch erschien der Abt vom Berg nach der Messe nicht zum Umtrunk, der auf dem Vorplatz der Kirche abgehalten wurde.

Pfarrer Remigius Hintermeier, Stadtpfarrer von Sankt Johann Baptist, machte sich auf die Suche nach seinem Kollegen und entdeckte ihn blutüberströmt in der Sakristei am Boden liegend. Anscheinend war er kurz nach der heiligen Messe dort erschlagen worden. Als Tatwaffe kommt die heilige Monstranz aus dem Altar in Betracht. Zeugenaussagen zufolge hielt der tote Ordensgeistliche eine Tarotkarte mit dem Bild des Teufels, auf der die Zahl »5« markiert wurde, in der Hand.

Ob es sich beim Täter um den Unbekannten mit der Luzifermaske, der die katholische Welt seit einigen Wochen in Atem hält (wir berichteten), handelt, oder ob ein Nachahmungstäter seine Hand im Spiel hat, ist bis dato noch nicht geklärt. Ebenfalls unklar ist die Bedeutung der Zahl »5«. Handelt es sich um den fünften Psalm, in dem David den Herrn bittet, Lügner, Mörder und Betrüger zugrunde gehen zu lassen, oder weist »5« gar auf das fünfte Gebot: »Du sollst nicht töten« hin?

Belegt ist jedoch, dass Abt Philipp bereits am Morgen vor der Messe von einem Unbekannten körperlich bedroht wurde. Warum er nach dem Gottesdienst alleine in der Sakristei blieb, ist bisher nicht erklärbar.

Als Resultat bleibt nur ein ungeklärter Mord. Vom Täter fehlt jede Spur, und die Polizei nennt bis dato keinen Verdächtigen. Die Ermittlungen beschäftigen sich nun mit Geschichte und Umfeld des Opfers, in denen das Motiv für die Tat liegen könnten.

Engelbert Praetorius wurde 1974 in München geboren. Er studierte nach dem Abitur zuerst in Mün-

chen und später in Regensburg katholische Theologie. Schon kurz nach dem Studium trat er ins Kloster am Berg ein und nahm den Ordensnamen Philipp an. 2003 wurde Engelbert Praetorius zum Priester geweiht und verbrachte die Jahre danach als Kaplan und Pfarrer in verschiedenen oberbayerischen Gemeinden in der Nähe des Klosters. Den Wunsch, nach München zurückzukehren, hegte Pater Philipp, nach Aussagen seiner Mitbrüder, nie. 2010 wurde Phillip zum Abt des Klosters am Berg gewählt. Philipp galt als umgänglicher, aufgeschlossener Priester, der im Kollegium sowie in den Gemeinden sehr beliebt war und für jeden Gläubigen ein offenes Ohr hatte. Umso unverständlicher ist diese Tat.

DIENSTAG

12.

Am Dienstagmorgen hat der Sanktus in der *Haidhauser Bierwerkel*, sein und Hanspeters Craftbeer-Shop mit eigener Hausbrauerei, arbeiten müssen. Das Wetter war gut in diesem Jahr, ihr Biergarten im Innenhof des Häuserblocks an der Einsteinstraße war stets bis auf den letzten Platz gefüllt, und die Gäste haben den *Haidhauser Stenz*, ihr traditionelles helles Lagerbier, getrunken, als würde es bald keinen Gerstensaft mehr geben. Der Renner war in diesem Sommer 2019 auch das *Alt-Münchner Dunkel*, das der Sanktus mit seinem Kompagnon rein aus dunklem Malz und im traditionellen Dreimaischverfahren hergestellt hat. Die Farbe war wie sehr dunkles Kupfer und der Geschmack malzig-süß, extrem aromatisch, gepaart mit einer leicht bitteren Note, sodass die Wucht der Süße etwas kompensiert wurde und die Süffigkeit, auf international »Drinkability«, in den Vordergrund getreten ist.

Der Sanktus hat gerade einen *Stenz* gebraut und die Maische in den Läuterbottich abgemaischt. Der Hanspeter, immer noch Brauer beim Münchner *Sternbräu*, war in der Arbeit und der Sanktus somit allein. Ein Damoklesschwert ist jedoch noch über ihm geschwebt, da sich die Birthe angemeldet hatte, weil sie »mal so 'ne kleene Brauerei« sehen hat wollen. Sie kannte ja nur die großen aus dem Osten, die du jetzt immer im Fernsehen sehen kannst. Aber hoffentlich würde dieser Kelch zumindest heute an ihm vorübergehen, da die Geschichte um die Leiche des Abts das Tun der Landeshauptstadt bis dato vollends bestimmte.

Somit wahrscheinlich auch das der beiden Damen, und die Birthe würde dem Sanktus erspart bleiben.

Heute in der Früh hatte die Anna die Martina abgeholt. Sanktus' Schwester hatte ihr zur Firmung 14 Tage Griechenland geschenkt. Ein Traum, den die Jugendliche schon lange hatte. Der Schorschi hat natürlich sofort aufbegehrt, denn er will ja schließlich dann auch wegfahren, wenn seine Schwester das darf, weil Ungerechtigkeit sondergleichen, und so geht's ja wirklich nicht! Hier hatte sich dann der alte Sanktjohanser geopfert und ist mit dem Schorschi kurzerhand in die Berge gestartet. Er hatte den Buben eine Viertelstunde, bevor die Martina los ist, abgeholt, und so war der Kleine happy, weil länger weg als seine große Schwester.

Wenn du denkst, ja super, die Kinder aus dem Haus, wie romantisch, hast du nicht bedacht, dass die Birthe ja noch die Wohnung okkupiert hatte und die Kathi auf einmal so um den Sanktus herumgeschwänzelt ist, ihm schöngetan und gefragt hat, ob es ihm was ausmache, wenn ihre Freundin noch ein bisserl bleiben würde. Der Sanktus, der ja Gott sei Dank mit dem Graffiti dahingehend ein Flucht-Scenario erörtert hatte, hat sich großzügig gegeben und damit natürlich viele Busserl kassiert. Seinen Umzug zum Graffiti hat er lieber noch nicht erwähnt. Sicher ist sicher, hat der Bauer gesagt und den toten Hund an die Kette gelegt, Gedanke vom Sanktus.

Kurz nachdem die Läuterruhe vorbei war und er nach dem Vorschießen und Trubwürzepumpen die Fließgeschwindigkeit der Vorderwürze eingestellt hatte, hat es an der Eingangstür zur *Bierwerkel* geklopft. Der Sanktus, der gemeint hat, dass es sicherlich der Postbote, der wieder einen Haufen Rechnungen bringen würde, sein musste, ist zum Öffnen gegangen.

Doch beim Postboten weit gefehlt. An der Tür waren der Pfarrer Hintermeier und ein afrikanischer Kollege. Beide haben ziemlich betreten dreingeschaut und dem Sanktus angedeutet, dass sie gerne eintreten würden.

Der Sanktus hat natürlich geöffnet, weil zwei Hochwürden kannst du ja schließlich nicht mitten im Hinterhof stehen lassen. Geht doch wirklich nicht.

»Griaß di, Sanktus«, hat der Hintermeier angefangen. »Jetzt schau ned so kariert. Kennst mi nimmer, oder? I hob's da doch scho am Freitag g'sagt, dass du mir so bekannt vorkommst. Ha? Sog, alte Wirtshaushupen.«

»Woas host du gerade gsack?«, hat der anscheinend aus Afrika stammende Kollege wissen wollen.

»Alte Wirtshaushupe, which means old tavern horn«, hat der Hintermeier erklärt. »An urold Bavarian expression, woaßt, Sepp. Sanktus, das ist der Pater Joseph Mbewu aus Südafrika. Sozusagen der Mbewu Sepp. Sepp, das ist der Sanktus, und jetzt schau ma, ob er sich wieder erinnert, woher er mi kennt.«

»Griaß dee, Sanctus«, hat der Pater Mbewu den verdutzten Sanktus begrüßt. »Gfreit me, dick kennen su learnen.«

»Servus, Sepp, freut mich aa, aber woher kennen mir zwei uns jetzt, Herr Pfarrer?«

»Jetzt überlegst amal. Warst doch früher aa scho g'scheit. Denk mal nach. Ich sag nur Simon-Knoll-Platz. Schnackelt's?«, hat der Hintermeier lachend gefragt.

Jetzt hat es im Sanktus-Hirn wieder einmal geraucht, aber die Glut ist einfach nicht entfacht worden.

»Ich komm ned drauf! Echt ned!«

»Da Prälaten-Migi. Sagt da des nix?«

»Der Prälaten-Migi vom *Hinterviehbacher Klosterbräu*. Der kleine Dicke …«

»No, no, no, gell! So schlimm war i aa wieder ned«, hat sich der Hintermeier verteidigt.

»Na, ja. A bisserl grenzlastig warst schon! Ja verreck, der Migi! Von was war denn das eigentlich die Abkürzung?«

»Remigius, Sanktus, Remigius!«

»Sanktus Remigius. Tät sich gleich gut anhören, gell«, hat der Sanktus philosophiert.

»Very good my friend«, hat der Pater Mbewu dazwischengeworfen.

»Wie bist denn du dann Pfarrer worden?«, hat der Sanktus gefragt.

»Des war scho immer mei Plan. Aber ich wollt halt auch bierbrauen. Geht in am Kloster ja gut. Außerdem, stell dir vor, ich hätt euch 25 versoffenen Brauern erklärt, dass ich nach der Lehr Theologie studieren will. Da hätt i euch sehen wollen. Um Gottes willen.«

Der Hintermeier hat jetzt aus vollem Herzen gelacht.

»Hast recht. Des wär was worden. Aber, was kann ich dir Gutes tun?«, hat der Sanktus gefragt.

»Erst amal a Halbe Bier, bitte«, ist die Antwort blitzschnell gekommen.

»Dunkel?«

»Wia im Kloster. A Traum. Sepp, was magst du?«, hat der Hintermeier gefragt.

»For me aa bittschön a Dunkles. Is dock kloar, oder?«

Dann hat der Mbewu gegrinst.

Und dann haben sie gelacht, und der Sanktus hat drei Halbe *Alt-Münchner* geholt.

13.

Als das Triumvirat schon fast die Hälfte seiner Getränke vernichtet hatte, hat der Hintermeier angefangen zu erzählen, warum sie gekommen waren.

»Sanktus, wir brauchen deine Hilfe. Die Situation wachst uns über den Kopf. Du kennst doch die G'schicht von dem Typen mit der Luzifermaske. Den vom Internet, mein ich.«

Nicken seitens Sanktus.

»Heute früh hat man drei weitere Psalmen in Kirchen gefunden. Einen in der Gabrielskirche, einen in der Ludwigskirche und einen in der Bennokirche. Psalm 1.1 bis 1.3. *Wohl dem, der nicht wandelt im Rat der Gottlosen noch tritt auf den Weg Sünder noch sitzt, da die Spötter sitzen, sondern hat Lust zum Gesetz des Herrn und redet von seinem Gesetz Tag und Nacht!, der ist wie ein Baum, gepflanzt an den Wasserbächen, der seine Frucht bringt zu seiner Zeit, und seine Blätter verwelken nicht; und was er macht, das gerät wohl.* Der Luzifer klagt die Menschen an, die sich gottlos verhalten. Ist in der Sache ja ned weiter schlimm.«

Aha, Gedanke beim Sanktus.

»Aber, dass die Kirchen beschmiert werden, ist furchtbar. Außerdem macht das den Menschen Angst. Das hat etwas Bedrohliches! Die Kirche ist ein Ort der Ruhe und Zuflucht. Man möchte sich da sicher fühlen. Dann die G'schicht mit dem Altenböck. Das ist schon wieder was anderes.«

»But du muass sagen, dass die Anschuldigung ricktick woar«, hat der Mbewu eingeworfen.

»Ja, auch recht. Aber dafür gibt's die Polizei und ned das Internet. Da wird ein Hass aufgebaut, dass braucht's ned«, hat sich der Hintermeier gerechtfertigt.

»Und was soll ich da machen?«, hat der Sanktus gefragt.

»Du bist sozusagen eine Koryphäe in der Aufklärung von Kriminalfällen. Hat der Horvat Boži zumindest behauptet«, hat der Hintermeier angefangen.

»Aha, jetzt weiß ich, woher der Wind pfeift«, hat der Sanktus lachend eingeworfen. »Jetzt wird's mir klar.«

»Ja, ja, genau!«, hat der Hintermeier gesagt, und der Sanktus hat begriffen, dass er eigentlich nicht nur wegen der Schmierereien hergekommen war.

»Ja, ja. Und jetzt auch noch diese Sach mit dem Abt Philipp, gell«, hat der Sanktus eingeworfen.

»Wenn das alles zusammenhängt, Gott bewahre, dann haben wir eine Inquisition, nur dieses Mal gegen *uns*. Und zusammenhängen muss es irgendwie, weil einige meiner Kollegen solche Luziferkarten mit dem Aufruf zu Buße und Christlichkeit per Post gekriegt haben. Ich weiß von drei befreundeten Pfarrern«, hat der Hintermeier erzählt.

»Sauber. Jetzt wird ein Schuh draus«, hat der Sanktus gemeint.

»Genau. Der Abhishek aus Solln, der Stevens aus Sendling und sogar dein Spezl, der Horvat Boži aus Steinhausen. Jetzt sagst nix mehr, oder?«

»Nein, jetzt sag ich nix mehr, Migi. Sauber!«

»Sanktus, wenn das ein Irrer ist, der da umeinanderläuft? Die Psalmen lass ich mir ja noch eingehen, aber die Karten und der Mord? Die machen mir Angst«, hat der Hintermeier zitternd gemeint.

»Yes, indeed. Dös is ned guuuaad«, hat der Mbewu bestätigt.

»Und ihr wolltet mich fragen, ob ich mich der Schmierereien annehmen kann und wenn ich schon dabei bin, den Mord auch gleich untersuchen könnt, oder?«, hat der Sanktus scheinheilig gefragt.

»War des gar so offensichtlich, ha?«, hat der Hintermeier gefragt und verlegen gegrinst.

Der Sanktus hat belustigt genickt.

»And? Du willsta uns helfa, Sanctus?«, hat der Mbewu fast gefleht.

»Burschen, wissts ihr eigentlich, was ihr für ein Glück habts?«, hat der Sanktus geantwortet. »Bei mir daheim wohnt der Teufel in Person einer Frau Birthe Dombrowski aus Dresden. Und die bleibt noch zwei Wochen. Ich steh also voll zu eurer Verfügung, zumal mein Spezl, der Himsl Quirin, also der Graffiti, kurz einmal der Hauptverdächtige war. Und ich hab da das unbestimmte Gefühl, dass da noch was kommt.«

Die Augen der beiden Geistlichen haben geleuchtet, da sagst du Sie!

»Als Erstes brauchen wir die Briefe mit dem Aufruf zur Buße. Dann solltet ihr rausfinden, ob die fünf Pfarrer irgendwie angreifbar sind.«

»Angreifbar. Wos hoasst dös?«, hat der Mbewu in afrikanisch angehauchtem Bayerisch gefragt.

»Ob s' Dreck am Stecken haben«, hat der Hintermeier gesagt, und nachdem der Mbewu kritisch geschaut hat, hat er übersetzt: »If sey have dirt on se stick?«

Doch G'schau noch ungläubiger.

»If they have skeletons in their cupboard. So müsst's heißen«, hat der Sanktus korrigiert.

»Jetza hab i kapiert«, hat der Mbewu grinsend gesagt.

»So einen Brief hab ich natürlich dabei. Bin ja ned zum

Spaß da, obwohl des Bier recht gut schmeckt«, hat der Hintermeier betont.

»Magst noch eins?«, der Sanktus.

»So war des natürlich ned g'moant«, hat der Hintermeier versucht, jeglichen Verdacht von sich zu weisen, dass er nur wegen einem weiteren Bier bleiben mögen würde.

»Dock, dock, das woar scho so g'moant!«, ist der Mbewu dem Hintermeier zuvorgekommen.

»Kommen gleich. Muss zuerst anschwänzen. Oder machst des du, Migi? Hast es no ned verlernt, oder?«

»Mach lieber du. Ich hab mich inzwischen aufs Trinken beschränkt, obwohl ich nach meinem Studium zuerst fünf Jahr lang in einer Klosterbrauerei gewirkt hab. Weißt, ned, dass i dir zu viel Wasser drauflass, und na wird's a Leichts.«

»Ja, genau! Ein Pfaffenscheps!«

»Aber Sanktus«, hat der Hintermeier jetzt mit einem Glänzen in den Augen gesagt, »wenn des alles vorbei is, na brauen mia zwei einen schönen Bock. Einen Pfaffen-*sud*, verstehst!«

»Passt!«, hat der Sanktus lachend bestätigt. »Den Namen haben wir auch schon und vor allem einen Grund, dass wir den Fall lösen. Weil mit dir ein Bier brauen, das wird ein Event, auf das ich mich jetzt schon freu!«

Der Sanktus hat den ersten Nachguss auf den Läuterbottich gelassen, dann lächelnd noch drei Dunkle geholt und sich wieder zu den beiden Pfarrern gesetzt.

»Da schau her«, hat der Hintermeier angefangen, »der Brief vom Stevens. Den hat er mir zukommen lassen. Des is a Preiß, der ist da lockerer wie der Kroate und der Inder. Ist ja auch der Jüngste. Die andern wollten das Schriftstück ned rausgeben. Ich hab ihnen schon alles aus der Nase ziehen müssen, bis sie überhaupt zugegeben haben, dass die so was gekriegt haben.«

»Nachdem der Remigius aber von the Sanctus erzählt hat, ruhen alle hope, i moan Hoffnung, auf dir!«

»Na bravo!«, ist's vom Sanktus gekommen. »Aber jetzt zeig her!«

Der Sanktus hat den Brief gelesen, aber der war im Endeffekt nichts anderes als die Videobotschaften, die im Netz kursiert sind. Das Schreiben war mit dem Computer verfasst und hat keine Auffälligkeiten aufgewiesen. Die Luziferkarte, die der Pfarrer voraussehend in eine Plastikfolie gepackt hatte, war jedoch exakt die gleiche, die der Praetorius in der Hand gehabt hat. Der Sanktus hat tief geseufzt.

»Darf ich die haben? Die sollen sie auf Fingerabdrücke prüfen, mein ich. Und eine Frage zum Schluss hab ich auch noch: Auf der Karte vom Praetorius war auf der Hinterseite ein Fünfer draufgemalt. Was hat denn das zu bedeuten?«

»Ein Fünfer?«, hat der Hintermeier geschluckt. »Hab ich gar ned mitgekriegt.«

»Hm«, der Sanktus. »Fünfter Psalm? Die Zeitung hat da so was in der Richtung geschrieben.«

»*Herr, höre meine Worte, merke auf meine Rede!*«, hat der Hintermeier zitiert. »Herrschaft, wia geht's weiter?«

Jetzt hat er sein Smartphone gezückt und gegoogelt.

»Logisch. *Vernimm mein Schreien, mein König und mein Gott; denn ich will vor dir beten … wer böse ist, bleibt nicht vor dir … du bist feind allen Übeltätern … Du bringst die Lügner um; der Herr hat Gräuel an den Blutgierigen und Falschen*«, hat er gemurmelt.

»Also, Migi«, hat der Sanktus fordernd gesprochen, »Lügner, Blutgieriger, Falscher … War er das, der Praetorius?«

»Oh, oh. Migi. Des gefallta ma neda«, hat der Mbewu geflüstert.

»Sanktus«, hat der Hintermeier geantwortet, »man kann ja ned in jeden Menschen reinschauen, aber ich hab den Engelbert doch besser gekannt. Ich hab mich auch wirklich gefreut, dass er die Firmung gemacht hat. Also so war er bestimmt nicht. Definitiv nicht.«

»Und das fünfte Gebot: *Du sollst nicht töten?*«

»Der Engelbert, ein Mörder?«, hat der Hintermeier gekeucht.

14.

Der Sanktus hat, während der Sud gekocht hat, die Schranner Bine angerufen und sich über den Stand der Ermittlungen erkundigt, doch es hat noch nichts Neues gegeben. Auf der Monstranz waren keine Fingerabdrücke zu finden.

»Gut, dass wir den Graffiti im Biergarten verhört haben«, hat die Bine gemeint. »Die Presse hat dadurch keinen Wind von der Sache gekriegt.«

»Aber die Muxeneder muss mit jemand g'sprochen haben«, hat der Sanktus bemängelt. »Da ist durchgesickert, dass wer den Abt schon am Vormittag bedroht hätte. Und die Details von der Tarotkarte hat auch nur sie weitergeben können. Bin gespannt, wie lange wir den Graffiti da heraushalten können. Apropos Karte. Fünftes Gebot: Du sollst nicht töten. Ihr müsstet schauen, ob der Abt mal in irgendeinen Mordfall verwickelt war.«

»Sauber. Und Psalm 5?«

»Könnt auch sein. Aber die schreiben sie ja eher an die Kirchenwände. Ned auf Karten. Und wie sehts ihr das mit dem Kerl in der Luzifermaske?«, hat der Sanktus gefragt.

»Bisher ist das lediglich Sachbeschädigung. Es werden Kirchenwände besprüht. Im Internet stößt er zwar Drohungen aus, die aber nie konkret auf Schäden an Personen hinweisen oder zur Folge haben.«

»Hm!«, vom Sanktus.

»Meiner Meinung nach will der nur aufschrecken. Der will die Leute und vor allem die Pfarrer, die ihren Job nicht ganz so ernst nehmen, wie soll ich sagen, auf den richtigen Weg zurückführen? Stimmt ned ganz.«

»Er will, dass sie sich wieder auf ihre wahre Aufgabe besinnen«, hat der Sanktus gemeint.

»Genau!«

»Und der Fall Altenböck?«

»War nichts Kriminelles dabei«, hat die Bine gesagt. »Die Informationen, die preisgegeben worden sind und den Altenböck der Polizei sozusagen ausgeliefert haben, waren alle vollständig korrekt. Außerdem hat es keine Erpressung gegeben, also liegt nichts Strafbares vor.«

»Tja. Ein Robin Hood der katholischen Kirche, oder was?«

»Irgendwie schon. Sanktus, denen ihre Mitglieder werden jedes Jahr weniger. Es gibt immer weniger Pfarrer. Wer hat denn bei uns Lust, diesen Job zu machen? Heiraten darfst du nicht …«

»… und in den Beichtstühlen musst du dir den Schmarren von den Leuten anhören«, hat der Sanktus lächelnd dazwischengeworfen.

»Depp, sei mal ernst«, hat die Bine ihn ermahnt. »Heutzutage hast du eine Work-Life-Balance. Zumindest die jungen Leute. Arbeiten um zu leben, nicht leben, um zu arbeiten. Da scheidet der Job des Pfarrers ja total aus. Da musst du schon dazu berufen sein.«

»So hab ich das noch gar nicht betrachtet«, hat der Sanktus zugestimmt.

»Gell? Die Kirche ist altmodisch und verzopft. Das haben sie zu lange ausgesessen, und jetzt kommt die Quittung. Unser jetziger Papst würde, glaub ich, gerne schneller was bewirken, aber selbst er scheitert. Er hat aber schon des Öfteren von Veränderungen und Einschnitten gesprochen. Es bleibt spannend. Vielleicht beschleunigt der Unbekannte etwas«, hat die Bine philosophiert.

»Du meinst also, er ist kein Krimineller?«, hat der Sanktus gefragt.

»Ich hoffe nicht, weil, ich bin halt auch christlich aufgewachsen und glaub an das Gute im Menschen.«

»Und wenn's nur der Auftakt zu einer Mordserie ist? Vielleicht kommt ja noch wer nach dem Abt? Dass sie ernst machen und Pfarrer, die besondere Verfehlungen begangen haben, ausmerzen? Dass es ein Verrückter ist?«, hat der Sanktus den Teufel an die Wand gemalt.

»Das ist auch die Theorie vom Rudi. Er sieht die Sache nicht so entspannt wie ich«, hat die Bine erwidert.

»Wir müssen auf jeden Fall in der Vergangenheit vom Praetorius graben und schauen, ob da was war. Missbrauch oder so! Hört man ja zurzeit immer wieder.«

»*Wir*, Sanktus? Und denk dran, nicht alle Pfarrer sind Kinderschänder. Auch, wenn es manche gerne so hinstellen.«

»Ja, *wir*! *Wir* zusammen, wieder einmal. Heute waren der Pfarrer Hintermeier und ein Pater Joseph Mbewu bei mir. Sie haben mich um Hilfe gebeten, weil mehrere Pfarrer Drohbriefe erhalten haben. Einer davon ist der Horvat Boži. Den kennst du auch noch.«

»Logisch! Deinen Schulspezl aus Steinhausen. Für den würd ich aber die Hand nicht ins Feuer legen. Und Sanktus«, hat die Bine noch eingeworfen, »der Graffiti ist immer noch unser Hauptverdächtiger. Da beißt die Maus keinen Faden ab. Du könntest mal ein bisserl in seinem Leben graben und schauen, ob du was Interessantes findest. Ich persönlich glaub jetzt zwar nicht, dass er der Täter ist, aber umsonst hat der den nicht am Schlawittl gehabt, gell!«

»Wird erledigt, Frau Kommissar. Ich hab schon einen Schlachtplan.«

15.

Der Kelch ist jedoch nicht, wie zuvor erhofft, am Sanktus vorbeigegangen, denn schon kurz, nachdem er die Pfannen gereinigt hatte und der Sud im Gärtank angestellt war, sind die Birthe und die Kathi zur Tür der *Bierwerkel* hereingeschneit gekommen. Dem Sanktus ist ein leises »Zefix« entfahren, aber dann hat er sich mit einem Kunstlächeln umgedreht und die beiden Damen aufs Herzlichste begrüßt.

»Ja, was tuts denn ihr da? Freut mich ja riesig, dass ihr Zeit g'funden habts, mich zu besuchen. Mögts an Pfiff?«

»Oh, gerne«, hat die Birthe gelechzt, »wir sind zü Füß hergekömm. Kilomädorweit! Gloobste nüsch!«

»Ja so was! So weit, ha? Ja, Kathi, von wo aus hast denn die Birthe her gehetzt?«, hat der Sanktus wissen wollen.

»Von daheim nur«, hat die Kathi verwundert geantwortet.

»Uiui. Des san ja gewiss 700 Meter. Verreck Kaffeehaus, ha?«

»Nur 700 Mädor? Kam mir viel längor vör!«, hat die Birthe hechelnd und schwitzend von sich gegeben.

»Passt scho! Ich hol euch was zu trinken.«

Kurz darauf ist der Sanktus mit drei *Bhupindia Pale Ales* zurückgekommen. Ein bisserl stark, aber sehr hopfenaromatisch und blumig. Ein Bier, das bei Frauen sehr beliebt war.

Die Birthe hat angesetzt und das Gesicht verzogen.

»Ei ferbibbsch, is das biddor. Das kann isch ned trinken. Sörry!«

Der Sanktus hat das Glas ausgeschüttet und der Birthe ein Helles hingestellt. Die hat das in einem Zug runtergeschüttet.

»Das is güd! Schmeckt nach nix. Wie früher in do DDR. Fühlsch mich gleich heimisch.«

Der Sanktus hätte sie jetzt ungespitzt in den Boden schlagen können, aber die Kathi hat ihm sanft auf die Hand gelangt, und er ist sofort ruhiger geworden. Ihr Blick hat ihm gesagt: Sie meint's nicht so. Gib ihr eine Chance.

Der Sanktus hat kurz kalkuliert und ist draufgekommen, dass die Birthe vom Alter her nicht mehr viel DDR-Bier hat mitbekommen können, also hat es wohl ein Witz sein sollen. Na ja! Für den, der's mag …

Beim Brauerei Anschauen hat die Birthe wieder punkten können, denn das Arrangement an Edelstahlgefäßen hat ihr sehr gut gefallen. Am liebsten hätte sie mit dem Sanktus sofort den zweiten Sud des Tages gestartet, aber das war dann anscheinend auch nur ein Witz, und der Sanktus war ganz froh darüber.

»Eigentlich wollten wir dir nur sagen, dass wir heut mit zwei Kolleginnen von mir einen Damenabend machen. Macht dir doch nix aus? Und keine Angst: nicht bei uns daheim.«

Der Sanktus, der gerade kurz vor dem Herztod war, hat wieder durchgeschnauft.

»Kein Problem«, hat er gemeint.

Er würde hier fertig machen, heimgehen, einen 200-Gramm-Burger braten und sich einen James-Bond-Film reinziehen. Vielleicht würde er auch ein bisserl was über den Unbekannten mit der Luzifermaske googeln.

»Güd! Na mach mer lös!«, hat die Birthe freudig ausgerufen.

16.

Der Graffiti ist, wie jeden Dienstag, das war inzwischen hinlänglich bekannt, am Tresen der *Neuen Kirche* in Haidhausen gesessen und hat Cocktails, die der Bhupinder mit Herzblut gemixt hat, getrunken. Es hat oft sein können, dass er allein gekommen war, jedoch am späten Abend das Lokal in weiblicher Begleitung verlassen hat. Dameneskapaden waren nichts Besonderes für den Himsl Quirin.

Seit seine große Liebe, die Meierhofer Daniela, Reporterin beim *Münchner Morgenblatt*, sozusagen verräumt worden war, hatte er keine neue feste Beziehung eingehen können. Dieser Verlust letztes Jahr hatte ihm das Herz gebrochen, auch wenn er so etwas nie zugegeben hätte. Ein Himsl doch nicht!

Er hätte kurz darauf auf die Schranner Bine spekuliert, die aber wiederum so gar nicht angebissen hatte. War wahrscheinlich auch besser so, denn obwohl sich das Graffiti-Geschäftsgebaren schon weit in Richtung Legalität gebessert hatte, war schon noch ein Restpotenzial an Konflikten vorhanden bei einer Beziehung mit einer Polizeibeamtin. So hat es der Graffiti vorgezogen, sich auf One-Night-Stands zu spezialisieren bis die Richtige daherkommen würde.

Heute war ihm jedoch nicht nach einer kurzzeitigen Affäre, da ihn der Mord in der Sakristei noch geistig voll in seinem Bann gehabt hat. Er war Hauptverdächtiger in diesem Fall, was ihm sehr zugesetzt hat, denn so etwas ist natürlich nicht das Gelbe vom Ei. Stress praktisch brutal. So etwas hatte er noch nie gehabt. Gott sei Dank haben die

Bine und der Rudi ermittelt, sprich, die haben den Graffiti ja gekannt. Sonst hätte in den nächsten Tagen definitiv Untersuchungshaft oder sonst was gedroht. Er hat geglaubt, die beiden eigentlich recht schnell von seiner Unschuld überzeugen zu können, was für einen geübten Schlawiner, wie er einer war, nicht wirklich ein Problem darstellen würde. Die Bine hatte er sofort auf seine Seite gezogen, beim Rudi war er sich nicht so sicher. Der Franke war zwar ein alter guter Spezl vom Sanktus, aber er war neu in München und hat einen sehr akkuraten Eindruck gemacht, Beamter pur sozusagen. Das Wichtigste war nun auf jeden Fall, den Generalverdacht endgültig zu entkräften, aber der Graffiti hatte noch keine Idee, wie er das anstellen hat sollen. Die einzige Möglichkeit war, den Sanktus um Hilfe zu bitten, der in fünf Fällen mit diversen Morden eine Aufklärungsquote von 100 Prozent aufzuweisen hatte.

Der Graffiti wollte sich gerade einen weiteren *Singapore Sling*, eine Spezialität des Inders, bestellen, da hat sich eine Dame zwei Hocker weiter neben ihm an die Bar gesetzt und ebenfalls einen solchen Cocktail geordert.

»Ist der da herinnen gut?«, hat sie den Graffiti gefragt und ihm zugelächelt. »Ich hab mal das Original im *Raffles* in Singapur getrunken. Der war schon eine Wucht.«

Der Graffiti hat die Frau wahrscheinlich angeschaut wie eine Allgäuer Kuh auf der Weide. Dummes G'schau Anfänger, verstehst? Sie war perfekt. Schlank, lange blonde Haare und dunkle Augen. Eine Kombination, das war genau sein Wetter. Kernkompetenz kein Ausdruck. Sie hat ihn angelächelt und er, völlig hin und weg, sie ebenfalls.

»Und?«, hat sie ihn gefragt.

»Was?«, hat der Graffiti gestottert.

»Ist er gut, der *Singapore Sling*?«

»Ähm, ja freilich. Ausgezeichnet. Den macht der Hansä, äh der Bhupinder selber. Der tut da noch irgendwas zusätzlich rein, das sagt er uns aber nicht. Also, eigentlich müsst der noch viel besser sein als der im *Raffles*, also in Singapur. Jaja. Singapur, da wollt ich auch schon einmal hin. Da gibt's doch den Tierpark, den man in der Nacht anschauen kann, und noch an ganzen Haufen …«

»Sie san lustig, zuerst sagen S' gar nix und jetzt reden S' wie ein Wasserfall. Aber sagen S' amal. Sind Sie ned der Himsl Quirin? Der von der Au?«

Jetzt hat den Graffiti der zweite Bus diese Woche gestreift. Die Göttin, zuerst schaut sie nur gut aus, dann ist sie auch noch witzig, ist aus München, und jetzt kennt sie ihn auch noch.

»Jetzt bin ich platt. Ja klar! Der bin ich. Und Sie?«

»Eigentlich könnten wir du sagen, oder? So alt sind wir auch no ned«, hat sie gesagt.

»Logisch, Quirin! Also eigentlich nennen mich alle …«

»Graffiti! Weiß ich doch«, hat sie den Satz vollendet. »Lily! Lily Pfisterer. Also jetzt heiß ich Brückl.«

»Pfisterer, Pfisterer …«, hat der Graffiti überlegt. »Die kleine Schwester vom Pfisterer Jochen? Ich hätt mir denkt, du wolltst nach Australien auswandern.«

»Für Australien hat's ned gereicht«, hat sie lächelnd verneint. »Aber Wien ist es dann geworden.«

»Ja, verreck, die Pfisterer Lily. Des g'fallt mir heut!«, hat der Graffiti gejauchzt. »Und was machst du beruflich?«

»Und hier is the *Singapore Sling*«, hat der Bhupinder in seinem Bayrenglisch, also halb Bayerisch, halb Englisch, geflötet. »San Sie sum ersten Mal hier in *Neuer Kirtsche*? Weil müssen Sie aufpassen bei Graffiti, weil isser big Bazi. Women never safe, you know!«

Die Lily hat gelacht und gemeint, dass sie so etwas schon einmal über ihn gehört hatte.

»Was machst du beruflich, Lily?«, hat der Graffiti gefragt.

»Stewardess.«

»Verheiratet?«, hat der Graffiti wissen wollen.

»Geschieden, wie fast alle«, hat die Lily geseufzt. »Weißt du eigentlich, dass ich bis zur zehnten Klasse in dich verliebt war, Quirin Himsl?«

17.

»Glaubst du an die Liebe auf den ersten Blick?«, hat die Lily den Graffiti, als sie engumschlungen im Bett der Haidhausener Himsl-Wohnung gelegen sind, gefragt.

»Jetzt schon«, hat der geantwortet, und die Lily hat gelächelt. »Hab ich aber anscheinend erst dich treffen müssen.«

Die Lily hat sich zu ihm gedreht, sein Gesicht gestreichelt und ihn zärtlich auf den Mund geküsst.

»Ich glaub ganz fest daran. Sonst wär ich fei ned mit dir gleich mit. So eine bin ich nämlich normal nicht, die mit dem erstbesten Mann ins Bett steigt. Aber bei dir ist das was Besonderes. Das fühl ich ganz tief hier drin.«

Die Lily hat die rechte Hand auf ihre nackten festen Brüste gelegt. Der Graffiti hat glücklich geseufzt und ihr die Geschichte von der Meierhofer Daniela und dem Mord am Abt Philipp erzählt. Er hat ihr sein ganzes Herz ausgeschüttet und sie tief in sein Inneres blicken lassen. Das war ungewohnt und völliges Neuland für ihn.

Die Lily hat aufmerksam zugehört und seinen Monolog höchstens durch ein paar Küsse unterbrochen. Die ganze Zeit ist sie eng an ihn gekuschelt dagelegen und hat kein Wort gesagt. Der Graffiti hat sie im rechten Arm gehabt und mit der linken Hand ihren Oberschenkel gestreichelt.

»Und dementsprechend bist du durch den Wind, beziehungsweise unter Stress. Vielleicht sollten wir beide einfach ganz weit wegfliegen. Nach Cuba oder so. Ich brauch sowieso eine Auszeit nach der Trennung. Und du, so wie's ausschaut, auch«, hat die Lily vorgeschlagen.

»Scho«, der Graffiti einsilbig. »Aber erst wenn das hier vorbei ist. Weil ich glaub, da kommt noch was. Außerdem würd des ja ausschauen, als ob ich flüchten würd.«

»Wie du meinst«, hat die Lily erwidert und gegähnt.

»Was treibt dich eigentlich nach München? Das hab ich dich ja noch gar ned g'fragt?«, hat der Graffiti wissen wollen.

»Ich wollt einfach weg aus Wien, weg von der Scheidung. Chill-out, verstehst? Die Seele baumeln lassen. Ich mein, München ist meine Heimatstadt. Gibt ja nichts Besseres.«

»Wo wohnst du?«

»In so einer Klitschen in der Schwanthalerstraße. Nix Besonderes, ein bisserl ranzig, aber günstig«, hat die Lily geantwortet.

»Zieh zu mir!«, hat der Graffiti gesagt. »Die Wohnung ist groß genug, und wir treffen uns ja jetzt eh öfter, oder?«

»Puh. Das geht aber schnell«, hat die Lily schnaufend geflüstert.

»'tschuldigung, ich wollt dich ned bedrängen …«, der Graffiti.

»Nein, nein. Gar ned!«

»Liebe auf den ersten Blick?«

»Liebe auf den ersten Blick!«, hat die Lily bestätigt.

»Na, ziehst morgen ein?«

»Kommt drauf an«, hat die Lily geantwortet.

»Auf was?«

»Wie oft du kannst«, hat sie geflüstert und ihn lasziv auf die Brust geküsst und gelacht.

Der Graffiti hat ihre Hand genommen und zu seinem Schritt geführt.

»Okay, überzeugt. Morgen zieh ich ein«, hat die Lily gekeucht und die zweite Runde eingeläutet.

MITTWOCH

18.

Am Abend des nächsten Tages hat es in der Casa Sanktjohanser an der Tür geklingelt, und der Sanktus hat zuerst
die Kathi angesehen, und die hat komisch zurückgeschaut,
weil beide sich gewundert haben, wer da um 20 Uhr noch
kommt. Erwartet worden ist nämlich keiner.

Für den Sanktus hat jeder Besuch eine willkommene
Abwechslung bedeutet, denn die Birthe war schon wieder voll am Aufdrehen. Sie hatte bereits ihre erste Flasche
Roten intus, und wenn das so weiterging, würde der Sanktus beim Aldi noch Stammkundschaft werden. Normalerweise war er nicht für das Einkaufen im Discounter, aber bei
der Schlagzahl dieses Weibsbilds wäre er bei seinem Wein-
tandler des Vertrauens um die Ecke schlicht und ergrei-
fend pleitegegangen.

Der Sanktus hat also den Türöffner gedrückt und das
Treppenhaus hinabgespäht, wer denn da nahen würde. Aha,
der Graffiti. Mordermittlung, ich komme, und vielleicht
würde sich eine Gelegenheit ergeben, das Thema »Auszug
aus Ägypten« oder auch »Umzug vom Johannisplatz« zur
Sprache zu bringen. Aber da war noch eine weitere Person
zu hören, und so ist es jetzt spannend geworden. Von oben
hat der Sanktus nur blonde lange Haare ausmachen können.
Den Händen am Stiegengeländer nach zu urteilen, eine Frau.

Und was für eine Frau, hat er sich gedacht, als die Pfisterer
Lily mit einem Lächeln, da schmilzt du einfach so weg, vor
ihm gestanden ist. Sanktus natürlich Blick zu den Zehen in

offenen Sandalen, und auch diese Hürde genommen. Ausgesprochen schön und knallrot lackiert. Nicht Sanktus' Lieblingsfarbe, aber zur Lily hat's wunderbar gepasst.

»Servus, ich bin die Lily. Ich hab mal in der Nähe vom Graffiti gewohnt«, hat sie sich vorgestellt.

»Bin der Sanktus. Servus, Lily. Kommts rein. Griaß di, Graffiti.«

Jetzt waren die beiden anderen Damen natürlich auch schon im Gang der Wohnung erschienen und haben sich vorgestellt. Der Sanktus hat peinlich genau darauf geachtet, dass die neue Graffiti-Bekannte ja mitkriegt, dass die Kathi seine Frau ist, und er nicht versehentlich mit der Birthe in Verbindung gebracht wird. Doch selbst die Birthe hat sich normal verhalten und nicht gleich alle mit ihrer kracherten Art blamiert.

»Wir haben ein Flascherl Rotwein mitgebracht«, hat der Graffiti gesagt und den Wein hochgehalten.

»Also wirklich, Quirin«, hat die Lily gemeint. »Du kannst doch die Leut nicht so überfallen. Wir wollten eigentlich fragen …«, aber weiter ist sie nicht gekommen.

»Doch, kann er. Passt grad. Unsere Flasche ist grad leer worden«, hat der Sanktus gesagt und die Birthe strafend angeschaut. »Setzt euch auf den Balkon. Ich hol was zum Knabbern.«

Die Birthe hat kurz den Wein in der Graffiti-Hand herumgedreht und durch die ganze Wohnung geflötet: »Öh, Schianti Classigö. Wünderbor!«

Der Sanktus hat die Lily angeschaut und gemerkt, dass sie kurz vor dem Herausprusten war. Sehr nette Dame. Und äußerst hübsch. Hat er mal wieder ein Dusel gehabt, der Graffiti.

Draußen auf dem Balkon hat der Sanktus den Damen Wein eingeschenkt.

»Magst a Bier?«, hat er den Graffiti gefragt.

Der hat genickt.

»Der Hanspeter hat mit belgischer Hefe rumexperimentiert. Keine Angst, hat nur knappe sechs Prozent. Kein ›Dubbel‹ oder ›Tripel‹.«

»G'mahte Wiesn«, hat der Graffiti gesagt, und dem Sanktus ist aufgefallen, dass sie in einer ähnlichen Konstellation letztes Jahr auch schon hier zusammengesessen waren. Nur mit der Daniela statt der Lily.

Er hätte nicht sagen können, welche Dame ihm besser gefallen hat. Die Daniela war schon ein Knaller gewesen, aber die Lily hat etwas gehabt, was der Sanktus nicht beschreiben hat können. Du hast sie angesehen und hast geglaubt, sie schon jahrelang zu kennen. Irgendwie ein Gefühl von Daheim und Geborgenheit. Und diese lieben Augen. Lieb? Hätte der Sanktus nie über die Lippen gebracht. Aber bei der Lily war das Wort absolut richtig.

»Ich wollt euch die Lily einfach einmal vorstellen«, hat der Graffiti angefangen. »Wir haben uns gestern beim Bhupinder in der *Neuen Kirch* kennengelernt.«

»Genau«, hat die Lily gelacht und den Graffiti verliebt angesehen. »Wir haben beide einen *Singapore Sling* bestellt, und so sind wir ins Gespräch gekommen.«

»Da hat's geschnackelt«, hat der Graffiti gesagt und ihr ein Bussi gegeben.

»Genau«, die Lily.

»Die Lily ist auf Urlaub hier und zieht einstweilen zu mir«, hat der Graffiti stolz verkündet.

Dem Sanktus ist jetzt die Luft weggeblieben, weil hinziehen ja gerne, aber was hat aus seinem Plan werden sollen? Weg von der Birthe. Ja zefix, zefix und noch einmal zefix. So ein Scheißdreck. Herrschaftszeiten. Weißt echt! Sein Puls, Höchstgeschwindigkeit Anfänger.

Er hat den Graffiti angeschaut, und der hat genau gewusst, was der Sanktusblick zu bedeuten hatte. Er hat ganz leicht seine Hand bewegt und das Zeichen hat geheißen: Hab dich schon verstanden! Ruhig bleiben. Wir finden einen Ausweg.

Dann hat der Graffiti wieder ganz verliebt seine Lily angeschaut.

Der Sanktus hat zur Kathi geblickt, aber die eher kritisch, was ihm nicht so gefallen hat. Die Birthe war hin und weg und hat geschmachtet. Entweder wegen der Lovestory oder wegen dem Graffiti. Na, bloß nicht. Um Gottes willen, Gedanke vom Sanktus.

19.

Natürlich ist es dann um den Mord am Abt Philipp gegangen. Der Graffiti hat noch einmal die Geschichte erzählt, warum er den Geistlichen in der Früh am Firmungstag im Klo am Kragen gehabt hat. Der Sanktus hat ihm die Version immer noch nicht abgenommen, aber die Tatsache, dass der Graffiti beim Auffinden des Ermordeten in der Sakristei eingesperrt war, hat dann doch Zweifel an seiner Schuld aufkommen lassen. Dass sich der Graffiti irgendwie selbst eingesperrt hätte, so wie es der Rudi angeschnitten hatte, hat der Sanktus nicht geglaubt. Den Graffiti hatte er relativ spät zur Firmung eingeladen, da er nicht geglaubt hatte, dass sein Spezl überhaupt in eine Kirche gehen würde. Also eindeutig zu wenig Zeit, um solch eine Tat vorzubereiten. Zumindest Meinung vom Sanktus.

Die Lily und auch die Birthe waren natürlich 100-prozentig von seiner Unschuld überzeugt. Das hat man ihnen angesehen, und sie haben das auch kundgetan. Der Sanktus und die Kathi selbstverständlich auch nicht, obwohl sie den Himsl Quirin halt doch schon länger und intensiver als die beiden schmachtenden Damen gekannt haben.

»Das will mir einer in die Schuhe schieben«, hat der Graffiti konstatiert. »Nur weiß ich nicht, ob explizit mir oder nur zur Ablenkung. Ich mein, dass der Mörder gerade einen Dummen gebraucht hat, und ich in der Nähe war. Was meinst du, Sanktus? Du hast doch da immer einen Riecher? Herrschaftszeiten, das macht mich wahnsinnig!«

»Ja«, hat die Lily gesagt, »du bist schon ganz zerstreut. Heut hast du fast die Schlüssel in der Wohnung vergessen. Da hätt ma schön ausg'schaut.«

»Obwohl ich mir sicher war, dass ich sie eingesteckt hab. Komisch. Das Hirn lässt halt auch schon nach!«

»Das ist stressbedingt«, hat die Kathi gesagt. »Da musst halt ein bisserl auf ihn aufpassen und beruhigend einwirken, Lily.«

»Um noch mal auf das In-die Schuhe-Schieben zurückzukommen«, hat der Sanktus unterbrochen. »Schwierig. Ich würd jetzt einmal von einem Zufall ausgehen. Das wäre logisch, weil du bist ja wirklich zufällig vorbeigekommen. Oder hat dich irgendwer oder irgendetwas in Richtung Sakristei, sagen wir mal, gelockt?«

»Naa, gar ned. Ich wollt ja unterhalb vom Altar ein Kerzerl stiften, da hab ich ein Gerangel aus der Sakristei gehört«, hat der Graffiti erklärt, aber dem Sanktus war klar, dass das gelogen war.

»Gut, dann lass ma die Diskussion. Prost!«, hat der Sanktus gerufen und das Glas gehoben.

»Okay!«, hat der Graffiti zugegeben. »Ich wollt noch einmal zu diesem Deppen. Der hat mich auf dem Klo so saudumm angemacht, dass ich ihm noch so einiges an den Kopf werfen wollt. Solche, wie der, haben mir … Ach, scheiß die Wand an!«

Lilys Blick Unwohlsein.

»Brav warst du heut«, hat die Kathi gemeint, als sie neben dem Sanktus im Bett gelegen ist.

»Warum brav, Kathi? Wie meinst brav?«

»Du hast dich gar ned über die Birthe aufgeregt, mein ich.«

»Ich reg mich nie über deine Freundin auf«, hat der Sanktus geheuchelt.

»Doch! Immer. Und ich merk's dir genau an. Hör zu. Die Birthe ist schon in Ordnung. Ich kenn die jetzt schon fast 20 Jahre. Sie hat nur ein Problem: Sie hat mit jedem Mann Pech. Sie erwischt halt immer den Falschen.«

»Wundert mich ned«, hat der Sanktus eingeworfen. »Die Richtigen nehmen ja sofort Reißaus bei der.«

»Geh, Sanktus. Sei doch einmal ned so! Die ist eine ganz eine Liebe. Moment. Da schau her«, hat die Kathi gesagt und dem Sanktus ein Foto von einem blonden Model gezeigt.

»Aha. Und was soll ich damit?«

»Das war die Birthe vor 15 Jahren. Und schau sie dir jetzt an, was die Männer aus ihr gemacht haben.«

»Kann doch ned sein«, hat der Sanktus gemeint und der Kathi das Foto förmlich aus der Hand gerissen. »Die war ja richtig hübsch! Bis auf ihre Zehen. Die waren bestimmt schon immer greislig.«

»Du hast ja meine«, hat die Kathi lächelnd gesagt und dem Sanktus ihren rechten Fuß hingestreckt.

Er hat den Fuß genommen und massiert.

»Ui, ja!«, hat die Kathi gelechzt. »Eine Fußmassage hab ich schon lang gebraucht.«

Sie hat sich im Bett umgedreht und dem Sanktus auch den zweiten Fuß hingestreckt. Er hat nun beide Füße massiert, die weinrot lackierten Zehennägel betrachtet, und die Kathi hat entspannt geseufzt.

»Was sagst du eigentlich zu dieser Lily?«, hat sie wissen wollen.

»Find ich sehr nett. Hat er ein Gute erwischt, der Graffiti!«, Antwort vom Sanktus. »Und du? Was meinst du?«

»Weiß ned. Ich find sie auch nett. Hübsch, nicht überspannt, aber mir geht das zu schnell. Dass sie halt gleich bei ihm einzieht.«

»Ja, mei. Ist ja nur für die Urlaubstage. Dann ist sie wieder in Wien, und sie können überlegen, wie sie weitermachen«, hat der Sanktus philosophiert. »Ich find's gut, dass er jemanden hat. Das mit dem Mord macht den fertig. Er will immer eine weiße Weste haben und ja nicht angreifbar sein. Und Angst hat er auch, dass ihm jemand an den Karren fahren will. Das kenn ich genau. Vielleicht beruhigt sie ihn.«

»Das mit dem Abt ist komisch«, hat die Kathi gemurmelt. »Da stimmt was ned. Aber er lasst nichts raus, gell.«

»Ich glaub, der hat den Abt von irgendwoher gekannt. Irgendwas haben die zwei miteinander gehabt. Vielleicht von früher. Der Graffiti hat so viele zwielichtige Sachen in seinem Leben gemacht, da ist er jetzt ja direkt ein Heiliger.«

»Na, ich würd heut auch noch ned meine Hand ins Feuer legen für ihn«, hat die Kathi kommentiert. »Wirklich ned. Ich mein, er ist bestimmt nicht kriminell, aber so ganz legal kommen mir seine Geschäfte nicht vor.«

»Hast schon recht. Aber seit er sich auf Lebensmittelimport und die Belieferung der Gastronomie umgestellt hat, mein ich, sind die Schiebergeschäfte weniger geworden«, hat der Sanktus gemeint.

»Ich weiß ned«, hat die Kathi gesagt. »Irgendwie kommt's mir komisch vor, das Ganze. Aber kommt Zeit, kommt Rat. Kannst du bitte weiter massieren?«

20.

Die dunkle Gestalt wandelte durch die düstere Kirche und sog langsam und genüsslich den Duft des Weihrauchs, der von der letzten Messe noch in der Luft lag, ein. Sie zündete eine Opferkerze an, schritt langsam zum Altar, verneigte sich und kniete auf den Stufen nieder.

»Herr ich bin nicht würdig, dass du mich auch nur beachtest, aber ich bin dein treuester Diener. Ich handle nach deiner Heiligen Schrift, und deine Gerechtigkeit wird siegen. *Wohl dem, der nicht wandelt im Rat der Gottlosen noch tritt auf den Weg Sünder noch sitzt, da die Spötter sitzen, sondern hat Lust zum Gesetz des Herrn und redet von seinem Gesetz Tag und Nacht! Der ist wie ein Baum, gepflanzt an den Wasserbächen, der seine Frucht bringt zu seiner Zeit, und seine Blätter verwelken nicht; und was er macht, das gerät wohl. Aber so sind die Gottlosen nicht, sondern wie Spreu, die der Wind verstreut. Darum bleiben die Gottlosen nicht im Gericht noch die Sünder in der Gemeinde der Gerechten. Denn der Herr kennt den Weg der Gerechten; aber der Gottlosen Weg vergeht.* Ich werde deinen Weg weitergehen in deinem Namen. Noch heute wird Gerechtigkeit walten und der Gottlose verstummen.«

Die Gestalt stand auf, bekreuzigte sich, verneigte sich abermals und breitete die Arme aus.

»Herr, gib mir die Kraft, den göttlichen Plan auszuführen.«

Dann schlich sich der Schatten leise zum Kirchenausgang.

21.

Die Polizeiobermeister Burgmaier und Hofer haben gerade im Polizeiauto stilecht mit offenen Fenstern und Ellenbogen nach draußen ihre Runde durch das nächtliche Haidhausen gedreht, als sie am Johannisplatz an der Kirche vorbeigekommen sind. Ihre Sonnenbrillen haben sie ausnahmsweise, der späten Uhrzeit geschuldet, nicht aufgehabt, uncool praktisch kein Ausdruck.

»Und da drin haben s' den Abt umgebracht, oder?«, hat der Hofer Lenz den Burgmaier Charlie gefragt und auf die Johanniskirche gedeutet.

»Ganz genau«, hat der Burgmaier Charlie, der bärtige und dickere der beiden, nickend bestätigt. »Und unser spezieller Spezialfreund war wie allerweil a mit von der Partie.«

»Der Sanktus?«, hat der Hofer Lenz, wie immer mit käsigem aufgequollenem Teint, dämlich gefragt.

»Jessör!«, hat der Charlie geantwortet. »Der Mister Sevenclever war natürlich vor Ort. Ist ja ganz klar, dass dieses Rindviech bei so was ned fehlen darf.«

»Da wird er sich wieder aufgemandelt haben«, hat der Hofer Lenz gesagt und den Kopf geschüttelt.

»Das kannst dir vorstellen. Wie der Herkül Pwaroo in seinen besten Zeiten?«

»Wer?«

»Pwaroo. Na, der Ustinov!«

»Hercule Poirot meinst. Den Belgier?«

»War des koa Franzos?«, hat der Burgmaier Charlie wissen wollen.

»Naa, eben ned!«, hat ihm der Hofer Lenz erklärt, »Belgier! Belgier war er.«

»Is ja wurscht!«, hat der Burgmaier Charlie gemeint. »Aber halt amal an.«

»Warum?«

»Hoit o, Volldepp, wenn ich's sag, zefix!«, hat der Burgmaier Charlie den Hofer Lenz geschimpft. »Hast des g'sehen?«

»Na, wenn i was g'sehen hätt, hätt i ja von selber aus ang'halten, oder? Du Kletzen!«

»Jetzt hoit's Maul und schau! Da flackert doch was. Schau in das seitliche Fenster. Da! Ganz leicht. Wie wenn das Fenster mit etwas zug'hängt wär und drinnen tät was vor sich gehen. Ist das Fenster von der Sakristei, oder? Da drin haben s' doch die Leich g'funden.«

»Pfeilgrad. Da schau her. Wird doch ned der Heilige Geist sein?«

»Lenz«, hat der Burgmaier Charlie gestöhnt, »du wennst a bisserl g'scheiter wärst, tätst wissen, wie blöd dass d' bist! Echt, fei!«

Der Hofer Lenz hat den Burgmaier Charlie jetzt nur wie ein Auto angeschaut und fragend das Gesicht verzogen.

»Fahr auf den Gehsteig. Da müssen wir nachschauen. Am End zieht's den Mörder an den Tatort zurück, und wir kassieren ihn.«

»Und der Sanktus schaut blöd aus der Wäsch. Geil, ha?«, hat der Hofer Lenz gejauchzt.

So sind die beiden vor der Kirche aus ihrem Auto ausgestiegen und die Treppe hinauf zum mittleren Eingangsportal, das zu dieser Uhrzeit komischerweise offen war. Der Burgmaier Charlie hat die Holztür langsam geöffnet und ist in den Vorraum hinein. Der Hofer Lenz ist ihm gefolgt.

»Lass die Tür ned zuknallen«, hat der Burgmaier Charlie noch sagen wollen, da war sie dem Hofer Lenz schon mit einem Knall aus der Hand gerutscht. »Rindviech! Zefix!«

»Öha«, der Hofer Lenz.

Die beiden sind nun durch die Glastür in das Kircheninnere hinein. Der Burgmaier Charlie mit einer Taschenlampe voraus, der Hofer Lenz ist ihm nachgetrottet.

»Und sei ja ruhig. Host mi?«, hat der Burgmaier Charlie den Hofer Lenz flüsternd angefahren.

»Is ja scho guad. I pass auf.«

»Des merk i«, hat der Burgmaier Charlie gefrotzelt. »Schau, da vorn beim Altar. Da! Seitlich ist eine Tür offen. Da kommt ein Lichtschein raus. Siehst es?«

»Meinst, da is wer drin?«, hat der Hofer Lenz gefragt.

»Der Heilige Geist wahrscheinlich, Depp!«, der Burgmaier Charlie.

»Kennst du den Witz mit dem Heiligen Geist, dem Petrus und der Weißwurst«, hat der Hofer Lenz den Burgmaier Charlie gefragt.

»Herrschaftszeiten, den kannst mir nachher erzählen, Aff. Jetzt komm mit. Aber leise!«

Die Polizisten haben sich schleichend durch den Mittelgang des Hauptschiffs zum Altar vorgearbeitet. Sie haben den Lichtschein beobachtet und ein Flackern, wie wenn Personen an einer Lichtquelle vorbeigehen, feststellen können.

Sie sind nun ganz vorsichtig die dunklen Treppen zum Altar hochgestiegen und haben die Waffen im Anschlag gehabt. Aus der Tür, neben der die Glocke das Erscheinen des Pfarrers und der Ministranten und somit den Beginn der Messe angekündigt hat, haben die beiden ein Zischen hören können. Dann wieder ein mehrfaches, schnelles Klacken einer Kugel auf Metall. Dann wieder Zischen.

Die beiden Polizisten haben sich kurz angeschaut, der Burgmaier Charlie hat mit einem Nicken das Kommando gegeben, und der Hofer Lenz ist mit einem Satz vor die Tür gesprungen und hat gerufen: »Hände hoch! Das ist ein Überfall!«

22.

Der Hofer Lenz war käsweiß im Gesicht, als er in das gehörnte Gesicht des Herrn der Hölle geschaut hat. Komisch war nur, dass der Teufel Farbdosen in den Händen gehabt hat. Der Burgmaier Charlie ist nun hinter den Hofer Lenz getreten und hat seine Waffe ebenfalls auf den Unbekannten mit der Luzifermaske gerichtet.

»Ja, wen hamma denn da?«

»Da ... da ... da ...«, hat der Hofer Lenz gestottert.

»Der Internetstar höchst persönlich«, hat der Burgmaier Charlie überlegen gespottet. »Jetzt ist Sendeschluss!«

»Internet, nur Internet«, hat der Hofer Lenz sich selbst beruhigt und tief durchgeschnauft.

Der Unbekannte hat sich der Wand in der Sakristei zugewandt und das letzte Wort seines neuen Psalms geschrieben. Er hat sein Werk betrachtet und sich langsam wieder zu den beiden Polizisten, die jetzt nebeneinander in der Sakristeitür gestanden sind, gedreht. Der Burgmaier Charlie hat gerade einen schlauen Satz anfangen wollen, da hat der Unbekannte beide Hände hochgerissen, den beiden Polizisten jeweils einen gewaltigen Schuss Graffitifarbe in ihre Gesichter gesprüht und hat Anlauf genommen.

Die beiden, völlig perplex, haben geschrien und sich die Augen gerieben, als der Luzifer mit Karacho zwischen sie gesprungen ist, sie zur Seite gestoßen hat und in Richtung Kirchenausgang gesprintet ist.

Als die beiden Polizisten ihren ersten Schock überwunden gehabt haben, sind sie dem Unbekannten wie zwei Vergiftete nachgerannt. Sehen hätte sie keiner dürfen mit ihren rot und schwarz verschmierten Gesichtern.

Blöd jetzt nur, dass der Unbekannte anscheinend sportlicher war als seine Kontrahenten und bereits zum Kirchenportal hinaus war. Der Burgmaier Charlie und der Hofer Lenz keuchend hintennach.

Doch draußen hat sich das Blatt gewendet, denn der Unbekannte ist samt seinem Umhang auf ein Fahrrad gesprungen und über den Johannisplatz in die Chorherrstraße in Richtung Wiener Platz geradelt. Die beiden Ordnungshüter waren sich nun sicher, dass sie ihn gleich mit ihrem BMW gestellt haben würden.

Sie haben ihr Auto bestiegen und sind rückwärts mit Karacho vom Vorplatz der Kirche auf den Johannisplatz geschossen und haarscharf einer Kollision mit einer Trambahn, die von der Metzgerstraße hergekommen war und die der Hofer Lenz übersehen hatte, entgangen. Der Polizeiwagen hat einen Powerslide hingelegt, und das Auto ist nun in Fahrtrichtung Wiener Platz gestanden. Den Burgmaier Charlie hat es regelrecht in den Sitz hineingedrückt, als der Hofer Lenz Gas gegeben hat.

Vorne haben sie den Unbekannten gerade noch rechts abbiegen sehen können. Der Hofer Lenz ist ihm wie ein Wahnsinniger nach und ist ungebremst in die Innere Wiener Straße geschlittert. Gott sei Dank ist kein Auto gekommen.

Der Unbekannte ist mit seinem Radl volles Tempo in Richtung Max-Weber-Platz, und der Polizeiwagen ihm nach.

»Ja, was macht der denn jetzt? Spinnt der?«, hat der Hofer Lenz gefragt und dem unbekannten Radler nachgeschaut, als der auf dem Gehweg in Richtung Abgang zum U-Bahnhof Max-Weber-Platz geprescht ist.

Kurz vor der Treppe hinab hat der Unbekannte gebremst, hat sich umgedreht und die Polizisten durch seine Maske eindringlich angesehen. Dann hat er ihnen den Stinkefinger gezeigt und ist stehend auf dem Rad die Stufen zum Zwischengeschoss hinuntergefahren.

Die beiden Ordnungshüter sind mit einem Krachen den Randstein hinaufgefahren, haben kurz vor dem U-Bahn-Eingang gestoppt, sind wie die Narrischen aus dem Auto gestürzt und ebenfalls die Treppen hinunter, doch unten war niemand zu sehen.

Das Zwischengeschoss war leer.

»Da! Eine U-Bahn. 'nunter zum Gleis! Schnell!«, hat der Burgmaier Charlie geschrien und den Hofer Lenz an der blauen Jacke gerissen.

Die beiden sind die Rolltreppe hinuntergesprungen, doch in dem Moment, als sie auf dem Bahnsteig angekommen sind, haben die Türen der U-Bahn geschlossen, und der Zug hat sich in Bewegung gesetzt.

Aus dem Fenster einer Tür der ausfahrenden Bahn hat ihnen eine Gestalt mit Teufelsmaske entgegengewinkt. Trotz des starren Gesichts hat der Burgmaier Charlie das Gefühl gehabt, der Luzifer grinst ihn vor Schadenfreude an.

»Zefix!«, hat der Burgmaier Charlie gekeucht.

»Blöde Sau«, der Hofer Lenz.

»Und jetzt?«

»Ist er teuer?«

»Wer?«, seitens Burgmaier Charlie.

»Der gute Rat.«

»Ja, so ein Scheißdreck!«

»Saukerl!«

»Lenz, kein Wort zu irgendwem. Kein Protokoll. Nix. Wir haben nix g'sehen. Sonst sind ma wieder das G'spött von ganz München. Zwei Deppen lassen einen Radler entkommen. Jetzt wasch ma uns erst einmal unser G'sicht und na hol ma uns an Kaffee.«

»Oder gleich a Halbe?«

»G'scheiter is's!«

»Zefix, Halleluja!«

DONNERSTAG

23.

Am Donnerstag hat das Telefon in aller Herrgottsfrüh geklingelt.

»Sanktjohanser«, hat der Sanktus in den Apparat gemurmelt.

»Moign, Sanktus, da ist der Migi.«

»Unna Sepp isaa aa do«, hat der Sanktus den Mbewu aus dem Telefon hören können. »Mia hamma Lautspreckaa!«

»Morgen, ihr zwei. Was gibt's?«

»Es geht scho wieder weiter, zef…, also verdammt!«, hat der Hintermeier fast geschrien. »Unsere Sakristei ist verunstaltet worden. Also, des hoaßt …«

»Die hamma Psalmen gespruuht«, hat der Mbewu aus dem Hintergrund gerufen.

»O, leck!«, der Sanktus.

Die Kathi, die inzwischen aufgewacht war, hat ihn verschlafen angeschaut und den Kopf geschüttelt. Dann hat sie sich wieder umgedreht und das Kissen über den Kopf gezogen.

»*Psalm 1.4 Aber so sind die Gottlosen nicht, sondern wie Spreu, die der Wind verstreut. 1.5 Darum bleiben die Gottlosen nicht im Gericht noch die Sünder in der Gemeinde der Gerechten. 1.6 Denn der Herr kennt den Weg der Gerechten; aber der Gottlosen Weg vergeht.* Das macht mir jetzt Angst, Sanktus, weil wenn der Gottlosen Weg vergeht, könnte das einen weiteren Mord andeuten, oder?«, hat der Hintermeier gewinselt.

»Oder sie meinen das bildlich, dass halt das Ende der

Gottlosen nahe ist«, hat der Sanktus immer noch ein bisserl verschlafen gemurmelt.

»Scho, aber im zweiten Psalm kommt dann das Zerschlagen der Heiden mit einem eisernen Zepter. Erkennst du da Parallelen?«

»I sog nuaa Monstraanz«, hat der Mbewu gerufen.

»Hast du die Bine angerufen?«

»Nein, mach ich gleich. Und Sanktus, die Sakristei war von der Polizei versiegelt. Wer traut sich denn da rein, frag ich mich?«

»Na ja. Des Bapperl, Migi. Aber schau ma mal. Ich komm gleich zu euch rüber.«

»Halt, schau erst ins Internet. Der Luzifer hat's auch gebracht.«

Der Sanktus ist aufgestanden, in die Küche, hat sich einen Kaffee heruntergelassen und den Laptop hochgefahren. Viel googeln hat es nicht benötigt, denn das Video war bereits auf der Startseite des Browsers verlinkt. »Mann mit der Luzifermaske postet sein 13. Internetvideo«, war vermerkt. Der Sanktus hat draufgeklickt, und der Unbekannte ist erschienen. Der Titel war »Video 13, Der Gottlosen Weg vergeht«.

»Ich habe euch drei weitere Psalmen gebracht, die euch auf eurem Weg begleiten sollen«, hat er verkündet.

Dann hat er aus Psalm 1, Teil 4 bis 6 vorgelesen.

»Übt euch in Gerechtigkeit und Christlichkeit, sonst werdet ihr entfernt, wie der Wind die Spreu vom Weizen trennt. Euer falscher Weg vergeht. Kardinäle, Bischöfe, Pfarrer, Bedienstete der Kirchen und Gläubige. Denkt darüber nach und verbreitet die liebevolle Botschaft des Herrn! Ich kann noch keinen Sinneswandel in euch erkennen. Wenn das nicht erfolgt, seid versichert, werden weitere Aktionen folgen.«

24.

In der Sakristei hat Aufregung geherrscht. Der Hintermeier, der Mbewu, die Bine, der Rudi, die Spurensicherung und zwei Streifenpolizisten, die das Terrain gesichert haben, waren zugegen. Alle sind vor der mit roten und schwarzen Schriftzeichen beschmierten Wand gestanden und haben die Psalmen betrachtet.

»Des bedeut' nix Gutes«, hat der Hintermeier keuchend von sich gegeben. »Des sog i eich!«

»I woaß nedaa«, hat der Mbewu gemeint. »Vielleickt issa gar ned so schlimm. Issa ja aa ned bewiesen, dass dös was mit de Morde su doa hat.«

»Ich weß ned, ich weß ned«, hat der Bergmann Rudi gemeint und den Kopf geschüttelt. »Wie siehts's aus?«

»Kein gewaltsames Eindringen«, hat der Mann von der KTU gesagt. »Sieht aus, wie wenn aufgesperrt worden wäre. Das Siegel ist sorgfältig aufgeschnitten worden. Keine Spuren. Nichts.«

»Bine, Rudi, wissts ihr über die anderen Fälle der Psalmen auch Bescheid?«, hat der Sanktus gefragt.

»Inzwischen schon. Wir haben uns, so gut wie's geht, seit dem Mord eingearbeitet, warum?«, hat die Bine geantwortet.

»Weil schauts mal. Die Schrift ist nur auf Flächen gesprüht worden, die man mühelos wieder überpinseln kann. Da, wo die Säulen an die Wand hingemalt sind, hat der Täter bewusst abgesetzt und drum rum geschrieben. Könnt ihr mal prüfen, ob das in den anderen Fällen auch so war.«

»Muss ich die Kollegen anrufen. Darauf hab ich jetzt ned geachtet«, hat die Bine gesagt und den Sanktus verwundert angeschaut.

Sie hat ihr Handy gezückt und mit einem Kollegen gesprochen.

»Genau! Schau dir mal bitte alle Bilder an, ob da Kunstwerke übersprüht worden sind, oder ob die Buchstaben nur auf einem weißen Hintergrund sind.«

Frage.

»Ja, freilich. Gelb geht auch. Du sollst schauen, ob irgendwas beschädigt worden ist.«

Antwort.

»Ja, logisch die Wand!«

Kommentar.

»Sonst nix? Danke. Ciao. Sanktus! Wie du vermutet hast. Es ist nichts beschädigt worden, was nicht einfach wieder überpinselt werden könnte.«

»Die wollen nichts beschädigen. Da bin ich mir eigentlich sicher. Die wollen nur Aufmerksamkeit.«

»Die?«, Frage von Rudi und Hintermeier unisono.

»Ich glaub, dass das mehrere sind. Sagt mir mein Bauchgefühl«, Abschlussworte Sanktus.

25.

Pfarrer Maximilian Aust, ein wohlgenährter Geistlicher, kniete vor dem Altar seiner Kirche und bat den Herrgott um Schutz. Der Tod des Abts vom Berg ging ihm sehr nahe, und er hatte Angst, dass ihm Ähnliches zustoßen könnte. Er konnte nicht mehr schlafen, konnte sich in der Heiligen Messe nicht mehr konzentrieren und tat seinen Dienst als Seelsorger in diesen Tagen mehr schlecht als recht. Sollte das über 20 Jahre zurückliegende Ereignis diese Geschehnisse heraufbeschworen haben? Möglich wäre es, doch wer sann nach all der Zeit nach Rache? Und warum gerade jetzt? Das Mädchen sicherlich nicht mehr. Es war tot.

Maximilian Aust war ratlos. Früher hätte er seinen Freund Engelbert um Rat gefragt, doch das war nicht mehr möglich.

Plötzlich hörte er die Kirchentür schlagen. Er drehte sich um, doch da war niemand. Ihm war, als hätte er kurz einen schwarzen Schatten in das hintere Seitenschiff der Kirche huschen sehen. Er betete kniend weiter, jedoch nicht ohne auf jedes Geräusch, sei es noch so leise, zu achten.

Ihm war nun, als würde er einen Lufthauch im Nacken verspüren und drehte sich um. Was er nun hinter sich sah, ließ ihm das Blut in den Adern gefrieren.

»Wir gehen jetzt langsam zur Sakristei«, befahl ihm die dunkle Gestalt, die sich hinter ihm angeschlichen hatte. »Einen Laut, und du bist tot.«

Aust saß auf einem Stuhl mit dem Rücken zur Sakristeitür und sah in die auf ihn gerichtete Waffe. Die ihm gegenüberstehende Gestalt war mit einer Teufelsmaske und einem schwarzen Cape bekleidet. Sie stand nur reglos da und sagte nichts mehr.

»So sagen Sie doch. Was ist der Grund, dass Sie mich bedrohen?«, flehte Aust.

Die Gestalt reichte ihm ein Foto, und er verstand sofort. Er war auf dem Holzweg gewesen. Völlig falsch gelegen. Aust sah nur in die Augen der Person auf dem Bild und war binnen Sekunden in die Vergangenheit zurückversetzt. Nun war ihm alles klar.

Die Gestalt reichte ihm ein Blatt Papier und befahl: »Schreib!«

»Was soll ich schreiben? Ich schreibe alles, was Sie verlangen«, winselte Aust.

»Dein Geständnis!«

Aust schrieb mit krakeliger, nervöser Schrift die Geschehnisse und sein Zutun nieder und reichte es der Gestalt.

»Und jetzt schreib noch einmal!«

Der Unbekannte diktierte einige Worte, und Aust schrieb brav. Danach reichte er der Gestalt die Zeilen.

In diesem Moment traf ihn von hinten ein Schlag, und die Sakristei versank in tiefem Schwarz.

Das Letzte, was Maximilian Aust sah, war Jesus am Kreuz, der ihm zuzulächeln schien.

FREITAG

26.

»Und wenn wir jetzt 'ne Kerze stiften, dann findest du dein Portemonnaie wieder?«, fragte der kleine Finn-Marvin Lintl am Freitagmorgen seine Mutter Ricarda nörgelnd nun zum gefühlt 20. Mal. »Ich weiß ja nicht. Ich denke wir sollten eher mal nachdenken, wo du das Ding überall verloren haben könntest, Mutti!«

Ricarda war sich nicht sicher, woher ihr Sohn diesen Hang zur Klugscheißerei gehabt hat. Von ihr nicht, und ihr Mann Dieter war auch eher ein stiller Typ. Ob es doch am Namen gelegen hat? Ihre Tante, eine Grundschullehrerin, hatte ihr das bei der Taufe prophezeit. Aber sie wollte nicht hören, und so war das Kind ein Finn-Marvin geworden.

»Wo ist er denn nun, der heilige Aloysius?«, fragte der Bub.

»Antonius, Finn-Marvin. Antonius. Da vorne an der Seite. Zwischen den beiden Portalen. Dort, wo die Kerzen davorstehen.«

»Oh, der hat aber 'ne lustige Frisur«, rief das Kind.

»Plärr nicht so, Finn-Marvin. Wir sind in einer Kirche. Da muss man leise sein, sonst schimpft der Pfarrer. Und die Frisur heißt Tonsur. Die haben sich die Mönche früher so schneiden lassen. Also komm, stiften wir das Kerzerl, und dann geht's heim.«

»Das heißt nach Hause, Mutti!«

»Ja, ist recht«, murmelte Ricarda und in Wirklichkeit dachte sie: Ja, du mich auch.

Dieses Kind konnte einen mit einem Lächeln auf die Palme bringen.

Sie warf ein 50-Cent-Stück, das sie daheim gefunden hatte, in den Geldschlitz der Sammelbüchse, und kaum hatte sie die Kerze in der Hand, wurde sie ihr schon wieder von ihrem Sohn entrissen, der sich dabei die Haare seines Unterarms versengte.

»Herrschaftszeiten, Bub!«, fing Ricarda an zu fluchen.

»Mutti, hier darf man nicht fluchen. Sonst schimpft der Pfarrer«, erklärte Finn-Marvin neunmalklug.

»Jetzt zünd an. Mach zu. Auf geht's«, drängte Ricarda ihren Sohn.

»Schon erledigt. Ich möchte mir aber noch alle Bilder ansehen, Mutti.«

»Jetzt stell die Kerze erst einmal zu den anderen. Die Wandgemälde hast du doch schon tausendmal angeschaut, Mensch. Mir pressiert's. Ich muss noch die Kreditkarten sperren lassen«, drängte Ricarda.

»Aber wir finden das Portemonnaie doch jetzt. Du hast ja die Kerze gestiftet. Dann hast du die Karten alle wieder. Mann, sonst hättest du dir die 50 Cent ja wohl sparen können.«

»Finn-Marvin, reg mich nicht auf und schau mich an, wenn ich mit dir red …«

Doch der Bub war nicht dazu zu bewegen, sie anzusehen. Er sah stur an ihr Richtung Altar vorbei und deutete nach oben.

»Mutti, warum hängen da heute zwei Jesusse am Kreuz? Das stimmt doch so nicht!

27.

»Lang nimmer g'sehn, gleich wieder kennt«, hat der Sanktus dem Pfarrer Hintermeier zugeflüstert, als sie sich im Altarraum der Kirche getroffen haben.

»Hätt's nicht so schnell gebraucht«, hat der Pfarrer erwidert. »Schau dir das einmal an.«

Der Sanktus war vom Hintermeier angerufen worden, und der hatte einen Tipp vom Kaplan der Gemeinde bekommen, also, dass der Pfarrer Aust tot am Kreuz neben dem Jesus hängt.

»Mir häddn euch schon noch Bescheid g'sacht«, hat der Bergmann genörgelt. »Wir wollden halt einfach zuerst in Ruhe unsere Spuren sichern, aber bei euch geb ich's auf. Euch kann ma ja kaane fünf Minuden fernhalten.«

Der Sanktus hat jetzt zum großen Kreuz, das an der Seitenwand neben dem Altar angebracht war, hochgeschaut. Dort ist der Pfarrer an einem Strick gehangen, der an der Stelle, wo sich die beiden Balken gekreuzt haben, befestigt war. Die Leiche ist etwas schief zur Seite gedreht gewesen, da der Christus und er zusammen relativ wenig Platz dort oben gefunden haben. Für den Sanktus hat es den skurrilen Eindruck gemacht, dass Jesus in den letzten Minuten seines Leidens vorwurfsvoll zu dem erhängten Geistlichen geblickt hat. Logisch, hat der Sanktus gedacht, wenn sie dir so einen Fetten dazu hängen, würd ich auch grantig schauen. Er hat sich aber gleich ob dieser blasphemischen Gedanken bekreuzigt und sich selbst innerlich zu mehr Demut ermahnt.

»Hast recht«, hat die Bine gemeint und sich auch bekreuzigt.

»Maximilian Aust heißt er«, hat der Rudi dem Sanktus zugeflüstert. »Kennst du ihn?«

Der Sanktus hat den Kopf geschüttelt und in das Gesicht des Erhängten gesehen. Es war eher blass. Er hätte sich das blutunterlaufen vorgestellt. Alles in allem ein friedlicher Anblick.

»Keine Spuren eines Kampfes«, hat der Gerichtsmediziner bestätigt. »Nur diese Karte hatte er im Mund.«

Er hat dem Rudi eine Spielkarte gegeben. Es war wieder eine Tarotkarte. Wie bei der letzten Leiche Nummer 15: der Teufel. Der Rudi hat sie sofort umgedreht und draufgesehen. Eine »9« war mit wasserfestem Stift darauf geschrieben.

»Neuntes Gebot«, hat der Sanktus gerufen, und der Rudi, der die ganze Zeit geflüstert hat, ist regelrecht erschrocken. »Migi, neuntes Gebot?«

»Lass dich nicht gelüsten deines Nächsten Weibes!«, hat der lautstark geantwortet und nachgesetzt: »Sauber!«

»Leck!«, hat der Sanktus gesagt, sich umgedreht und genau in die Augen des Arztes geschaut.

»Ah, Kommissar Kopfeck ist auch wieder anwesend, nöch. Immer noch 'ne Vorliebe zu Kirchen, wa? Am Hinterkopf haben wir einen Bluterguss festgestellt. Denke, der Herr Pastor wurde zuerst niedergeschlagen und dann betäubt an das Kruzifix, jetzt hätt ich fast gesagt genagelt, nö, gehängt.«

»Danke, Doktor Brinkmann«, hat der Bergmann Rudi gesagt, und dem Sanktus ist bei dem Namen ein Prusten ausgekommen.

»Namen kann man sich ja nicht aussuchen, nöch, Herr Kopfeck!«, hat der Mediziner gemeint. »Übrigens, Ihrer ist auch nicht besser. Na denn, tschö mit ö einstweilen!«

Und weg war der Arzt.

»Da isser a weng empfindlich«, hat der Rudi gemeint. »Is natürlich für jeden a Steilvorlach, wenn ma so heißt wie der Wussow in der Dings ... na, wie hat's geheißen?«

»Schwarzwaldklinik«, Antwort von der Bine.

»Können wir ihn runtermachen?«, hat ein Herr der Spurensicherung gefragt.

»Freilich! Schneidets 'n ab«, hat der Rudi gemeint und die schamhaften Blicke seiner Umgebung wahrgenommen.

»Ja, bei holt'n runter hädds auch blöd g'schaut, oder?«, hat sich der verteidigt.

Der Mbewu hat den Rudi jetzt fragend angesehen. Der hat aber grummelnd abgewinkt.

Die zwei Polizisten haben nun den Leichnam von unten gehalten, und der KTU-Mitarbeiter hat das Seil oben am Kreuz durchgeschnitten. Langsam haben die beiden den toten Pfarrer auf einen Teppich neben den Altar gelegt, und der Mbewu und der Hintermeier haben bei der Leiche gebetet.

»So«, hat der Hintermeier gerufen. »Ihr wisst es noch vom letzten Mal. Auf geht's!«, und hat »Segne du, Maria« angestimmt.

Am besten und auch laut hörbar hat der Mbewu gesungen. Er hat eine Stimme gehabt, da hat der Rest verschwinden müssen. Er und der Hintermeier hätten ohne Probleme als Gesangsduo oder rudimentärer Gospelchor durchgehen können.

Als die beiden mit dem Ritual fertig waren, ist der Leichen-Seppi auf der Bildfläche erschienen, um den Verstorbenen in die Gerichtsmedizin zu befördern.

»Und scho wieder er. Ich hab's doch g'wusst!«, hat der Leichen-Seppi gesagt, als er den Sanktus gesehen hat. »Des war so klar!«

»Aber guad fürs G'schäft!«, hat sein Vater bekräftigt, und die beiden haben sich bekreuzigt. »Guad fürs G'schäft!«

Als die Leiche abtransportiert war, ist ein weiterer KTU-Mitarbeiter, der in der Wohnung und im Büro des Pfarrer Aust Spuren gesichert hat, zum Rudi gelaufen gekommen und hat ihm ein Blatt Papier in die Hand gegeben.

Abschiedsbrief, Gedanke vom Sanktus, aber kann ja nicht sein, da der Doktor Brinkmann vorher den Mord bestätigt hat.

»Abmarsch!«, hat der Rudi zur Bine gerufen. »Wir müssen weiter!«

»Was ist los, Rudi?«, hat der Sanktus gefragt.

»Der Aust hat einen Brief hinderlassen. Er wird anscheinend seit einicher Zeit bedroht, heißt es da!«

»Von wem?«, Frage vom Sanktus.

»Darf ich dir ned sachen. Und jetzt frach bidde ned weider.«

»Rudi, wie lang san mia zwoa Streife z'samm g'fahren? Komm, um der alten Freundschaft willen.«

»Geht ned. Da bist du nämlich befangen«, hat die Bine dem Sanktus erklärt, und der Rudi hat ihr einen Blick zugeworfen, als würde er sie am liebsten jetzt gleich an diesem Ort umbringen.

Die Bine nur betretener Blick in den Boden.

»Himsl, Arsch und Zwirn«, hat der Sanktus gesagt, und als er der Bine ins Gesicht gesehen hat, ist ihm ein Grinsen auf ihren Lippen aufgefallen, sodass er klar gesehen und sein Mobiltelefon gezückt hat.

»Graffiti!«, hat er hineingesprochen, »du kriegst gleich Besuch von der Polizei. Sie haben wieder einen Pfarrer umgebracht, und der hat einen Brief hinterlassen, in dem er schreibt, dass du ihn bedrohst.«

»Scheiße. Okay. Wo bist? Ich schick dir den Murat. Der soll dich abholen.«

28.

Nach einer katastrophalen Fahrt durch München in dem 400 PS-starken orangenfarbenen *Ford Mustang*, mit dem er mit dem Graffiti schon nach Berlin gefahren war, ist der Sanktus mit dem Murat hinter dem Ostbahnhof bei der Firma *Himsl Import & Export* angekommen.

Zwei Polizeifahrzeuge sind bereits vor der Halle gestanden. Der Rudi und die Bine also anscheinend schon drin. Auf der Hallenwand ist ein Schild »Kontor« und ein Pfeil nach rechts befestigt gewesen. Und dem sind der Sanktus und der Murat, Graffitis junger türkischer Angestellter, jetzt bis zu einer Treppe, die in einen gläsernen Vorbau geführt hat, gefolgt. Drinnen haben sie den Graffiti schon gehört.

»Ich hab mit euch jetzt einen Rundgang durch meinen Betrieb gemacht. Wenns mehr sehen wollts, holts euch einen Durchsuchungsbeschluss. Nur weil der Kletzen da einen Brief schreibt, wo steht, dass ich ihn verfolgt hab, könnts ihr mir gar nichts. So schaut's aus. Also? Und kommts mir jetzt ned mit Gefahr im Verzug. Was wollts denn finden? Drohbriefe auf meinem Rechner? Da habts meinen Laptop. Nehmts ihn mit. Wollts ned auch noch meine Wohnung filzen? Wär auch noch was, oder? Ich kenn den Mann überhaupt ned, zefix!«

Der Rudi hat die Bine angeschaut, und die hat den Kopf geschüttelt.

»Aber ihr seids ja meine Freunde, zumindest hab ich mir das bis jetzt gedacht. Weng meiner könnts ja mit dem Büro hier anfangen. Bitte, alle Aktenordner stehen euch zur Verfügung. Also, was ist?«

»Dürfen wir deine Rechner überprüfen? Das sollde reichen«, hat der Rudi gesagt.

»Logisch! Bitte. Meinen Laptop hast ja schon. Gleich nebenan ist das Büro, da stehen noch zwei. Binser, du bleibst da und schaust, dass es meinen Freunden an nichts fehlt. Die Schlümpfe lassts jetzt aber abziehen, oder?«, hat der Graffiti den Bergmann gefragt.

Der hat kapiert, dass das wohl der Teil des Deals war, und hat die Beamten zurück auf ihr Revier geschickt.

»Sanktus, komm!«, hat der Graffiti draußen in der Halle, die mit Lebensmittelkisten vollgestapelt war, gesagt. »Du musst uns helfen!

Pröbstl, du schnappst dir den Nikos und ihr verräumts die Rechner aus dem andern Büro hinten in den Sprinter. Sanktus, du und ich, wir kümmern uns um die Kunst. Murat, du entsorgst deine Haschpflanzen. Host mi! Ich hab dir immer g'sagt, das gibt noch amal an Ärger!«

Der Sanktus ist dem Graffiti zu einem kleinen Raum am anderen Ende der Halle gefolgt. Dort waren Gemälde und andere Kunstwerke gelagert. Alles fachgerecht verpackt.

»So! Lang hin. Der Sprinter steht eh draußen. Viel länger als eine halbe Stunde hamma ned Zeit. Auf geht's!«

So hat der Sanktus die Packstücke mit seinem Freund durch die Halle zu dem Kleinlastwagen draußen getragen und darin verstaut. Sie sind bestimmt zehn Mal hin und her getingelt, und der Sanktus hat schon richtig zu schwitzen angefangen. Er hat gar nicht wissen wollen, wie viel 1.000 Euro er da hinausgetragen hat. Wahrscheinlich wäre ihm schlecht geworden.

»Der Nikos hilft glei, und der Pröbstl schaut, dass der Murat fertig wird«, hat der Graffiti schwitzend und keuchend gemeint.

Als alles sicher aus der Schusslinie gebracht war, hat der Graffiti auf ein hinteres Tor gezeigt.

»Siehst das Tor?«, hat der den Sanktus gefragt. »Da fahren wir jetzt in Ruhe raus. Das ist für die Bine und den Rudi nicht einsehbar. Wir haben da eine Kamera zur Straße angebracht. Die Luft ist rein.«

»Okay«, hat der Sanktus erwidert und nicht schlecht gestaunt, als ihm der Graffiti einen Porscheschlüssel in die Hand gedrückt hat. Er hat dem Sanktus gewunken, dass er ihm folgen soll, und hinter einigen Kisten ist ein abgedecktes Auto zum Vorschein gekommen.

»Den muss ich übermorgen ausliefern«, hat der Graffiti gemeint und die Abdeckung entfernt. Darunter ist ein knallgelber *Porsche Carrera* zum Vorschein gekommen.

»So, mit dem fährst jetzt heim. Überstellungsnummer ist drauf. Parkst ihn bitte in der Maria-Theresia-Straße. Da hol ich ihn mir später. Ich komm heute Abend zu dir, dann kannst mir den Schlüssel geben. Oder treff ma uns besser in der *Neuen Kirche*. Dein Besuch muss ned alles mitkriegen. Ich sag Merci und Servus!«

Der Sanktus war völlig perplex. Dass das Auto illegal erworben war, war so sicher wie das Amen in der Kirche. Aber was tust du nicht alles für einen guten Freund.

»Und Sanktus«, hat der Graffiti noch gesagt, »gib ned so viel Gas beim Rausfahren, sonst hören's die zwei im Kontor! Und zu denen schau ich jetzt wieder. Vielleicht haben s' ja schon was Sachdienliches gefunden.«

Er hat sich mit einem Lächeln umgedreht und ist verschwunden.

29.

Kurz nach Mittag ist der Graffiti mit dem Murat, dem Nikos, dem Pröbstl und dem Binser in seinem *BMW M5* zur Großmarkthalle an der Schäftlarnstraße gefahren.

Die fünf haben, wie einst der Pate mit seinem Consigliere und Familienmitgliedern, also alle in schwarz und mit Sonnenbrille, den Markt, der sich in einem riesigen hellgelben Gebäude befunden hat, betreten und sind schnurstracks in Richtung *Sindbad Früchte und Feinkost*, Inhaberin Luise Hinrainer.

Der Graffiti hat sich mit seinen Begleitern durch die zahlreichen Paletten mit Steigen und vorbei an Kühlzellen bis zu dem kleinen Bürocontainer gekämpft. Den hat er mit dem Pröbstl und dem Binser betreten, der Murat und der Nikos sind wie zwei Bodyguards davor stehen geblieben. Also Haltung, Hände vor dem Körper verschränkt und Blick starr geradeaus. Zuvor hat sich der Graffiti aber noch einen glänzenden Apfel aus einer der Kisten genommen, ihn poliert, sich mit einem Springmesser aus seinem Hosensack ein Stück abgeschnitten und in den Mund gesteckt.

»Griaß di, Luiserl«, hat er gesagt und gegrinst.

Eine etwa 40-jährige gutaussehende Frau mit markantem Gesicht, stechenden blauen Augen und streng nach hinten gekämmten, zu einem Dutt zusammengefassten dunklen Haaren hat sich zu ihm umgedreht und ihn herablassend bis bitterböse funkelnd angeschaut.

»Ah, der Stolz von der Au is da. Gianluca, mia ham Besuch!«, hat sie gerufen, und ein Schrank von einem Südländer ist in dem kleinen Büro durch eine Nebentür erschienen, hat die Ärmel hinaufgekrempelt und einen bedrohlichen Eindruck erweckt.

Der Binser und der Pröbstl haben einen Schritt weiter nach vorne zu ihrem Chef gemacht, der Gianluca einen näher zur Luise.

»Was willst? Sag's ma, und na schleichst dich wieder und zwar pronto. Host mi?«, hat sie, an den Graffiti gewandt, herausgezischt.

»Luiserl, sagen dir der Abt Philipp, also Engelbert Praetorius, und der Pfarrer Maximilian Aust was?«

»Naa, i geh ned in d' Kirch! I glaub nimmer an die lieben Gott da droben. Der hod mi nämlich verlassen, wia ma seinerzeit jemand mein ganzes G'schäft kaputt g'macht hat und i fast bankrott gangen bin. So schaut's aus.«

»Und der jemand war ich, deiner Meinung nach, oder? Hört ma zumindest«, hat der Graffiti gefragt.

»Dass du dich no da reintraust. Freilich warst es du. Du und deine Fifis! Ihr habts mich bei allen meinen Kunden schlecht g'macht. Habts mir meine Lieferungen gegen minderwertiges Zeug vertauscht, dass ich als Betrügerin dagestanden bin. Und dann habts mich noch hier im Schlachthof angeschwärzt.«

Der Graffiti hat die Luise emotionslos anvisiert.

»Und warum? Weil ich dich verlassen hab seinerzeit. Das hat dein Ego nämlich ned vertragen! Dein ganzes Gehabe hat mich angekotzt und tut's immer noch. Deine Weibergschichten! Der berühmte Graffiti, eine Mischung aus Monaco Franze, dem Paten und einer Sexbombe. Dass ich ned lach!«

Der Graffiti ist langsam auf die Luise, die auf ihrem Bürostuhl gesessen ist, zugegangen. Der Gianluca von der anderen Seite ebenso.

»Ja, geh no her! Vor dir hab ich keine Angst. Da bin ich drüber weg. Da schau her!«, hat sie ihm zugerufen und die Ärmel ihrer Bluse nach oben geschoben.

Der Graffiti hat sich schon gefragt, warum sie bei dieser Wärme eine langärmlige Bluse trägt. Er hat zögernd auf die Narben an der Innenseite ihrer Handgelenke geblickt und ist leicht zusammengezuckt. Sie hatte sich die Pulsadern aufgeschnitten.

Er hat an die Luise von früher zurückdenken müssen, an ihren makellosen Körper, ihre drallen Brüste, ihre Lippen, an seine unendliche Liebe. Ihr Lachen! Ihr Lachen war phänomenal. All das ist ihm nun komischerweise durch den Kopf gegangen. Und was war aus ihr geworden …?

»Da schaust, gell. Quirin Himsl, du hast mich kaputt gemacht, zerstört. Zuerst meinen Laden und dann mich.

Aus Rache für den Laufpass. Und wenn's dich beruhigt, ich habe seitdem keinen Mann mehr gehabt, weil ich immer Angst hab, dass ich wieder so einen wie dich erwisch«, hat sie dem Graffiti an den Kopf geworfen. »Und jetzt sag, was d' willst, und dann verzieh dich endlich.«

»Keinen anderen? Soso!«

Der Graffiti hat kurz innegehalten, ihre Ansprache überdacht und dann gesprochen.

»Also ich frag direkt, Luiserl, weil so komma ned weiter. Willst du mir den Mord an den beiden Pfarrern in die Schuhe schieben? Aus Rache? Weil wenn, na kannst dich warm anziehen. So machst du mi ned fertig!«

Jetzt hat der Graffiti durchgeschnauft, und die Luise hat zu lachen angefangen. Es war leider nicht ihr Lachen, das ihn vor Jahren so betört hatte, nein, es war ein schmutziges, rauchiges, fatalistisches Lachen.

»Quirl Babe, du g'fallst mir. Du empfindest dich als so wichtig, dass ich zwei Menschen umbringen würd, nur um dich fertigzumachen? Das ist so typisch für dich!«

Der Graffiti hat sie verdutzt angeschaut. Die Luise hat sich von ihrem Stuhl erhoben und ist am Gianluca vorbei in Richtung Hintertür. Kurz vorher hat sie sich noch einmal umgedreht.

»Du bist so ein selbstherrliches Arschloch, Quirin Himsl. So was hat die Welt noch nicht gesehen. Denk mal drüber nach, bevor du Verschwörungstheorien spinnst.«

Dann hat sie ihn ernst angesehen, ganz tief in seine Augen geblickt, sich wieder umgedreht und ist aus dem Büro verschwunden.

»Was war des jetzt, Chef?«, hat der Binser gemeint.

»Halt die Pappn, Binser. Abmarsch!«

30.

Am Abend ist der Sanktus in der *Neuen Kirche* am Tresen gesessen und hat auf den Graffiti gewartet. Die beiden hatten die Übergabe des Porscheschlüssels hierher verlegt. Außerdem konnten sie unter sich besser reden, denn natürlich weitere Abstimmung zu den Ermittlungen, weil, wer hat dem Graffiti da an den Kragen wollen?

»Oh, Sanktus«, hat der Bhupinder gesäuselt, »bin ick sehr gespannt, ob the Graffiti«, englisch ausgesprochen, »wieder hat dabei die junge, nette Frau, die er last time kennengelernt hat. She's so cute! Da verrecks!«

»Hat s' dir g'fallen, Hansä, ha?«

»Oh yes. Blonde hair, dunkle Augen. Hamma ned so was in India. Is for us very exotic, du verstehst?«, hat der Bhupinder den Sanktus gefragt.

»Versteh ich, Hansä. Die ist selbst für mich exotisch, diese Dame.«

»Gell, die g'fallt dir aa. Ashwini!«, hat der Bhupinder seine Nichte gerufen, die auch im Lokal mitgearbeitet hat. »Ashwini, der Sanktus is nick mehr in dick verliebt! Hat a new one!«

Der Sanktus wär am liebsten in den Boden versunken, weil mit dem Humor des Inders ist er oftmals nicht mitgekommen. Und jetzt war's wieder einmal so weit.

Die Ashwini, die gerade an einem Tisch bedient hat, ist zum Sanktus gekommen und hat auf ihre Füße, die wie immer in Sandalen gesteckt haben, gezeigt.

»Herrschaft, des is aber schad. Derweil war ich extra bei

der Pediküre heut für ihn«, hat die Ashwini im makellosen Bayerisch gesagt.

»Ihr machts mi fertig«, hat der Sanktus geseufzt.

»Lass di ned ärgern«, hat die Inderin lächelnd gemeint und dem Sanktus ein Bussi auf die Backe gedrückt.

Kurz darauf ist der Graffiti zur Tür hereingekommen, und du hast sehen können, wie enttäuscht der Bhupinder war, weil keine Lily im Schlepptau.

»Und wia is er 'gangen?«, hat der Graffiti ohne großes Hallo wissen wollen.

»Der Porsche?«

»Logisch!«

»Schon! Aber in der Stadt, was willst da sagen? Ich glaub, ich bräucht so was ned«, hat der Sanktus konstatiert.

»Du bist eher so der Kombi-Typ, gell?« Lächeln seitens Graffiti.

»Mit Frau und zwei Kinder, ja frag mal«, hat der Sanktus geantwortet.

»Und Besuch aus Dresden?«, hat der Graffiti gefragt und schallend gelacht.

»Ja, genau. Streu Salz in meine Wunden. Jetzt sitz ich immer noch daheim und kann mir jeden Abend der ihren Schmarren anhören. ›Dadüdada‹, geht's eh den ganzen Tag, und ›ach, wie schön war's noch in der Deutschen Demögradschn Repüblik‹. Ich kann's nimmer hören.«

»Ich weiß«, hat der Graffiti bestätigt. »aber jetzt ist's halt grad blöd. Ich denk schon die ganze Zeit nach, was ma machen könnten.«

»Ich pass auf die Lily auf, wenn du arbeiten musst. Kommt bestimmt gut bei der Kathi an.«

Beide haben jetzt gelacht.

»Apropos Arbeit«, hat der Graffiti gemeint. »Musst du nicht in die *Bierwerkel*. Es ist Freitag.«

»Ja, ich muss nachher gleich rüber. Aber dort können wir uns ned gut unterhalten. Da will ständig wer was von mir. Der Hanspeter weiß Bescheid, dass ich a bisserl später komm. Also sag an. Was gibt's Neues im Fall Pfarrermorde?«, hat der Sanktus wissen wollen.

»Also erstens: Ich war's wirklich ned«, hat der Graffiti beteuert. »Das musst mir glauben. Zweitens: Ich bin mir jetzt sicher, dass da jemand seine Morde auf mich abwälzen will. Nur weiß ich immer noch nicht, ob das irgendeine Racheaktion ist. Aber deswegen bringt man doch ned andere Leute um. Oder?«

»Also wenn einer Rache will, dann gehören der Praetorius und der Aust zu dem Spiel dazu«, hat der Sanktus kombiniert. »Graffiti, Hand aufs Herz. Kennst du die zwei?«

»Den Aust kenn ich nicht, beziehungsweise, der sagt mir nichts. Also ich kann mich nicht erinnern, dass ich mit dem jemals etwas zu tun gehabt hätte.«

»Und der Abt?«

Der Graffiti hat einen Moment gezögert und betreten auf den Tresen geschaut. Der Bhupinder hat ihm ein Weißbier und dem Sanktus ein frisches Stern-Dunkel gebracht.

»Den kenn ich«, hat der Graffiti geseufzt. »Von früher her. Und das Schlimme ist, da hätt ich sogar einen Grund gehabt, den umzubringen!«

»Was?«, hat der Sanktus durch das ganze Lokal geschrien, dass sich die Leute umgedreht haben.

»Ja, aber bitte behalt's noch für dich. Sag's weder der Bine noch dem Rudi. Das ist eine verfahrene Geschichte. Aber ehrlich, Sanktus, ich hab den Praetorius nicht umgebracht!«

»Auch ned umbringen lassen? Ich sag nur Pröbstl, Murat …«

»Herrschaftszeiten! Nein. Ich werd noch wahnsinnig. Ich hab ja gar ned gewusst, dass der Typ ganz in der Nähe Abt ist. Echt ned. Ich hab den nach über 20 Jahren auf dem g'schissenen Klo bei der Firmung zufällig das erste Mal wieder getroffen.«

»Erzähl mir die G'schicht von früher, Graffiti. Bitte. Ich möchte das Ganze verstehen«, hat der Sanktus gefordert. »Hat das vielleicht was mit dem fünften Gebot auf der Tarotkarte zu tun? Herrschaft, ich dreh jetzt na glei durch, Graffiti.«

»Also, das war so …«

Aber weiter ist der Graffiti nicht gekommen, weil die Lily im Lokal erschienen ist. Gekleidet war sie in Jeans und einem engem beigefarbenen Top. An den Füßen gleichfarbige Peep-Toe-Pumps. Schlichtweg atemberaubend, Gedanke vom Sanktus, und der Bhupinder hat, scheint's, gerade genauso gedacht, also dessen Gesicht nach zu urteilen. Blöd nur, dass der Graffiti in seinem Satz, also in der Erzählung, wie das mit dem Abt gewesen war, durch die Lily unterbrochen worden ist.

»Servus, ihr zwei«, hat die Lily die beiden Männer begrüßt. »Stör ich?«

Verneinen durch Kopfschütteln.

»Gut. Eigentlich wollt ich erst später kommen, aber du hast dein Geld daheim in der Küche liegen lassen«, hat sie gesagt und dem Graffiti ein paar Euroscheine hingehalten. »Ned, dass du abspülen musst!«

»Aber ich hab doch die Scheine rein«, hat sich der Graffiti gewundert und in den Geldbeutel geschaut. »Pfeilgrad. Leer. Ja, sag amal!«

»Wirst halt auch alt, Graffiti«, hat der Sanktus gemeint und seinen Freund lachend in die Seite geboxt.

Aber komisch war es schon, denn der Graffiti war dafür bekannt, dass er niemals etwas vergisst.

»Soll ma in die *Bierwerkel* übersiedeln?«, hat die Lily gefragt. »Der Quirin hat mir schon so viel davon erzählt.«

31.

In der *Bierwerkel* natürlich großes Hallo, und jeder hat sich gefreut, dass der Graffiti mal wieder vorbeigeschaut hat. Der Sanktus hat sich gleich hinter die Theke geschlagen und den Hanspeter entlastet, der schon fast wahnsinnig geworden war, da Ansturm am Freitagabend ungebremst und brutal.

Der Hanspeter hat sich seine Nickelbrille zurechtgerückt, ist sich durch seine wirren Locken gefahren und hat einfach nur geschwitzt.

»Sanktus, des isch da Wahnsinn dahana. Die saufa, dass ihne des Bier zu die Ohra rauskommt. Des glaubsch ned«, hat er geschwäbelt.

»Ja, hättst halt angerufen. Ich wär doch eher kommen.«

»Ich häd di na bald von der Feuerwehr hola lassa. So isch's

scho lang nemme zuganga. Zapf du weiter, i helf draust beim Bediena.«

Der Graffiti und die Lily haben sich zum Sanktus an die Theke gesetzt, obwohl es draußen viel schöner gewesen wäre.

»Sanktus, was sagst jetzt du zu der Sach?«, hat die Lily wissen wollen.

»Welche Sach?«, hat der Sanktus gefragt, weitergezapft und dem Graffiti einen Blick zugeworfen, der geheißen hat: Darf ich weiterreden?

Der Graffiti hat ganz leicht genickt, und der Sanktus hat weitergemacht.

»Wegen den Morden und dass man ihm ans Leder will, meinst?«

»Ja klar! Ich mein, es steht ja außer Zweifel, dass es der Quirin auf keinen Fall war. Ich war zwar gestern Abend nicht bei ihm …«, hat sie gesagt, innegehalten und gelacht. »Herr Himsl, haben Sie überhaupt ein Alibi?«

»Frau Pfisterer, da Sie mit Ihrer Freundin unterwegs waren, sieht's natürlich schlecht aus. Ich saß alleine zu Hause und erwartete sehnsüchtig Ihre Heimkehr«, hat der Graffiti geblödelt.

»Wobei«, hat die Lily lustig weitersinniert, »so durcheinander, wie du bist, könntest du die Morde glatt begangen und gleich wieder vergessen haben. Sanktus, stell dir vor, die Schlüssel vergisst er, sein Geld lässt er daheim auf dem Küchentisch liegen, sein Telefon sucht er den ganzen Tag. Das wenn so weitergeht, kann ich den bald einliefern oder ich bestell ihm eine blonde Polin als Pflegerin.«

»Mit der ich dann Sex hab und mich am nächsten Tag ned erinnern kann. Genau!«, hat der Graffiti lächelnd eingeworfen. »Soweit kommt's noch, Lily. Aber ohne Schmarren, mir setzt das Ganze richtig zu. Das merk ich daran schon.«

»Die Lily kriegt dich schon wieder hin. Aber du wolltst mir doch vorher noch was erzählen«, hat der Sanktus scheinheilig gefragt.

»Ich?«, Antwort vom Graffiti. »Ja genau. Ich wollt mit dir überlegen, wer mir ans Leder wollen könnte.«

»Richtig!«, hat der Sanktus gerufen, der nun genau verstanden hat, dass sein Freund die Geschichte vor der Lily nicht preisgeben hat wollen. »Und, was meinst?«

»Schwierig, beziehungsweise einfach, weil geschäftlich hätte ich schon ein paar Feinde.«

»Ich hab da mal was von einer Hinrainer Luise gehört«, hat der Sanktus angefangen.

»Die kann's ned sein, Sanktus!«, hat der Graffiti fast erschrocken ausgerufen. »Bei der war ich heut schon. Die ist's gewiss ned.«

»Oh«, hat der Sanktus gemurmelt.

Schon wieder ein rotes Tuch. Genauso wie der Abt. So würden sie auf keinen Fall weiterkommen.

»Was ist das für eine G'schicht mit der Luise?«, hat die Lily gefragt. »Das würd mich jetzt doch wahnsinnig interessieren, Quirin.«

»Erzähl ich dir mal in Ruhe, Schatzi«, hat der Graffiti die Lily abgewürgt.

»Mir bitte auch, Schatzi«, hat der Sanktus geulkt.

»Depp, echt«, hat der Graffiti gescherzt und dem Sanktus ein Hirnbatzl gegeben.

»Ihr müsst unbedingt rauskriegen, wer dir ans Leder will. Glaub's mir, Quirin. Sanktus, kannst du ihm bitte dabei helfen? Sonst geht da nix vorwärts.«

In diesem Moment ist der Hanspeter hereingeschossen gekommen.

»Haschd die Bestellung ufm Display gseha?«

»Acht Maß Hell, sieben Weißbier, vier Maß Dunkel und drei Sommer Ale. Jawoll!«

»Hasch sie scho da?«

»Noi, noi«, hat der Sanktus geschwäbelt. »Uff der schwäbsche Eisenbahn isch ma ned so schnell.«

»Du bisch a Seggl, Sanktus!«

Der Sanktus hat also gezapft, den Graffiti dabei aber nicht aus den Augen gelassen.

»Sonst?«, hat er gefragt.

»Schwierig«, hat der Graffiti gemeint.

»Wie, schwierig?«, hat der Sanktus nachgebohrt.

»Also, rein geschäftlich haben wir da schon mehr. Aber das ist ja normal. Dann beziehungstechnisch gibt's da auch ein paar Konstellationen, die kritisch wären …«

»Aha!«, hat die Lily ausgerufen.

»Aber alles in allem, das ist doch alles nix, wo man gleich Leute umbringen müsste, weißt!«, hat der Graffiti fast gestöhnt.

»Wenn ich da so an heut Nachmittag denk, mein Freund …«, hat der Sanktus fallen lassen.

»Da gibt's auch nix. Ja, ich geb's ja zu. Manchmal muss man ein bisserl tricksen und schrammt so am Rand des Legalen – aber Mord, und gleich mehrere?«

»Eigentlich ned, hast recht«, hat der Sanktus bestätigen müssen.

»Ich muss kurz wohin«, hat die Lily gesagt und ist in Richtung Toilette.

»Graffiti, jetzt kannst mir die Geschichte vom Praetorius erzählen«, hat der Sanktus geflüstert, doch dann ist der Hanspeter schon wieder dahergekommen.

»Schau uf dei Dischplay, Hergoddnomol! I brauch fix sechs *Bhupindia*, vier Dunkle und drei Helle, zwei Cola«, hat er den beiden zugerufen und kurz innegehalten. »Und halts euch fescht, ein alkoholfreies Radler mit zuckerfreier Limo. Soll a Wasser saufa! Echt! Leut gibt's dahana …«

Den Sanktus und den Graffiti hat's geschüttelt bei dem Gedanken, und kurz bevor der Graffiti das Erzählen anfangen hat wollen, ist die Lily schon wieder aus dem Klo gekommen.

»Kannst morgen Vormittag zu mir ins G'schäft kommen?«, hat der Graffiti den Sanktus gefragt.

»Logisch. Bin um 10 da. Passt?«

Daumen vom Graffiti nach oben.

32.

Als der Sanktus um 1 Uhr heimgekommen ist, ist die Kathi schon im Bett gelegen. Er hat sich leise hineingeschlichen und sich ganz eng an sie gekuschelt.

»Und wie war's mit dem Graffiti?«, hat die Kathi verschlafen gefragt.

»Hab ned viel rausgekriegt, weil, immer wenn er zum Reden angefangen hat, ist die Lily daher oder zurück vom Klo gekommen. Ich fahr morgen Vormittag nochmal zu ihm hin.«

»Heute Vormittag«, hat ihn die Kathi berichtigt. »Und die Lily?«

»Nett wie immer. Hat sich die ganze Zeit an den Graffiti angekuschelt. Und sie hat mich gebeten, dass ich ihm helf bei der Suche, wer ihm ans Leder will.«

»Und da ist der Herr Sanktjohanser bei der Lily natürlich sofort dabei. Der Ritter ohne Furcht und Tadel eilt zu Hilfe. Na bravo.«

»Spatzl, wie meinst jetzt des? Spatzl?«, hat er versucht, den Monaco Franze zu imitieren.

»Lass dich ned in dem Graffiti seine zwielichtigen Machenschaften hineinziehen. Wie schon gesagt, ob alles, was er treibt, so legal ist? Am Dienstag, bei unserem Mädelsabend, hab ich von der Firmung erzählt, und so sind wir auf den Graffiti gekommen. Die Tanja, die kennt ihn noch aus der Jugend, die ist von der Au. Die hat so einiges von ihm erzählt.«

»Warum hast denn da noch nix gesagt?«, hat der Sanktus gemeint und das Nachttischlicht angeknipst.

»Weil ich ned weiß, ob's stimmt«, hat die Kathi geantwortet. »Und weil du a alte Tratschn bist und ihm alles gleich weitererzählst.«

»Poah!«, hat der Sanktus ausgestoßen. »Danke für das entgegengebrachte Vertrauen. Gut Nacht!«

»Jetzt sei halt ned gleich wieder eing'schnappt. Herrschaft. Ich erzähl's dir.«

Und schon hat sich der Sanktus wieder umgedreht und war aufnahmebereit.

»Der Graffiti hat in der Jugend so eine Gang gehabt. Blosn, also Clique, haben sie sich genannt. Die waren der Schrecken der ganzen Umgebung. Eigentlich waren es Rumtreiber und Möchtegern-Coole, und der Graffiti war ihr Leithammel, also Chef. Schulisch waren sie nicht so berühmt.

Anscheinend haben sie des Öfteren krumme Dinger gedreht. Kleinere Überfälle, Autodiebstahl und so weiter. Sie haben aber, scheint's, nie selbst etwas von ihrem Diebesgut behalten, sondern damit immer Bedürftigen geholfen. So eine Art Münchner Robin-Hood-Gang. Sie haben auch gerne, und jetzt pass auf, in Kirchen gestohlen. Sie waren der Auffassung, dass der Vatikan genug hat, und dass er gern etwas von seinen Reichtümern für die Auer Bevölkerung spenden könnte. Bei so einem Bruch, wie sie das genannt haben, ist anscheinend einmal etwas passiert. Die wollten, heißt's, wieder einmal Kirchenkunst mitgehen lassen, da sind sie erwischt worden. Genaue Einzelheiten sind aber nie rausgekommen, doch bei der Aktion muss dem Graffiti seine Freundin umgekommen sein. Eine Manu irgendwie. Den Nachnamen hat mir die Tanja ned sagen können. Seitdem zelebriert der Graffiti seinen Hass auf die katholische Kirche. Das könnt doch was mit unserem Fall zu tun haben, oder?«

Der Sanktus war jetzt baff.

»Puh, schon. Und wenn die Manu umgekommen ist, wett ich mit dir, hat das was mit dem fünften Gebot zu tun. Das würde aber heißen, dass der Praetorius die Manu umgebracht haben müsste. Sonst ergibt's keinen Sinn. Der Graffiti hat auch so was angedeutet.«

»Aha, und das erzählst mir du ned«, hat ihn die Kathi lachend unterbrochen.

»Das war ja erst heut, du Goaß!«, hat der Sanktus geantwortet.

»Ja, passt schon!«, hat die Kathi gemeint.

»Er hat nämlich irgendetwas gesagt, dass er sogar einen Grund gehabt hätte, den Abt umzubringen.«

Die Kathi hat jetzt ihre Augen weit aufgerissen.

»Das solltest rausbringen. Vielleicht sehen wir dann klarer. Aber jetzt pass auf, ich hab noch was g'hört. Aber vielleicht weißt du da eh besser Bescheid. Der Graffiti betreibt ja den *Feinkost Import-Export* hinter dem Ostbahnhof. Aber das ist wohl nicht alles, was er so treibt.«

»Ja, weiß ich. Hab ich mich heute selbst davon überzeugen können. Schachern tut er. Anscheinend Kunstwerke, also Bilder und so Zeug. Und mit Autos treibt er auch was. Ich weiß nicht, ob es Hehlerware ist, aber es ist auf jeden Fall nicht hasenrein.«

Und dann hat der Sanktus der Kathi erzählt, wie sie die Sachen aus der Halle geräumt haben, während die Bine und der Bergmann im Büro die Rechner überprüft haben.

»Sauber. Und du machst da noch mit! Aber pass auf!«, hat die Kathi noch eingeworfen. »Er hat noch ein drittes Standbein. Er betreibt neuerdings einen Escort-Service. Da, mein ich, hat er sich vom Haslinger Sipp seinem *Serail* inspirieren lassen.«

»Sauber. Da fratschel ich ihn einmal ein bisserl aus. Da könnte auch Potenzial begraben sein. Wenn du so was neu aufziehst, verliert ein anderer Kunden. Da wird er die Hotels in München beliefern, und die Damen für die hochwohlgeborenen Gäste stellt er auch gleich bei. Kannst du ein schönes Rundumpaket buchen. Alles mit Happy End, weil anders kennt's der Graffiti nicht. Also gute Nacht!«

»Gute Nacht. Du bist gut. Du pennst weg, und ich kann eine Stunde schauen, dass ich wieder einschlaf!«

»Man muss sehen, was man tun kann«, hat der Sanktus gesagt, sich zur Kathi gedreht, ihr das Nachthemd über den Kopf ausgezogen und ihre Brüste liebkost.

Sie hat ihm langsam mit den Zehen die Unterhose nach unten gestreift, was er dann bei ihrem Slip mit den Zähnen erledigt hat.

SAMSTAG

33.

Der Graffiti ist in seinem Kontor gesessen und hat auf den Hof seiner Firma hinausgesehen, als der Sanktus ihn am Samstagvormittag besucht hat.

»Die Lily ist weg«, hat er völlig niedergeschlagen geflüstert.

»Wie, weg?«, hat der Sanktus gefragt.

»Weg halt. Sie und ihr Koffer.«

»Kapier ich ned. Ihr warts doch gestern noch ein Herz und eine Seele.«

»Eben. Drum kapier ich des auch ned. Jetzt hab ich mal eine, die ist perfekt, und dann ist sie gleich wieder fort. Wie die Daniela. Volltreffer, und nicht mehr erreichbar für den depperten Himsl. Genauso war's bei der Luise.«

»Mei Mama hat immer gesagt, a andere Mutter hat aa a schöne Tochter.«

»Und wenn i aber koa andere ned mog!«, hat der Graffiti geplärrt, und die Tränen sind ihm fast gekommen.

»Suboptimal. Aber Graffiti, jetzt wart amal ab. Vielleicht meldet s' sich später noch. Wer weiß, was da ist? Habts gestritten oder hat's irgendein Missverständnis gegeben? Sag!«

»Nix. Mia san heim gestern und haben noch wunderbaren Sex gehabt. Des war's. Mehr war ned. I schwör's!«

»Komisch is des scho! Und der Koffer ist weg, sagst du?«

»Ja. Ich hab die ganze Wohnung durchsucht. Nix!«

»Wurscht. Jetzt leg ma los. Erzähl mir die G'schicht vom Abt Philipp!«

»Alle G'schichten laufen auf das Gleiche 'naus! Wirst scho sehn. Aber zuerst erzähl ich dir die G'schicht von der Hinrainer Luise. Mei, die Luise. Das war ein Feger«, hat der Graffiti verträumt gesäuselt.

»Jetzt fang an!«, der Sanktus.

»Die Luise und ich waren ein Paar. Wir haben uns am Großmarkt kennengelernt. Ich wollt ein bisserl von meinen G'schäfterln wegkommen und hab mich da für den Feinkostsektor interessiert. Import-Export hat ja ganz gut dazu gepasst.«

»Also Feinkost als Tarnung für deine Schachereien, oder wie?«

»So hart würd ich das jetzt ned formulieren, Sanktus«, hat der Graffiti geantwortet. »Aber mach ma weiter. Also, wir haben uns sofort verliebt. Die Luise hat gerade eine Trennung hinter sich gehabt. Ihr damaliger Freund war irgendein Adliger mit Spielsucht. Nicht bekannt in München, eher Bad Wiessee, Füssing und so. Auf jeden Fall hat er schon so viele Schulden gehabt bei ihr, dass ihr Geschäft bald pleitegegangen wär.«

»Und der edle Ritter Quirin von der Au hat die Schulden bei dem Typen eingetrieben. Und wart, der Murat, der Nikos, der Binser und der Pröbstl waren auch dabei. Stimmt's?«

»Wies d' no immer alles weißt, Sanktus. Aufklärungsrate 100 Prozent, sag ich da nur.«

Jetzt hat der Graffiti schon wieder ein bisserl gelacht.

»Es war also bald geschehen um sie, und wir haben schöne Jahre miteinander verbracht. Wir haben das Ganze relativ locker gesehen. Jeder hat sein eigenes Leben geführt, aber keiner hat den anderen beschissen. Nicht, dass du das denkst, Sanktus. Wir waren einfach füreinander geschaffen. Da hat kein Blatt zwischen uns gepasst. Hab ich mir zumindest gedacht.«

»Aha. Und weiter?«, hat der Sanktus gedrängt.

»Je länger wir zusammen waren, desto mehr hat sie mitbekommen, was ich so treib, also geschäftsmäßig. Da war sie nicht ganz einverstanden. Sie hat immer mehr über alles wissen wollen. Ich hab ihr natürlich ned alles g'sagt. Bin ja ned blöd, aber sie war stur. Sie hat gebohrt und gebohrt. Das ist mir dann komisch vorgekommen und ich wollt hinter den Grund für ihr Gebohre kommen. Ich hab das seinerzeit ned kapiert, dass sie einfach Angst um unsere Beziehung gehabt hat.«

»Und du Depp hast sie überwachen lassen, stimmt's?«, hat der Sanktus eingeworfen.

»Logisch. Das hat ihr dann wirklich zugesetzt. Sie hat sich vom Pröbstl und Konsorten bedroht gefühlt. Mafiamethoden, hat sie gemeint. Und dass sie so nicht leben kann, hat sie gesagt. Eines Tages war sie weg. Ausgezogen.«

»Bisher ned schlimm, oder?«

»Nein, aber ich war gekränkt. Aber dann sind Gerüchte aufgekommen, sie hätte mich wegen einem anderen verlassen. Ich war rasend vor Zorn. Ich hab geschworen, dass ich sie fertigmach. Das hab ich auch fast geschafft. Ich hab sie bei der ganzen Kundschaft angeschwärzt. Bei allen Gaststätten und Hotels. Ich hab einen Lkw mit einer großen Lieferung aufbrechen lassen und minderwertiges Obst untergemischt. Ned viel. Nur so, dass sie in Verruf gekommen ist. Dann hab ich sie in der Großmarkthalle schlecht gemacht. Gut eingefädelt, dass die anderen Händler es mir geglaubt haben. Die haben da ihr eigenes Gesetz. Wenn du erst unten durch bist, bist du weg. Und das war sie dann auch.«

»Krass, Herr Himsl!«, hat der Sanktus gekeucht. »Und wer war der andere?«

»Ein alter Freund beziehungsweise Feind von mir. Kannst dir jetzt aussuchen.«

»Wer?«

»Kennst du ned. War eh ned von Dauer«, hat der Graffiti abgewiegelt. »Gestern war ich auf jeden Fall bei ihr. Sie hat wieder einen Stand in der Großmarkthalle. Weiß ned, wie sie es gemacht hat. Mei, sie hat mir gezeigt, dass sie sich die Pulsadern aufgeschnitten hatte.«

Jetzt hat der Graffiti sein Gesicht in den Händen begraben.

»Zefix! Ich war so ein Arschloch. Aber was hilft mir des jetzt heute? An Scheißdreck. So schaut's aus!«

»Hast recht. Aber lern draus und mach ned wieder den gleichen Fehler«, hat der Sanktus geraten.

»Ja du bist guad! Depp! Die Lily ist doch weg. Anscheinend wieder verschissen, oder?«

»Keine Ahnung! Sauber. Also diese Luise hat wirklich einen Grund, dich zu hassen. Respekt. Meinst, sie könnt die Mörderin sein?«

»Die Luise hat's faustdick hinter den Ohren. Drum bin ich gestern ja hin. Aber nachdem ich sie jetzt wieder g'sehen hab, bin ich mir nimmer so sicher«, hat der Graffiti beteuert.

»Höchstens, sie fängt zwei Fliegen mit einer Klappe. Sie hat irgendeine Rechnung mit den Pfarrern offen, und die Schuld will sie dir in die Schuhe schieben. Bäm!«, hat der Sanktus kombiniert und in die Hände geklatscht.

»Zefix! So wennst das siehst. Aber weißt, dass sie sich die Pulsadern aufg'schnitten hat … des … wie soll ich's sagen? Ich weiß ned …«, hat der Graffiti gestammelt.

»Graffiti«, hat der Sanktus gesagt, »eine gekränkte Frau

ist zu allem fähig. Glaub ma des! Und sonst? Könnt dir sonst noch jemand an den Kragen wollen?«

Jetzt hat der Graffiti herumgedruckst und sich innerlich gewunden. Das war ihm anzukennen.

»Vielleicht schon«, hat er gemeint.

»Und?«

»Ja. Also ich hab da seit einem halben Jahr was am Laufen, soll heißen, ich hab meine Produktpalette erweitert.«

»Aha, mit was?«, hat der Sanktus scheinheilig gefragt.

»Mit einem Escort-Service.«

»Escort-Service? Was ist das? Damenbegleitung?«

»Genau, Sanktus! Also das funktioniert so: Du kannst übers Internet bei mir eine Dame buchen. Die Abrechnung geht nach Zeit und Tabelle. Kosten beinhalten keinen Sex. Du kannst den Abend und die Nacht mit der Dame frei gestalten. Nur reden oder nur begleiten oder mehr. Kommt ganz drauf an. Muss die Dame aber selbst wollen. Die Mädels sind selbstständig, also nicht bei mir angestellt. Ich krieg nur Provision.«

»Bisher kein Mordmotiv«, hat der Sanktus geschlussfolgert.

»Nein. Nur dass der Zenetti-Falco bis dato diesen Markt dominiert hat.«

»Aha, jetzt komma der Sach näher. Weiter?«

»Jetzt sind halt meine Damen a bisserl elitärer als seine g'scherten Schlampen, und bei mir boomt das Geschäft. Ich hab auch noch den Kontakt zu den Hotels. Und die sind natürlich froh, wenn die Herren, die bei ihnen logieren, mit meinen Elite-Mädels daherkommen, bevor sie recht einen Ziefern daherziehen.«

»Und komischerweise g'fällt das dem Zenetti-Falco nicht?«, hat der Sanktus gefragt.

»Komischerweise nicht, weil er mit seinem Laden ums Überleben kämpft. Er hat also in bestimmten Kreisen verlauten lassen, dass er mich fertigmachen will. Aber, ob der so schlau ist, dass er so was einfädelt? Weiß ned«, hat der Graffiti sinniert.

»Könnte man sich ja wen anheuern. Der kennt doch bestimmt einige vogelwilde Charaktere, die so was machen würden. Was meinst?«

»Da hast recht, Sanktus.«

»Das wären also die zwei Hauptverdächtigen, die Hinrainer Luise und der Zenetti-Falco? Warum heißt der eigentlich Zenetti-Falco?«

»Weil er ausschaut wie das Original! Also der österreichische Musiker. Und regieren tut er von der Zenettistraße aus«, hat der Graffiti lächelnd erklärt.

»So, und jetzt erzählst mir die G'schicht vom Abt, bitte, weil sonst dreh ich durch! Ich will des jetzt endlich mit dem Fünfer lösen und, wenn's geht, mit dem Neuner auch gleich«, hat der Sanktus gedroht, aber der Graffiti hat keinen Blick für ihn übriggehabt und nur nach draußen gezeigt.

»Die Lily! Da!«, hat er gekrächzt.

34.

Die Lily hat ihnen gewinkt und ist lächelnd ins Kontor hereingekommen. Der Sanktus und der Graffiti haben nicht schlecht gestaunt, weil sie nach ihrem Auszug so mir nichts, dir nichts, als wenn nichts gewesen wäre, dahergekommen ist.

»Griaß eich, Buam«, hat die Lily fröhlich gerufen.

»Lily?«, hat der Graffiti gehaucht. »Wo warst denn heut in der Früh?«

»Ich war zum Frühstücken mit meiner Freundin. Hab ich dir doch g'sagt, dass ich wahrscheinlich schon weg bin, wenn du aufwachst«, hat die Lily gesagt und den Kopf geschüttelt. »Ich glaub, du brauchst eine Auszeit, so wie du beinand bist. Ich hab's dir angeboten. Buchen wir uns einen Flug, und morgen sind wir weg.«

»Komisch«, hat der Graffiti gemurmelt. »Vielleicht brauch ich das wirklich. Ich glaub, ich schnapp über. Heut in der Früh hab ich den Autoschlüssel gesucht, der war im Kühlschrank, und das Auto hab ich auch ned gleich g'funden. Ich hätt schwören können, dass das ein paar Parkplätze weiter gestanden ist. Also nicht da, wo wir's gestern Abend abg'stellt haben. Kann ja logischerweise ned sein, aber da zweifelst schon an dir. Des is wie beim Pumuckl, echt! Und ich hab g'meint, du bist ausgezogen, weil ich deinen Koffer nimmer gefunden hab.«

»Den hab ich aber ned weg!«, hat die Lily eingeworfen. »Wirst sehen, der steht genau da, wo er gestern gestanden ist. Nämlich im Schlafzimmer neben dem Schrank. So! Und jetzt hörts das Arbeiten auf und wir machen einen Spaziergang in den Englischen Garten und kaufen uns eine Maß im Biergarten.«

Der Sanktus hat die beiden angeschaut und war froh, dass der Graffiti zurzeit die Lily hatte, so durcheinander, wie er gerade war. Er hat sich nur gefragt, was den Graffiti gar so aus der Bahn geworfen hat. Allein der Mordverdacht? Hat eigentlich nicht sein können, Meinung vom Sanktus, denn sein Freund war der abgebrühteste Mensch, den er gekannt hat. So ein Verdacht würde normalerweise an ihm abprallen, aber vielleicht würde er klarer sehen, wenn ihm der Graffiti endlich einmal die Geschichte vom Abt erzählen würde.

Aber die hatte ihm die Lily schon wieder versaut.

35.

Am Abend ist der Sanktus mit der Birthe und der Kathi auf dem Balkon gesessen, und sie haben Brotzeit gemacht. Die Birthe hat ausnahmsweise keinen Rotwein vernichtet, da sie Gefallen an Hanspeters belgischem Bierversuch gefunden hatte.

»So schön höpfsch«, also hopfig, hat die immer wieder gesagt. »Und sö 'n speziellor Geschmack. Hatten wa ni. Nö!«

Der Sanktus hat nun von seinem Besuch beim Graffiti erzählt und von seiner Befürchtung, dass sein Freund psychisch überlastet war.

»Kömisch is das schön«, hat die Birthe gemeint. »Wenn der sönst nie sö is. Söllt er mal zum Arzt gehen. Wügglisch!«

»Wahrscheinlich wachsen ihm seine ganzen Geschäfterl über den Kopf und jetzt kommt der Mord noch dazu«, hat die Kathi gesagt.

»Das is dann wie 'n Bönnaut!«, hat die Birthe diagnostiziert.

»Wie ein was?«, Frage vom Sanktus.

»Wie 'n Bönnaut! Hat man doch heute sö!«

»Was soll des sein?«

»Ein Burn-out, Sanktus«, hat die Kathi übersetzt.

»Ach so. Jetzt hat's g'schnackelt«, hat der Sanktus bestätigt und nachgedacht. »Kann sein.«

Dann hat er die Geschichte von der Hinrainer Luise und dem Zenetti-Falco erzählt.

»Die beiden muss ich mir mal anschauen«, hat er gesagt. »Ich bin gespannt, ob die was mit der Sache zu tun haben.«

»Und wie geht's nü weitor?«, hat die Birthe gefragt.

»Wie meinst das?«, hat der Sanktus gefragt.

»Na, mit den Psalmen. Der erste Psalm is dursch, und im zweeten heißt es: *Denn sein Zorn wird bald entbrennen. Aber wöhl allen, die auf ihn trauen!* Isch gönnt ma vorstellen, dass 's nü rischtsch lösgeht. Was meint ihr?«

Der Sanktus war baff. Erstens, dass die Birthe so bibelfest war, und zweitens, dass er noch gar nicht daran gedacht hatte, in den nächsten Psalmen zu schmökern. Er würde den Hintermeier konsultieren müssen und die Schranner Bine ebenso.

Leider hat der Sanktus noch nicht ahnen können, dass er die Bine am nächsten Morgen sowieso treffen würde, und wenn er gewusst hätte, unter welchen Umständen, wäre es ihm angst und bange geworden.

SONNTAG

36.

Das erste Gefühl, das der Graffiti beim Aufwachen gespürt hat, war Kopfweh, immenses Kopfweh. Also ein Schädeldröhnen ohnegleichen. Brutal. Er würde zuerst einmal eine Tablette benötigen. Er wollte aus seinem Bett aufstehen, aber irgendetwas war heute sonderbar. Er ist nicht gelegen, sondern komischerweise gesessen.

Er hat sofort nach der Lily getastet, aber keine Lily zu spüren. Als er seine Augen öffnen wollte, hat er gespürt, dass das noch nicht möglich war, da ihn alles ringsherum geblendet hat, und sein Geist, der normalerweise in der Früh wie eine Brezen da war, also auf Kommando, war alles, aber gewiss noch nicht in Schwung.

Beim Versuch aufzustehen hat ihn sofort ein Schwindel befallen, dass er sich wieder hinsetzen hat müssen. Was war hier los? Er hat erneut versucht, seine Augen zu öffnen und es kurz geschafft. Ihm war, als würde er Bäume und durch die Baumkronen spitzendes Sonnenlicht erkennen. Lily? Was ist los? Wo bist du und wo bin ich?

Er hat die Lider kurz wieder geschlossen und im Halbschlaf gehorcht, und ihm war, als würde er Vögel zwitschern hören.

Dann war alles wieder schwarz um ihn.

Auf einmal hat es den Graffiti gerissen. Irgendetwas Pelziges war über seine Beine gehuscht. Endlich hat er seine Augenlider öffnen können und vor sich ein Eichhörnchen sitzen sehen. Es hat ihn angeschaut, und der Graffiti hat den Eindruck gehabt, das Eichhörnchen lächelt ihn an. Was für ein skurriler Traum!

Er hat sich umgesehen und sich gewundert, wo sein Bett geblieben war. Ringsherum nur Bäume. Bäume, ein Weg und eine Bank, auf der er zu sich gekommen war und immer noch gesessen ist. Durch die Bäume hat er im Hintergrund Häuser gesehen. Sein Traum hat die Maximiliansanlagen hinter dem Wiener Platz erstaunlich gut wiedergegeben.

Der Graffiti ist aufgestanden, und sein Kopf hat sich angefühlt, als ob jemand mit der Säge durchgegangen wäre. Nun hat er an sich hinuntergeblickt. Er war nur mit Shorts und T-Shirt bekleidet, also wie aus dem Bett raus. Logisch, hat er sich gedacht, bin ja auch so in das Bett rein. Aber jetzt wär wirklich Zeit zum Aufwachen, doch der Traum hat nicht geendet, sondern ist weitergegangen. Der Graffiti hat sich jetzt um die eigene Achse gedreht und in die Umgebung geblickt. Ihn hat sofort wieder ein leichter Schwindel gepackt. Wie viel Uhr war es? Gefühlt war es ungefähr 7 Uhr, von den Lichtverhältnissen her. Jetzt hat er versucht, sich zu bewegen, doch der Schwindel ist wieder stärker geworden und er hat nur recht torkelnd gehen können.

Heim, war sein einziger Gedanke, ich muss heim.

Und so hat sich der Graffiti Schritt für Schritt in Richtung Wiener Platz gekämpft. Sein Kopf war kurz vor dem Bersten, die Steine des Wegs haben in seine Füße gestochen, und die Äste der Büsche haben ihm, da er orientierungslos querfeldein gewandert ist, ins Gesicht geschlagen, doch seine Odyssee ist kontinuierlich weitergegangen.

Kurz bevor er auf die Maria-Theresia-Straße hinausgewankt ist, hat ihn ein morgendlicher Radler mit seinem Schäferhund überholt.

»Ja, wo ham s' denn dich auslassen?«, hat er dem Graffiti zugerufen. »D' Leut werdn aa oiwei blöder. Kömma aufhörn!«

Der Graffiti hat nur schielend hinterhergelugt und dem Radler den Stinkefinger gezeigt.

Jetzt ist er an der Ampel an der Max-Planck-Straße gestanden und hat sich am Masten festhalten müssen. Die Kopfschmerzen waren zwar etwas abgeklungen, aber dafür ist in ihm ein unsagbares Gefühl der Übelkeit aufgekommen. Er hat kurz die Augen schließen müssen, und schon hat er das Geräusch eines Autos wahrnehmen können. Türen haben sich geöffnet, und der Graffiti hat die Augen aufgemacht.

Vor ihm sind zwei Polizisten neben einem Polizeiauto gestanden und haben die Arme verschränkt gehabt.

»So, Freunderl«, hat der Bärtige gesagt, »was mach ma denn da in dem Zustand in aller Herrgottsfrüh?«

»Is des ned der Himsl, also der Graffiti«, hat der etwas Teigige seinem Kollegen zugeflüstert.

»Schau ma amal«, hat der Bärtige geantwortet. »Kömma uns ausweisen?«

»Wo hätt er denn den Ausweis, Charlie? Der is ja fast nackt.«

»Herrschaft, Lenz. Alles muss korrekt sein, zefix! Also?«, hat der Burgmaier Charlie gefragt.

Der Graffiti hat die beiden wie ein Auto angeschaut.

»Seids ihr der Burgmaier Charlie und der Hofer Lenz? Die zwei Deppen, die der Sanktus so dick hat?«, hat der Graffiti wissen wollen, weil in einem Traum kannst du ja mal so was bringen.

Wie ihn jetzt der Charlie in den Polizeigriff genommen und auf den Rücksitz des Autos gedrückt hat, ist dem

Graffiti zum ersten Mal an diesem Morgen der Gedanke aufgegangen, dass das gar kein Traum war, in dem er die Hauptrolle gespielt hat. Schädelexplosion und schlimmes Erwachen Anfänger.

37.

Jetzt war es Sonntag in der Früh, und das Telefon hat schon wieder geklingelt. Herrschaftszeiten, Gedanke vom Sanktus, weil, kann ja gar ned sein. Am Freitag der Hintermeier, gestern der Wecker, da ja Besuch beim Graffiti, und heut schon wieder. Da kriegst du ja wirklich 'nen »Bönnaut«, wenn du gar nicht mehr zur Ruhe kommst.

Die Kathi hat nur gegrunzt und sich umgedreht. Der Sanktus also raus, weil, wie du ja weißt, Telefon im Gang wie früher.

Er hat abgehoben, also den grünen Knopf gedrückt, und hat sich melden wollen, ist aber gar nicht zu Wort gekommen.

»Den Quirin hat die Polizei aufgegriffen. Sanktus, du musst sofort kommen! Ich bin beim Quirin in der Wohnung«, hat die Lily in den Hörer hineingeplärrt.

»Wie? Wo? Was? Äh, bei was? Also wobei?«, hat der Sanktus gestottert. »Hat er was gedreht heut Nacht, oder wie?«

»Nein. Gar ned. Ich war ja bei ihm! Aber heut in der Früh war er nicht mehr im Bett. Alles war noch da. Sein Schlüssel, Geldbeutel, Handy, alles.«

»Hast du dann die Polizei angerufen?«, hat der Sanktus gefragt.

»Ich bin wie ein aufgescheuchtes Huhn umeinander und hab gar ned denken können. Aber dann haben sie sich eh hier auf dem Festnetz gemeldet. Sie haben ihn nur in Unterwäsche an der Kreuzung oben beim *Maximilianeum* aufgegabelt. Er war völlig orientierungslos. Anscheinend hat er die Polizisten auch noch blöd angemacht. Sanktus, was ist denn das? Der wird mir schön langsam unheimlich! Er verlegt alles, kann sich an nix erinnern, und heute das?«, hat die Lily ins Telefon geweint.

»Ich weiß auch ned, Lily. Wir müssen ihn unbedingt zum Arzt schicken. Es hilft alles nichts. Die Birthe meint, ein Burn-out könnt es sein«, hat der Sanktus doziert.

»Na ja, vielleicht. Aber er sagt ja auch nichts. Ich hab das Gefühl, er öffnet sich nicht gern.«

»Es gibt da eine Geschichte von dem Abt, die er mir erzählen will, aber immer, bitte sei jetzt ned bös, wenn er anfängt, kommst du dazwischen und er bricht ab. Die müssen wir jetzt mal aus ihm rauskriegen. Vielleicht beängstigt ihn da etwas so, dass er zum Durchdrehen anfängt, aber jetzt hören wir auf und treffen uns bei der Polizei. Wo halten sie ihn den gefangen, unsern Helden?«

»Am Prinzregentenplatz, wo der Hitler früher gewohnt hat. Da ist doch jetzt eine Polizei drin. Weißt was, ich hol dich ab. Fahr ma schnell mit dem Auto 'nüber, oder?«

38.

Die Fahrt im Mustang mit der Lily war angenehmer als mit dem Graffiti oder dem Murat, und dem Sanktus ist in dem orangefarbenen Auto das erste Mal nicht schlecht geworden.

Als sie das Amtszimmer in der *Polizeiinspektion 22 – Bogenhausen* betreten haben, ist dem Sanktus das Herz in die Hose gefallen. Der Burgmaier Charlie und der Hofer Lenz, zwei alte Weggefährten von ihm, sind mit dem Graffiti an einem Tisch gesessen. Das hatte es jetzt nicht auch noch gebraucht, oder? Der Graffiti total durch den Wind, und dann diese zwei Deppen dazu.

Die Lily ist sofort zu ihrem Quirin hin, hat ihn umarmt, sich zu ihm hinuntergebeugt und ihm einen Kuss gegeben. Dem Hofer Lenz und dem Burgmaier Charlie hat es die Glubscher rausgebatzt, weil Blick auf den Lily-Hintern aus einem Abstand von 30 Zentimetern. Der Sanktus hat ein Hirschgeweih erkennen können, und der Slip hat auch ein bisserl rausgespitzt. Die beiden Ordnungshüter haben, ihren Gesichtern nach, anscheinend die gleiche Beobachtung gemacht.

»Servus, Charlie, servus, Lenz«, hat der Sanktus angefangen und die beiden hat's gerissen, weil Erwachen aus dem Tagtraum.

»Griaß di, Sanktus«, hat der Hofer Lenz geantwortet. Der Burgmaier Charlie hat nur grantig auf seine Schuhkappen geschaut.

»Servus, Graffiti, ois klar? Waren s' brav, die zwei?«, hat der Sanktus gefragt.

Die Lily hat sich auf den Stuhl neben den Graffiti gesetzt.

»Passt scho!«, hat der gemurrt.

»Wie geht's dir denn, Schatzi?«, hat die Lily gefragt.

»Passt aa«, hat der Graffiti geseufzt und schnaufend einen Schluck Wasser aus einem Glas, das vor ihm auf dem Tisch gestanden ist, getrunken.

»Besonders gesprächig is er ned«, hat der Hofer Lenz gemeint.

»Zum blöd Daherreden hat's aber schon g'langt«, der Burgmaier Charlie.

Der Sanktus hat sich ein Lachen nicht verkneifen können, und der Charlie wollte gerade aufgehen wie ein Hefezopf, da ist die Tür aufgegangen, und die Bine und der Rudi sind hereingekommen.

»Guten Morgen, Quirin«, hat die Bine angefangen, und die Lily hat's gerissen, weil noch eine, die Quirin zum Graffiti sagt.

Der Sanktus hat sich gefragt, ob da doch etwas zwischen der Bine und dem Graffiti gewesen war, nachdem die Daniela weg war. Aber wenn? Warum nicht?

»Wie geht's dir?«

»Passt«, hat der Graffiti wiederholt und unfokussiert in das Zimmer hineingeschaut.

»Was machts denn ihr zwei da?«, hat der Burgmaier Charlie die beiden Kriminalbeamten gefragt.

»Der Herr Himsl ist ein Deil eines Mordfalls«, hat der Rudi gesagt. »Und derweng inderessiert uns das, was da heut bassiert ist.«

»Soso, Mordfall!«, hat der Burgmaier Charlie grinsend wiederholt.

»Womit du zum Stillschweigen verpflichtet bist, Karlheinz!«, hat die Bine hinausgeschossen. »Karlheinz? Lorenz? Hamma uns verstanden?«

»Jawohl, Bine. Äh, verstanden, Frau Kommissarin«, hat der Hofer Lenz bestätigt.

Dem Burgmaier Charlie hast du ansehen können, dass er nicht damit – auf neudeutsch – d'accord gegangen ist. Der Sanktus hat genau gemerkt, wie es in seinem Kopf gesurrt hat auf der Suche nach einem Plan, wie er diese Information um den Graffiti verwerten hat können.

»Charlie«, hat der Sanktus geflüstert, »ich sag nur *Tamara*, gell.«[*]

Jetzt ist der Burgmaier Charlie abwechselnd weiß und dunkelrot geworden, aber der Gedankengang ist damit unterbrochen gewesen.

»Herr Himsl«, hat der Rudi, an den Graffiti gewandt, begonnen. »Bidde sachen Sie uns doch, wie Sie heute Morchen in die Maximiliansanlagen gekommen sind.«

Der Graffiti hat mit den Achseln gezuckt.

»I bin gestern ganz normal ins Bett. Wir haben ned viel getrunken, also eher nix.«

»Und heut in der Früh war er nicht mehr da«, hat die Lily hinzugefügt.

»Weißt du überhaupt, wie du da hingekommen bist?«, hat die Bine gefragt.

»Naa«, der Graffiti. »Ich weiß nur, wie ich aufgewacht bin. Auf einer Bank, und a Oachkatzl hat mich ang'schaut.«

Der Burgmaier Charlie hat einen lauten Lacher ausgestoßen, war aber nach den bissigen Blicken von Bine, Lily und Rudi gleich wieder ruhig. Der Sanktus hat nur sei-

---

[*] Siehe Band 5, »Weißbier-Requiem«. Sanktus weiß um das Geheimnis, dass der Burgmaier glaubt, volltrunken eine Affäre mit einem Transvestiten namens »Tamara« gehabt zu haben.

nen Zeigefinger auf die Lippen gelegt und dem Burgmaier Charlie noch einmal »Tamara, Transvestit« zugehaucht.

»Ich glaub schön langsam, ich dreh durch«, hat der Graffiti gesagt. »Oder ich werd schizophren. Ich kenn mich nimmer aus. Ich bring alles durcheinander, verleg Sachen, weiß nimmer, was mir die Lily gesagt hat, et cetera.«

Die Lily hat ihm die Hand gestreichelt.

»Was ist, wenn doch ich den Abt umgebracht hab? Ha?«, hat der Graffiti laut herausgeschrien, und die Bine und der Rudi haben wissend genickt.

39.

Der Graffiti hat die Auflage gekriegt, München nicht zu verlassen und einen Arzt aufzusuchen. Die Lily hat versichert, sich darum zu kümmern und gut auf ihren Quirin aufzupassen. Das hatte sie der Bine versprochen, ja fast geschworen. Der Graffiti hat furchtbar verliebt, aber auch extrem verängstigt und verwirrt geschaut, was der Sanktus von ihm überhaupt nicht gewöhnt war. In solch einem mitleiderregenden Zustand hatte er seinen Freund, einen

Haudegen der Münchner Straßen, wirklich noch nie erlebt. Fast beängstigend, wenn du den Graffiti kennst.

Als der Graffiti und die Lily außer Sichtweite waren, haben sich der Sanktus und die Bine noch vor dem Polizeirevier am Springbrunnen des Prinzregentenplatzes unterhalten.

»Bine, unter uns zwei, ich muss rausfinden, was zwischen dem Graffiti und dem Abt seinerzeit vorgefallen ist. Er hat zugegeben, dass er den von früher her kennt. Irgendwas muss da gewesen sein, weil er mir gegenüber angedeutet hat, dass er eigentlich schon einen Grund hatte, den Typen umzubringen. Er hat aber vehement beteuert, dass er es definitiv nicht war. Oder meinst, der ist inzwischen wirklich so gaga?«, hat der Sanktus gefragt.

»Schwer zu sagen. Hoffen wir's nicht. Aber er wird sich ja jetzt, denk ich, von einem Arzt untersuchen lassen. Ich kenn den Graffiti ja nun auch schon länger, und mir kommt das komisch vor, wie er drauf ist. Wie wenn er unter Drogen stehen würde.«

»Schon eigenartig, gell? Meinst du, dass er grad wieder mal einen neuen Geschäftszweig erschließt und selbst das Versuchskaninchen macht?«, hat der Sanktus in den Raum gestellt, und du hast sehen können, dass es ihm dabei alles andere als wohl war. »Aber, um noch einmal zum Abt zurückzukommen. Wir müssen rausfinden, ob es in der Praetorius-Vergangenheit einen schwarzen Fleck gibt. Ich sag nur ›5‹, also der Fünfer auf der Luziferkarte. Du sollst nicht töten. Die Kathi hat erfahren, dass bei irgendeiner früheren Diebstahlaktion in einer Kirche die Freundin vom Graffiti umgekommen ist. Eine Manu, Nachnamen wissen wir nicht. Und mein Bauchgefühl sagt mir, dass da damals der Praetorius dabei war.«

»Okay«, hat die Bine bestätigt. »Bisher haben wir nichts gefunden, aber wir schauen 's uns an. Eine Manu sagst du?«

»Genau. Und der Neuner? *Lass dich nicht gelüsten deines* Nächsten Weibes! Wie schaut's da aus?«

»Haben wir schon geprüft. Der Aust hat ein Verhältnis mit seiner Köchin gehabt«, hat die Bine bestätigt. »Liebe geht ja bekanntlich durch den Magen.«

»Ja verreck, Kaffeehaus«, hat der Sanktus ausgerufen. »Aber ich versteh 's. Sollen sie die Pfarrer doch heiraten lassen. Der macht seine Arbeit dann auch ned schlechter, wenn er die Köchin, na ja, weißt schon!«

»Aber im Gebot steht ja, *das Weib deines Nächsten,* und das geht, auch wenn du kein Geistlicher bist, auf gar keinen Fall. Man mischt sich ned in bestehende Ehen ein«, hat die Bine gemeint.

»Hast recht. Normal ned. Habt ihr die Dame schon einmal befragt?«

»Nein, die wär morgen dran.«

»Darf ich mit?«, hat der Sanktus fast geplärrt. »Ich möchte schauen, ob ich rauskrieg, was der Aust mit dem Praetorius zu tun gehabt hat.«

»Klar. Kein Problem. Ich soll eh allein gehen, hat der Rudi gemeint. Machst wieder mal meinen Profiler, ha? Was meinst?«

»Dein Wunsch ist mir Befehl, Frau Kommissarin«, hat der Sanktus lachend bestätigt. »Und dann müssen wir uns noch jemanden vornehmen. Und zwar die Hinrainer Luise, Händlerin in der Großmarkthalle, und den Zenetti-Falco, Betreiber des Munich-Escort-Service. Die beiden haben jeweils ein Motiv, den Graffiti fertigzumachen.«

»Okay. Machen wir nach der Haushälterin.«

»Wie stehen sonst die Ermittlungen?«, hat der Sanktus wissen wollen.

»Na ja. Ned besonders viel. Auf den Luziferkarten sind auch keine Fingerabdrücke zu finden. Vom Luzifer selber keine Spur. Sonst ... Der Graffiti ist immer noch unser Hauptverdächtiger. Für den Mord am Aust hat er kein Alibi, und der Brief des Pfarrers belastet ihn zusätzlich. Einfach suboptimal, das Ganze. Für eine Verhaftung ist es aber zu wenig, da ja wirklich keine Spuren von ihm am Tatort oder sonst wo bei den Geistlichen gefunden worden sind. Der Staatsanwalt fordert auf jeden Fall handfeste Beweise«, hat die Bine doziert.

»Da bin ich ja froh. Und die Lily, mein ich, kümmert sich recht gut um ihn. Meinst, die kriegt ihn wieder einigermaßen hin?«, hat der Sanktus gefragt.

»Denk ich schon«, hat die Bine geantwortet. »So wie's aussieht, ist das ja die große Liebe. Gesucht und gefunden.«

»Hör ich da einen süffisanten Unterton, Frau Schranner?«, hat der Sanktus nachgehakt.

Der Blick, den ihm die Bine jetzt zugeworfen hat, hat *dünnes Eis* und *keinen Schritt weiter* bedeutet und dem Sanktus war klar, dass er wieder einmal zielsicher in ein Fettnäpfchen getreten war.

»Ja, ja, na schau ma mal ...«, hat er gestammelt, »Und weißt was, Bine? Ich interview den Hintermeier noch einmal. Vielleicht krieg ich da auch noch was raus.«

Der Schranner-Blick immer noch eisig. Daher jetzt nur ein kurzes »Servus« und schnell weg.

40.

»So gehet hin in Frieden«, hat der Hintermeier am Ende der Messe verkündet.

»Dank sei Gott dem Herrn«, die Gemeinde.

Die Orgel hat gespielt, und die Leute sind nach dem Auszug des Pfarrers und der Ministranten aus der Johanniskirche hinausgeströmt.

Früher wären die Männer noch in die Wirtschaft zum Frühschoppen gegangen und die Frauen heim, dass es auch rechtzeitig was zum Mittagessen gibt. Ziemlich chauvinistisch, aber der Gedanke an eine Halbe Bier auf einem Frühschoppen hätte dem Sanktus jetzt auch gefallen. In einigen Dörfern, hat der Sanktus herausgefunden, sind die Männer und Frauen noch in den Bankreihen der Kirche getrennt gesessen. Männer rechts, Frauen links. Und wenn sie dann den Rosenkranz beten, geht das auch nach einem Ritual, das dem Sanktus bisher verschlossen geblieben ist, zwischen den Bankreihen hin und her.

Er ist nun gegen den Strom der Gläubigen geschwommen, ist also nicht in Richtung der Glastüren des Ausgangs, sondern zur Sakristei gegangen. Dort hat er geklopft und ist leise eingetreten.

Der Hintermeier und die Ministranten haben gerade ihr Messgewand abgelegt, und die Lautstärke war immens. Fußballplatz Scheißdreck dagegen. Thema Morde und Luzifer hättest du meinen können, aber da bist du falsch gelegen. Es war der nächste Ministrantenausflug, weil, wie werden die Zimmer besetzt und was wird zum Trinken mitgenommen?

»Gar nix!«, hat der Hintermeier auf einmal geplärrt. »Wenn, dann gibt's an Messwein, oder a mordstrum Schellen.«

»Ja genau«, hat ein großer dunkelhaariger, schon älterer Ministrant, anscheinend der Oberministrant, eingeworfen. »Und Messwein ist gerade aus! Können wir uns auf was freuen.«

»Gregor, du bist ein Schanierl«, hat der Hintermeier gerufen. »Deswegen bist auch Oberministrant. Aber ihr Computerfuzzis lebts doch eh von Luft und Datenbytes, oder?«

»Ja, Herr Pfarrer. So wird's sein. Genauso!«, hat der Gregor geantwortet und geschmunzelt.

»Na oiso. Na passt's ja. Und jetzt schleichts euch heim. Sonst kriag i Ärger mit euren Mamas, weil 's Essen kalt wird. Pfiat euch!«

Dann hat er den Sanktus entdeckt.

»Servus, Sanktus. Frühschoppen?«

Das muss eine göttliche Fügung gewesen sein, weil, wie hätte der Prälaten-Migi sonst wissen können, wie furchtbar es den Sanktus gerade nach einer frischen Halben Weißbier gedürstet hat?

»Eh klar, Migi. Geh' ma rüber in den Biergarten?«

41.

Der Hintermeier ist mit dem Sanktus im Biergarten des *Hofbräukellers* gesessen, und beide haben ein Weißbier vor sich gehabt, als sie vom Eingang her den Sepp, also den Pater Joseph Mbewu, rufen gehört haben.

»Hello, Buama! Bin i scho doa!«

»Ich hab ihm a WhatsApp geschrieben«, hat der Hintermeier gesagt. »Ich hoff, es is für di okay, Sanktus?«

»Ja eh«, hat der Sanktus versichert. »Ich wollt sowieso mit euch beiden reden.«

»Aha. Seppä, hol dir erst amal a Bier«, hat der Hintermeier gerufen.

»Hast du geprüft, ob die Pfarrer, die ihr mir am Dienstag genannt habt, angreifbar sind? Kann denen der Luzifer was anhaben? Wie haben sie gleich wieder geheißen? Abhishek, Stevens und der Horvat Boži, oder?«

»Also, Sanktus«, hat der Hintermeier angefangen. »Für den Abhishek leg ich mei Hand ins Feuer. Den Stevens kenn i ned. Der is frisch aus Ostfriesland herkommen. Aus der Diaspora sozusagen. Kann i ma ned vorstellen, dass der hier was am Laufen hat. Den Horvat kennst du selber. Des is a Schlitzohr. Da wär i vorsichtig. Wissen tu i aber aa nix.«

»Genau, der Boži«, hat der Sanktus gemurmelt. »Der lasst sich ned in die Karten schauen. G'wiss ned. Da tät ma auf Granit beißen.«

Kurz darauf ist der afrikanische Pfarrer mit einer Maß Bier zurückgekommen.

»Sauber!«, hat er lächelnd gesagt. »Habts ihr only kloane Bier. Issa doch Frushopping!«

»Frühschoppen, ned Shopping«, hat der Hintermeier erwidert. »Aber des lern ma dir auch noch. Also, Prost!«

Jetzt haben die drei angestoßen. An sich ein lustiges Bild. Der Sanktus in Zivil, der Hintermeier in Soutane und der Mbewu in dunkler Hose und dunkelgrauem Kurzarmhemd mit weißer Pfarrerhalsbinde.

»Ich wollt mit euch wegen der Morde sprechen«, hat der Sanktus angefangen.

»Ja genau. Hast den Fall scho klärt?«, hat der Hintermeier wissen wollen.

»Migi? Ernsthaft?«

»Naa, Spaß. Aber echt. Hast schon a bisserl was rausgefunden?«

»Oh, jetza wirda spannend!«, hat der Mbewu glückselig gerufen.

»Bevor ich irgendwas sagen kann, müssts ihr mir bei zwei Sachen helfen. Erstens, war der Praetorius früher einmal in irgendeinen Mordfall verwickelt? Oder in einen Unfall mit Todesfolge?«

Der Hintermeier ist gleich in wildes Kopfschütteln verfallen und hat mit den Händen abgewehrt, der Mbewu hat mit den Schultern gezuckt.

»Halt, halt. Nachforschen, ned gleich nein sagen, weil umsonst ist da der Fünfer nicht drauf gestanden. Und Migi, fang jetzt ned mit dem fünften Psalm an. Also, hörts euch mal um!«

»Unda sweitens?«, hat der Mbewu gefragt.

»Zweitens, hat der Praetorius den Aust gekannt, beziehungsweise welche Parallelen oder Verbindungen gibt's zwischen den beiden? Ich glaub nämlich, dass, selbst wenn da nix in den Polizeiakten auftaucht, euer Verein sicherlich noch irgendwas weiß. Habts mi?«, hat der Sanktus drohend gefragt.

»Yes, yes«, hat der Mbewu gesagt. »Weil mia san ja lauta Verbrecha in der Catholic Church. Issa wia bei de Thriller im TV!«

»Genau, Sepp. So schaut's aus«, hat der Sanktus gegrinst. »Spaß beiseite. Wenn da was unter den Tisch gekehrt worden ist, findets ihr des eher raus als ich. Also strengts euch bitte an.«

»Und sicherlich soll ma schauen, wenn ma wissen, was da mit am Tötungsdelikt war, ob der Aust und der Praetorius da irgendwie drin verstrickt waren?«, hat der Hintermeier gefragt.

»Genau!«, hat der Sanktus bestätigt. »Und wenn die dabei waren, wer noch? Vielleicht gibt's ja noch einen Pfarrer, der in Gefahr ist?«

»Wegen dem Graffiti?«, hat der Hintermeier gefragt.

»Natürlich ned! Aber vielleicht wegen jemand anderem«, hat der Sanktus gesagt. »Aber, jetzt schauts mal, was ihr findets! Übrigens, habts ihr gewusst, dass der Aust ein Verhältnis mit seiner Köchin gehabt hat?«

»Der Aust?«, hat der Hintermeier geschrien.

»Hatta Verhältnis g'habt?«, der Mbewu.

»Neuntes Gebot? Kennts ihr des ned, oder wie?«, hat der Sanktus geschimpft. »Verstehts ihr jetzt, warum ich das mit dem ›Du sollst nicht töten‹ so ernst nehm. Die Zahlen sind schon die Gebote. Aust, neun, hat ein Verhältnis. Check! Praetorius, fünf. Du sollst nicht töten … Und?«

»Hatta … wen ummgabracht …?«, hat der Mbewu gestottert und seine Augen weit aufgerissen.

MONTAG

42.

Die Person kniete auf den Treppen vor dem Altar und hatte die Hände zum Gebet gefaltet. Es war angenehm kühl in der Kirche, und in der Ruhe konnte sie klare Gedanken fassen. Bisher war alles nach Plan verlaufen, aber die Polizei zog noch nicht die richtigen Schlüsse. Diesen selbsternannten Ermittler konnte sie nicht einschätzen, aber auch er schien sich leicht um den Finger wickeln zu lassen.

»*Du sollst sie mit einem eisernen Zepter zerschlagen; wie Töpfe sollst du sie zerschmeißen. So lasset euch nun weisen, ihr Könige, und lasset euch züchtigen, ihr Richter auf Erden! Dient dem Herrn mit Furcht und freut euch mit Zittern! Küsst den Sohn, dass er nicht zürne und ihr umkommt auf dem Wege; denn sein Zorn wird bald entbrennen. Aber wohl allen, die auf ihn trauen!* Herr, lasse deinen Zorn durch mich entbrennen, denn ich werde Gerechtigkeit walten lassen in deinem Namen. Ich werden die Gottlosen entlarven und die schlimmsten unter ihnen ausmerzen. Darum bitte ich dich, segne meinen nächsten Kreuzzug und führe mich zum Erfolg. Amen.«

Die Person machte ein Kreuzzeichen, verbeugte sich vor dem Altar und verließ die Kirche.

Die Abendluft war angenehm. Der Sommer kündigte sich an, und es würde bald heiß in der Stadt werden.

Bis dahin sollte alles vorbei sein.

43.

Der unbekannte Luzifer.
Ein Kommentar von Severin Birnstingl

Luzifer, der lateinische Name des Morgensterns, übersetzt »der Lichtträger« und seit Jahrhunderten im christlichen Sprachgebrauch der Name des Teufels, ist zurzeit im Internet präsenter denn je. Doch brauchen wir diesen gehörnten Gesellen aus der Hölle, um uns unser unchristliches Leben in Wort und Film vorführen zu lassen? Brauchen wir eine weitere Instanz, um uns etliche Male in der Woche unsere Unfähigkeit auf dieser Welt zu präsentieren, oder reichen die beeindruckenden Bilder, die uns die Kirche selbst in den Gottesdiensten zeichnet? Seltsam ist, dass gerade diese geistlichen Maler auf einmal ins Zentrum der Predigten des gefallenen Engels gerückt sind, in die Mitte der Argumentation, die sie gerne selbst von den Weiten der Altäre und den Höhen der Kanzeln sonntags auf das christliche Volk hinabschmettern. Der Teufel selbst kreidet ihnen an, gottlos zu sein, die christlichen Lehren nicht richtig zu befolgen. Er bestraft sie sogar für ihr Fehlverhalten.

Ja, meine Herren der katholischen Kirche, die Luft zum Atmen wird immer dünner, und die Tage des Umdenkens sind gekommen. Geht in euch auf euren Konferenzen und leitet den Wandel ein, sonst wer-

det ihr in wenigen Jahren in die Bedeutungslosig-
keit abdriften.

»Du sollst nicht stehlen«, »du sollst nicht töten«, »du
sollst nicht begehren des anderen Frau«, sind Gebote,
die drei Priestern in den letzten Wochen zum Ver-
hängnis wurden.

Doch geht unser Internet-Luzifer so weit, dass er
selbst beginnt, Morde zu verüben? Respekt, mein
lieber Herr Gesangs- beziehungsweise Glaubens-
verein! Oder handelt es sich bei den Fällen um einen
Trittbrettfahrer, der die Gunst der aufgewühlten
Stunde ausnutzt, um seinen Trieben oder Rache-
gelüsten freien Lauf zu lassen?

Eines ist jedoch sicher: Die Welt braucht keinen
maskierten unbekannten Teufel, um besser zu wer-
den. Wir benötigen keine Greta des Glaubens. Die
Menschheit kann nicht durch Verbreitung von Angst
bekehrt werden.

Luzifer, komm aus deiner Internet-Hölle herauf
und zeige dich ohne Maske! Dann musst du auch
nicht mehr bei Nacht und Nebel im Baumarkt Far-
ben kaufen, um deine Meinung an den Kirchenwän-
den kundzutun. Tu es öffentlich und bekehre uns.
Luzifer, wir bitten dich! Amen.

44.

Am Montag in der Früh haben sich die Bine und der Sanktus, wie am Vortag besprochen, zur Haushälterin des Pfarrers Aust aufgemacht. Michaela Mair, wohnhaft Heßstraße, Ecke Cranachstraße, Parterre.

Die Bine hat den *5er BMW* genau gegenüber, vor dem *TUM Campus*, geparkt, und die beiden haben am Klingelbrett an der oben rund geschwungenen Eingangstür auf »Mair« gedrückt. Sie waren selbstverständlich bereits angemeldet.

Der Türöffner hat gesurrt, und der Sanktus ist in den kühlen Hausgang getreten. Alt-Schwabing. Hier hast du es aushalten können. Sie sind die Treppe hinauf und rechts zur Wohnungstür der Familie Mair. Die Pfarrersköchin ist bereits in der geöffneten Tür gestanden und hat die Besucher eingelassen.

Ihre Wohnung war nicht groß. So hatte es zumindest den Anschein, da von dem kleinen Gang nur drei Türen in andere Räume geführt haben. Michaela Mair hat die beiden Ermittler in die Küche gebeten. Dort haben sie sich an einen Tisch gesetzt, und der Sanktus hat sich umgesehen. Die Einrichtung und die Möbel waren zwar alt, aber, wie zu erwarten, war bei einer Haushälterin alles gepflegt und tip-top in Schuss.

Michaela Mair an sich war eher unscheinbar. Nicht zu dick, nicht zu dünn, ein bisserl ein Mauerblümchen in ihrem Schurz mit ihren blonden gelockten Haaren, die sie halblang getragen hat, aber der Blick doch ein wenig lasziv. Wenn sie ihren Pfarrer immer so angesehen hat, dann hat der Sanktus den Aust schon verstanden, wie er mit dem Zölibat gehadert hat.

»Frau Mair«, hat die Bine angefangen. »Wir sind heute zu Ihnen bezüglich des Tods von Pfarrer Maximilian Aust gekommen.«

Die Mair hat einen Schluchzer getan und sich mit einem Taschentuch die feuchtgewordenen Augen getrocknet.

»Der Max«, hat sie gehaucht und in den Himmel geschaut. »Der Max ...«

»Wir haben am Tatort eine Karte mit der Aufschrift ›9‹ gefunden. Diese Zahl deuten wir als Hinweis auf das neunte Gebot: *Lass dich nicht gelüsten deines Nächsten Weibes!* Wir gehen also davon aus, dass Pfarrer Aust ein Verhältnis gehabt hat.«

Jetzt hat die Mair zum Weinen angefangen.

»Sie brauchen gar ned weiter um den heißen Brei herumreden, Frau Kommissarin«, hat sie gestammelt. »Es stimmt. Max und ich waren ein Paar. Er war so ein verständnisvoller Mann. So liebevoll, und jetzt ist er tot ...«

Sie hat sich die Nase geputzt und abermals die Augen getrocknet.

»Aber ich kann einfach nicht glauben, dass sie ihn deswegen umgebracht haben, also wegen dem neunten Gebot. Was sind denn das für Menschen? Gönnt man uns nicht unser kleines Glück, das wir in der Öffentlichkeit eh nicht haben zeigen dürfen? Die Menschen sind so verkommen und neidig, dass es zum Kotzen ist«, hat sie sich echauffiert.

»Langsam, Frau Mair«, hat sie die Bine beruhigt. »Wir wissen noch gar nicht, ob die Zahlen wirklich der Grund für die Morde sind, oder nur vom Eigentlichen ablenken sollen.«

»Morde?«, hat die Mair gefragt. »Ach so, ja, den am Abt vom Berg.«

»Hat Pfarrer Aust diesbezüglich etwas erwähnt?«, hat die Bine gefragt.

Die Mair hat sie jetzt angesehen wie ein Kind, das bei einem Streich erwischt wird und nichts zugeben will. Die Bine hat ihr lächelnd in die Augen gesehen.

»Frau Mair, Sie wollen doch auch, dass wir den Mörder von Max finden«, hat die Bine gesagt und den *Max* extra betont, sodass das Persönliche rübergekommen ist.

Die Mair hat geschluckt und genickt.

»Ja, will ich! Und hat er!«

»Was hat er gesagt?«, ist der Sanktus vorgeprescht.

Die Mair hat geschnieft und sich wieder die Nase geputzt.

»Abt Philipp und der Max waren befreundet. Sie haben zusammen studiert. In Regensburg, obwohl sie Münchner waren«, hat sie berichtet. »Sie haben sich aber schon vorher aus ihrer Ministrantenzeit gekannt. Sie waren eine Dreierclique …«

»Drei?«, hat sie der Sanktus unterbrochen.

Die Bine hat mit ihrer Hand seinen Arm berührt und ihn somit zum Schweigen aufgefordert.

»Ja. Der Abt, also der Bertl, der Max und der Edi. Der Max hat immer von einem Edi erzählt. Diese drei sind gemeinsam nach Regensburg gegangen.«

»Warum Regensburg?«, hat die Bine gefragt. »Warum sind sie nicht in München geblieben? Hier kann man ja auch Theologie studieren. Und was hat sie so zusammengeschweißt?«

»Das ist's ja grad«, hat die Mair geantwortet. »Irgendetwas ist in München vorgefallen. Was genau, hat mir der Max aber nie erzählt. Sie hätten sich ein Schweigegelübde auferlegt, hat er gesagt. Es muss aber etwas mit einem Unfall zu tun haben. Ein Mädchen muss dabei gestorben sein, hat der Max einmal, als er etwas betrunken war, aus Versehen herausgelassen. Sie waren anscheinend beteiligt, aber die Straftat ist nie verfolgt worden.«

»Sauber!«, hat der Sanktus bestätigt und hat der Bine »Die Manu!« ins Ohr geflüstert.

»Und? Weiter?«, hat er die Mair angestachelt.

»Als der Abt umgebracht worden ist, ist der Max fast durchgedreht. Das heißt, eigentlich erst, als das mit der Luziferkarte und dem fünften Gebot bekannt worden ist. Er hat immer gesagt, jetzt kommt alles auf uns zurück. Alles kommt auf uns zurück. Sie rächen sich. Sie rächen sich und wollen uns alle umbringen.«

Die Mair hat wieder geweint.

»Wer sind *sie*?«, hat der Sanktus gefragt.

»Das hat er mir nie gesagt«, hat die Mair zitternd geantwortet.

»War er mit dem Pfarrer Edi in Kontakt?«, hat die Bine gefragt. »Hat er ihn gewarnt?«

»Ich weiß es nicht, Frau Kommissarin. Ich weiß es nicht!«

»Wo ist Ihr Mann gerade, Frau Mair?«

»In der Arbeit und danach im *Schelling-Stüberl*. Da brennt er sich, wie jeden Tag, zu.«

45.

Der Sanktus und die Bine haben sich einige Zeit später mit der Hinrainer Luise im *Gasthof Großmarkthalle* getroffen. Die Luise ist bereits an einem der großen hellbraunen Holztische gesessen und hat Weißwürscht, Brezen und ein Weißbier vor sich gehabt. Die Bine und der Sanktus haben sich zu ihr gesetzt.

»Grüß Gott, Frau Hinrainer«, hat die Bine angefangen.

Der Sanktus hat die Luise angesehen und sich schlagartig wieder an sie erinnert. Sie war tatsächlich vor einiger Zeit mit dem Graffiti zusammen gewesen. Er hatte die beiden einmal im Prinzregentenbad getroffen und die Luise oben ohne gesehen. Sie ist in der Sonne am Beckenrand gesessen, hat ein Bein angewinkelt und mit geschlossenen Augen das Sonnenbad genossen. Die perlenden Wassertropfen auf ihren Brüsten, die die dunklen Brustwarzen umringt haben, ihre braunen Beine und die perlmuttfarben lackierten Zehennägel hat er heute noch direkt vor Augen. Alles hat sich sozusagen in seine Netzhaut eingebrannt. Selbst wie die Luise gerochen hat, hat er noch in der Nase gehabt.

»Grüß Gott. Servus, Sanktus«, hat die Luise geantwortet, sich ein Stück Weißwurst mit süßem Senf in den Mund geschoben und genüsslich gekaut. Den Sanktus hat's mit Karacho aus seinem Tagtraum herausgerissen, denn der Übergang vom Perlmutt zur Weißwurst war zu schockierend.

Die Bine hat den Sanktus fragend angesehen, aber der hat schon wieder gegrinst. Sauber! Die Luise hat sich an ihn erinnern können. Sakrament!

»Servus, Luise. Lang nimmer g'sehn.«

»Glei wieder kennt. Jaja. I woaß. Was möchts von mir?«, hat sie forsch gefragt.

»Es geht um den Herrn Himsl«, hat die Bine angefangen.

»Es geht immer um den Herrn Himsl, Fräulein. Aber mit dem bin ich fertig«, hat die Luise gesagt. Fräulein hat sie münchnerisch wie *Fralein* ausgesprochen. »Kein weiterer Kommentar!«

»Frau Hinrainer, es geht um Mord«, hat ihr die Bine das Wort abgeschnitten. »Da werden Sie schon noch einen Kommentar abgeben müssen. Ich kann Sie auch vorladen lassen, wenn Sie wollen. Gern lass ich Sie auch abholen. Wir haben tolle Autos bei der Münchner Polizei. Sehr bequem. Wird Ihnen gefallen.«

»Oiso guad. Legts los!«, hat die Luise geseufzt. »Aber ich hab ned viel Zeit. Ich muss wieder 'nüber. Also, Drehzahl!«

Jetzt hat der Sanktus lächeln müssen. Drehzahl war eigentlich einer seiner ureigenen Ausdrücke, und er hat sich nun wieder erinnern können, dass er ihn von der Hinrainer Luise hatte, weil die immer den Graffiti so angetrieben hatte. Das hatte ihm besonders gefallen, und er hatte das Wort in sein Repertoire aufgenommen. Die Bine, die die Drehzahl vom Sanktus gekannt hat, hat ihn verwirrt angesehen.

»Frau Hinrainer«, hat die Bine zum zweiten Mal gestartet. »Es sind Morde an zwei Pfarrern verübt worden, und wir haben den begründeten Verdacht, dass man die Taten Herrn Quirin Himsl anlasten will. Es handelt sich um den Abt Philipp, mit bürgerlichem Namen Engelbert Praetorius, und den Pfarrer Maximilian Aust.«

Die Luise hat die Luft lautstark aus ihren Lungen herausgeblasen, hat mit der flachen Hand auf den Tisch gehauen und hilfesuchend an die Decke des Lokals geschaut.

»Das kann ja ned wahr sein!«, hat sie gerufen.

»Langsam«, hat die Bine sie beschwichtigt. »Wir wissen, dass Sie des Öfteren öffentlich bekanntgegeben haben, dass Sie Herrn Himsl fertig machen würden, so wie er es bei Ihnen gemacht hat. Ich bitte Sie, mir Ihr Verhältnis zu Herrn Himsl kurz zu beschreiben.«

Die Luise hat nun die gleiche Geschichte erzählt, die der Graffiti schon dem Sanktus gegenüber zum Besten gegeben hatte.

»Und deswegen bin ich verdächtig?«, hat die Luise gefragt.

»Ja, definitiv, Frau Hinrainer. Könnten Sie mir bitte sagen, wo Sie am Sonntag vor einer Woche vormittags und letzte Woche Donnerstag auf Freitag waren?«, hat die Bine gefordert.

»Also jetzt glaub ich's aber!«, hat die Luise gerufen. »Was ist denn das für ein Polizeistaat. Nur weil ich einmal was daher gesagt hab, bin ich gleich schuldig. Den Graffiti solltets einsperren. So schaut's aus. Was der mit mir gemacht hat, das ist strafbar. Gell, ihr zwei G'scheithaferl. Und eines sag ich euch, einen Hass auf Pfarrer hat der schon immer g'habt. Die haben nämlich seine große Liebe auf dem Gewissen. Da würd's mich ned wundern, wenn er selber Hand angelegt hätte. Oder einer von seinen Blues Brothers aus seinem Mafiastaat. Diese vier Vollpfosten, die so blöd sind, dass sie nirgendwo anders eine Arbeit kriegen würden.«

Die Luise ist aufgestanden, hat 15 Euro auf den Tisch geworfen und sich zum Gehen gewandt.

»Kennen Sie zufällig den Namen des dritten Pfarrers?«, hat der Sanktus ihr noch schnell hinterhergerufen.

»Keine Ahnung. Den müssts schon selber rausfinden. Für was zahl ich Steuern? Dass ich eure Arbeit auch noch mach?«, hat sie gekeift, sich umgedreht und ist wie eine Furie zur Gasthaustür hinaus.

46.

Der Anruf war eigenartig gewesen. Ein reuiger Sünder wollte sein Gewissen erleichtern. Pfarrer Edmund Siebler hatte dem Anrufer die Beichtzeiten durchgegeben, aber der Gläubige wollte nicht lockerlassen. Er wollte den Pfarrer sofort treffen. Anscheinend hatte der Anrufer eine Information erhalten, die er Siebler nur im Sakrament der Beichte zukommen lassen wollte. Es habe etwas mit dem Mord an Max und Engelbert zu tun. Mit den zwei Morden, die Pfarrer Siebler kein Auge mehr zutun ließen. Mit den zwei Morden, die ihn in panische Angst versetzten.

Er musste wissen, um was es ging. Definitiv. Nur so konnte er verhindern, der Nächste zu sein, denn eines war ihm klar: Er schwebte in größter Lebensgefahr. Nachdem Max tot war, war der Groschen endgültig gefallen, obwohl er es schon vorhergeahnt hatte. Irgendwann kommt alles auf einen zurück, hatte seine Mutter immer gesagt und er hatte seit über 20 Jahren mit dem Satz im Hinterkopf auf diese Ereignisse gewartet. Einzig war ihm nicht klar, wer es auf sie abgesehen hatte. Es konnte sich um nichts anderes als Rache handeln, aber durch wen? Siebler hatte zwar einen Verdacht, doch es schien ihm zu unlogisch.

Es war nun schon 20.30 Uhr. Er hatte die Messe um 19 Uhr gefeiert. Die Beteiligung seiner Münchner Gemeinde war wie immer mehr als mau, und nur die älteren Damen, die Kirchenrutschen, wie er sie insgeheim nannte, hatten die ersten Bankreihen gefüllt. Er hatte über das Verzeihen und die Vergebung gepredigt. Ein Thema, das ihn gerade stark beschäftigte. Als Gleichnis hatte er seinen Fall in der Vergangenheit gewählt, natürlich ohne sich selbst zu nennen. Er hegte immer die Hoffnung, dass sich der unbekannte Rächer vorab in einer seiner Messen aufhalten, seine Worte hören und ihn vielleicht verstehen würde.

Siebler setzte sich in die letzte Bankreihe und versank im Gebet. Er betete inbrünstig um Gnade und Hilfe durch seinen Herrn. Er bekannte, dass er gegen die Gebote Gottes verstoßen hatte, es aber nur zum höheren Nutzen der katholischen Kirche geschehen war. Er betete, dass ihm die Angehörigen des Mädchens jemals vergeben konnten und …

Die Angehörigen des Mädchens? Er kannte sie nicht, da er und die beiden anderen nach dem Vorfall aus München verschwunden waren. Er hatte sich immer Eltern und Geschwister vorgestellt, doch wirklich sicher war er sich nicht. Könnte jemand aus dieser Familie der Mörder oder die Mörderin sein? Oder doch der Prolet? Angekündigt hatte er es ja seinerzeit. Aber warum erst jetzt? Nach all den Jahren?

Siebler begann zu schwitzen und spürte den kühlen Lufthauch an seinem Genick, von hinten kommend, sofort.

47.

Der Sanktus hat immer wieder auf sein Handy geschaut, doch der Graffiti hat ihm einfach nicht auf seine Mitteilungen geantwortet. Der Graffiti war am Montagvormittag, wie von der Schranner Bine angeordnet, zum Arzt gegangen, und den Sanktus hätte es wirklich interessiert, was rausgekommen war, beziehungsweise ob der Arzt schon irgendeine Idee hatte, was der Auslöser für die Aussetzer seines Freundes sein konnte.

»Komisch«, hat der Sanktus zur Kathi gesagt, »der meldet sich ned. Wird doch nix sein? Ned, dass der Doktor was Schlimmes herausgefunden hat. Weißt ja nicht, und er nimmt's sich so zu Herzen und tut sich was an.«

»Glaub ich ned«, hat die Kathi gemeint. »Der Graffiti doch ned. Außerdem wird's schon nicht so wild sein. Der ist einfach durch und braucht Ruhe. Wirst sehen, mehr is ned!«

Gott sei Dank waren die beiden heut allein, das heißt, die Birthe war schon im Bett, weil Kopfschmerzen. Wahrscheinlich vom permanenten Rotweingenuss, Gedanke vom Sanktus.

»Dein Wort in Gottes Gehörgang.«

»Ruf halt die Lily an«, hat die Kathi geraten.

»Ich hab ihre Nummer ned«, hat der Sanktus gesagt. »Meinst, ich soll mal vorbeischauen?«

»Weißt was, Herr Sanktjohanser, ich schreib der Birthe einen Zettel, dass wir gleich wiederkommen, und wir zwei machen jetzt einen schönen Spaziergang, genießen, dass wir nur zu zweit sind, und vielleicht kauf ma uns irgendwo ein Glaserl. Ha, was meinst?«

Der Sanktus hat jetzt wieder gelächelt.

48.

Siebler drehte sich um und sah eine Person in dunklem Gewand hinter sich stehen.

»Ach, Sie sind's? Ich hätte mir direkt wen anderen erwartet«, hat er gestottert. »Da bin ich ja jetzt direkt froh, dass …«

Aber weiter ist er nicht gekommen, denn die Person hat den Geistlichen am Hals gepackt und ihm die Kehle zugedrückt. Sie sah den Pfarrer mit funkelnden Augen aus einem blassen, diabolischen Gesicht an, und Siebler war klar, dass er den gesuchten Mörder vor sich hatte.

»Was wollen Sie von mir?«, krächzte er, so gut er mit beengter Kehle konnte.

Die Gestalt sagte nichts und holte ein Foto aus einer Tasche des dunklen Umhangs. Das Foto hielt sie Siebler direkt vor die Augen.

»Weiter weg«, hat der erstickt geflüstert. »So kann ich nix erkennen.«

Die Person tat, wie gefordert, und Sieblers roter Kopf wurde etwas blasser. Jetzt waren ihm die Sachlage und die Zusammenhänge klar.

Er schloss die Augen, und die ausschlaggebenden Ereignisse liefen wie ein Film ab. Dieser verdammte Tag in den 90ern. Die Kirche, die Figur, das Mädchen, die Flucht nach Regensburg … Alles war auf einen Schlag wieder da.

Siebler nahm alle Kraft, die ihm noch geblieben war, zusammen, drückte sich mit Armen und Beinen von der Kirchenbank ab und versetzte der Gestalt somit einen Stoß, der sie ins Wanken brachte.

Der Pfarrer, der früher Hochleistungssport getrieben hatte, sprang über die Bänke in den mittleren Gang und begann seine Flucht in Richtung Altar und Sakristei. Dort befand sich eine Tür, von der aus er in das Kirchenverwaltungsgebäude gelangen konnte, wo er sicher war.

Siebler rannte wie der Blitz, als wäre der lebendige Tod hinter ihm her. In gewisser Hinsicht sogar korrekt. Er blickte kurz zurück und erkannte, dass ihm die Person auf den Fersen war. Verwunderlich nur war die Tatsache, dass sich sein Verfolger keine große Mühe gab, ihn einzuholen. Warum, wusste Siebler nicht, und er drehte sich wieder nach vorne, um nicht über die Stufen zum Altar zu stolpern.

In dem Moment war ihm klar, warum sein Verfolger die Jagd so gelassen anging.

Er blickte in das Gesicht des Teufels. Eine dunkelrote Fratze mit Hörnern. So, wie er sich den Satan seit seiner Kindheit vorgestellt hatte. Luzifer aus der Hölle in einem dunklen Umhang.

Plötzlich spürte er einen stechenden Schmerz im Bauchbereich, der von Luzifers Messer herrührte, in das er soeben direkt hineingerannt war.

49.

Die Kathi und der Sanktus sind durch das nächtliche Haidhausen geschlendert, Arm in Arm, logisch!

»Ist auch einmal schön, so allein«, hat der Sanktus angefangen.

»Ja schon. Und um ehrlich zu sein, ein bisserl regt mich die Birthe auch schon auf«, hat die Kathi zugegeben. »Sie ist ja wirklich nett, aber die ganze Zeit dieses Rechthaberische …«

»Sächsische, meinst«, hat der Sanktus eingeworfen.

»Nein, das stört mich gar ned. Jeder soll so reden, wie ihm der Schnabel gewachsen ist, aber sie lässt nur gelten, was sie sagt.«

»Wurscht. Wie lange bleibt sie noch?«, hat der Sanktus gefragt.

»Bis zum Wochenende. Dann hast sie überstanden. Bist eh brav! Ich bin froh, dass ich so einen verständnisvollen Mann hab. Vielen Dank, Sanktus, dass du das mir zuliebe machst.«

Jetzt hat der Sanktus kurz überlegt und dann beschlossen, den Gedanken, zum Graffiti zu ziehen, endgültig zu verwerfen. Und dass er das vorgehabt hatte, hat er der Kathi auch lieber nicht sagen wollen. Das wäre wieder einmal richtig schiefgegangen. Mein lieber Scholli. Hat er die Birthe halt noch eine Woche aushalten müssen. Pfeif drauf. Würde er schon durchstehen.

Er ist stehengeblieben, hat die Kathi ganz fest an sich gedrückt und sie lange und intensiv geküsst.

Vor dem Haus, in dem der Graffiti gewohnt hat, ist ihnen die Lily entgegengekommen.

»Hallo, Sanktus, hallo, Kathi, das ist ja ein Zufall«, hat die gleich gerufen.

»Servus, Lily«, hat der Sanktus sie schief beäugt. »Bist du gar nicht beim Graffiti?«

»Nein. Er hat sich nach dem Abendessen hingelegt. Da hab ich eine alte Bekannte von früher besucht. Die kennt ihr vielleicht auch von der Kirche. Es ist die Muxeneder Rosina. Das ist eine ganz Liebe. Sie war eine gute Freundin von meiner Mama, bevor die gestorben ist.«

Der Sanktus hat betreten geschaut, weil er schon ein bisserl forsch gefragt hatte.

»Habt ihr Lust, noch was trinken zu gehen? Wisst ihr was, ich bring meinen Rucksack schnell rauf, schau kurz nach dem Quirin und komm gleich wieder runter«, hat die Lily vorgeschlagen.

»Soll ich mit raufkommen?«, hat der Sanktus gefragt. »Vielleicht ist er ja wach?«

»Geh zu, Sanktus«, hat die Kathi ihn gebremst. »Wir müssen den Quirin doch ned zu dritt überfallen, wenn er schlecht beinand ist.«

Der Sanktus hat also klein beigeben müssen, aber irgendwas hat ihm gesagt, dass es besser gewesen wäre, wenn er mit hinaufgegangen wäre. Irgendetwas in seinem Bauch. Und der war inzwischen auch schon etwas runder geworden. Als ob er jetzt schon gespürt hätte, was für eine dramatische Wendung die Sache an diesem Abend nehmen würde.

50

»Oh! Very nice. Da gfreu ick mick aber that you come in die *Neue Kirtsche*!«, hat der Bhupinder gerufen. »Hallo, Kathi, hallo, Sanktus und hallo, Lily!«

»Griaß di, Hansä«, hat der Sanktus gesagt. »Machst mir ein Weißbier?«

»Mags du hell oder dunkle?«, hat der Bhupinder gefragt und dabei seine Hände wie Klappen vor den Augen auf und zu gemacht.

Dann hat er furchtbar lachen müssen.

»Hell bitte. Aber schon a *Sternbräu*-Weiße, gell!«

»Logisch, hab ick nix anders!«

»Naja. Ned, dass ich wieder so ein *Kingfisher* krieg, weißt!«

»Hab ick no oans im Keller, wennst willst«, hat der Bhupinder lächelnd gemeint, das Weißbier eingeschenkt, dem Sanktus auf den Tresen gestellt und sich an die Damen gewandt. »Aber Ladies first! What can I do for you before der Sanktus kriegt sein Weißenbier?«

»Ich hätt gern eine Weißweinschorle«, hat die Kathi geantwortet.

»Und ich an *Singapore Sling* wie letztes Mal«, die Lily.

»Er schläft, hast du gesagt?«, hat der Sanktus gefragt.

»Tief und fest. Der Arzt hat ihm ein Schlafmittel gegeben. Er soll wieder zur Ruhe kommen. Anscheinend hat er schon gar nicht mehr richtig schlafen können, der Quirin«, hat die Lily berichtet. »Ich hab da direkt ein schlechtes Gewissen. Ratz da neben ihm und merk gar nicht, dass er die halbe Nacht wachliegt.«

»Da brauchst du dir nix denken, Lily«, hat die Kathi gesagt. »So lange seid ihr ja noch nicht zusammen, dass du ihn in- und auswendig kennst!«

»Schon, aber irgendwie fühlt es sich komisch an. Ich mein, ich, mei, wir, also bei uns passt alles. Das war ein solcher Glücksgriff. Wissts, ich bin ja geschieden ...«, hat die Lily gestammelt und der Kathi verständnisheischend in die Augen gesehen.

»Schon gut, Lily«, hat die Kathi gesagt und ihre Hand auf Lilys Hand gelegt.

Die Lily hat jetzt wieder gelächelt, aber der Sanktus hat geglaubt, ihr die Sorge um ihren Quirin ansehen zu können.

»Wie geht's jetzt weiter?«, hat die Lily gefragt.

»Die Polizei ermittelt«, hat der Sanktus geantwortet. »Sie haben nichts gegen ihn in der Hand. Also nichts Wirkliches, außer, dass er in der Sakristei war und diesen Brief von dem Aust. Außerdem hat ihn ja der echte Mörder in der Sakristei eingesperrt. Ich bin mir da sicher, auch wenn's die Polizei noch anders sieht.«

Die Lily hat geseufzt.

»Aber sein Zustand machts nicht besser. Er glaubt ja bald selber, dass er der Mörder ist, weil er nicht mehr zurechnungsfähig ist«, hat die Lily fast gewinselt.

»Ist das wirklich so schlimm, oder nimmt der irgendein Beruhigungsmittel, das ihn so verwirrt?«, hat die Kathi überlegt. »Das könnte doch auch sein, oder?«

»Hab ich nie was gesehen«, hat die Lily geantwortet. »Außerdem ist er bei so was verschlossen. Das würde ja an seinem Nimbus kratzen. Der große Graffiti nimmt Beruhigungsmittel. Das, wenn die Welt erfahren würde. Nicht auszudenken!«

Jetzt haben alle drei wieder, wenn auch kurz, lachen können.

»Der Graffiti hat mir zwei Namen gesagt, die es auf ihn abgesehen haben könnten ...«, hat der Sanktus angefangen, und die Lily hat ihn gleich unterbrochen.

»Wer?«, hat sie fast geschrien.

»Die Hinrainer Luise, Händlerin in der Großmarkthalle und Ex-Geliebte, und der Zenetti-Falco, Betreiber des Munich-Escort-Service«, hat der Sanktus aufgezählt.

»Escort-Service? Wie passt das zusammen?«, hat die Lily gefragt.

»Ein neues Arbeitsfeld von deinem Angebeteten«, hat der Sanktus geantwortet. »Elite Escort Munich. Inhaber Quirin Himsl. Da kannst du dir eine Dame buchen. Nur so oder für mehr. Das sind alles Freiberuflerinnen. Manche studieren, manche machen das als Nebenjob, manche sind Hausfrauen, die was erleben wollen ...«, hat der Sanktus doziert.

»Aha«, hat die Lily leise gesagt. »Und?«

»Der Graffiti ist dem Zenetti-Falco voll reingegrätscht und hat ihm sein Geschäft ziemlich ramponiert. Der ist natürlich nicht happy, dass ihm sein halbes Imperium wegbricht«, hat die Kathi weitergemacht.

»Also, bei der Hinrainer war ich heut Mittag mit der Bine. Die kenn ich noch von früher. Leck mich am Arsch, die hat Zunder. Die hätte das Potenzial, dass sie dem Graffiti so was antut. Das könnte die durchziehen. Sie hat auch von der Geschichte mit dem Unfall seinerzeit gewusst. Und die Mair Michaela, das Gspusi vom Pfarrer Aust, bei der wir heut in der Früh waren, hat auch bestätigt, dass da etwas war«, hat der Sanktus geschossen.

»Die Geschichte, die der Graffiti dir immer erzählen will und nie fertig wird, oder?«, hat die Lily gefragt.

»Genau! Und die Mair hat davon gesprochen, dass drei Pfarrer beteiligt waren. Ein gewisser Edi ...«

»Edi?«, hat die Kathi gefragt. »Wahrscheinlich Edmund oder Eduard. Was meints?«

»Die Bine und der Rudi versuchen das schon rauszufinden. Weil, wenn das wirklich alles zusammenhängt, dann sollte man den Mann zeitnah vorwarnen, bevor er auch noch zwangsweise das Zeitliche segnet«, hat der Sanktus geantwortet.

»Lily«, hat die Kathi eingeworfen, »hat dir der Quirin irgendwann einmal von der Geschichte erzählt? Wenn wir die kennen, sehen wir sicherlich klarer. In der Story ist der Hund begraben.«

»Nein. Hat er nicht. Ich hab natürlich auch probiert, was rauszubringen, aber da hat er mich immer abgewürgt. Da will er einfach nichts preisgeben«, hat die Lily geantwortet und auf ihr Smartphone geschaut. »Aber ich denk, wir sollten mal zu ihm schauen. Was meints?«

»Auf geht's! Gemma!«, der Sanktus.

51.

Die Lily hat leise die Wohnungstür aufgesperrt und ist mit ihren beiden Begleitern hinein. Die Wohnung war dunkel, und es war kein Laut zu hören. Sie hat Licht angemacht und leise »Quirin!« gerufen, aber nichts zu hören. Stille auf dem Ostfriedhof kein Ausdruck.

Sie hat die Kathi und den Sanktus aufgefordert, Platz zu nehmen, hat ihnen noch ein kleines Bier kredenzt und dann ist sie ins Schlafzimmer hinein.

Kurz darauf hast du einen Schrei gehört, da sagst du Sie. Der Schrei ist von der Lily gekommen, und der Sanktus und die Kathi sind sofort aufgesprungen und in das Schlafzimmer gehechtet.

Drinnen war das Licht an, und der Graffiti ist im Bett gelegen. Die Augen hat er geschlossen gehabt, und sein Gesichtsausdruck war friedlich. An seinem rosigen Teint hast du erkennen können, dass er am Leben war, auch wenn er sonst wie eine Leiche ausgeschaut hat.

Die Lily hat Tränen in den Augen gehabt und den Sanktus ungläubig angeschaut.

»Wie gibts denn des?«, hat sie gefragt.

Der Sanktus hat die Kathi angeschaut, und die hat, weiß wie die Wand, gezittert. Sie hat nur den Kopf geschüttelt.

»Hast du vorher kein Licht angemacht?«

»Nein, ich wollt ihn ja schlafen lassen«, hat die Lily erklärt.

Der Sanktus hat sein Smartphone gezückt und hat die Schranner Bine angerufen.

»Bine, du musst zum Graffiti kommen. Schaut aus, als hätte der was angestellt.«

52.

Als Alfons Krautwaschl, Mesner in der dritten Generation, spät am Abend zum letzten Rundgang in der Kirche erschienen ist, ist ihm im Mittelgang, recht weit vorne beim Altar, eine Pfütze auf dem schachbrettartigen Fliesenboden aufgefallen. Waren die Saububen schon wieder da herinn und haben das gute Weihwasser verspritzt, war der erste Gedanke des etwas griesgrämigen Kirchenangestellten.

Er hat die Tür zum Kripperlraum, also dem kleinen Kabuff hinter der Krippe, wo er seine Putzutensilien gelagert hatte, geöffnet und hat einen Lumpen hervorgezogen.

Murrend ist er über das Seitenschiff zum Altar vor und hat sich dem vermeintlichen Wasserfleck genähert. Doch schon bevor er ihn erreicht hatte, ist ihm eine rote Spur zum südlichen Querhaus aufgefallen.

Dem Krautwaschl ist angst und bang geworden. Er ist schnellen Schrittes zum Mittelgang zurück zum Wasserfleck und pfeilgrad: Es hat sich anscheinend um Blut gehandelt. Sofort hat er sich ängstlich umgesehen, da er jetzt niemand anderen als den unbekannten Luzifer, das angsteinflößende Phantom der Münchner Kirchen, erwartet hat.

Er ist ganz still da gekniet und hat gehorcht, doch kein Laut im Gotteshaus. Kein Geräusch, kein Quietschen, kein Schnaufen, einfach nichts. Nur sein eigener Atem und sein wie verrückt pochendes Herz waren zu hören.

Alfons Krautwaschl hat sich langsam erhoben und ist der roten Spur auf dem Boden ins Querhaus gefolgt.

Doch dann war er gleich wieder beruhigt. Vor ihm ist Pfarrer Siebler gestanden. Also gestanden war übertrieben. Der Geistliche war über das Weihwasserfass, das in der Ecke des Querhauses gestanden ist, gebeugt, ja, es hat ausgesehen, als würde er darin etwas suchen.

»Herr Pfarrer«, hat der Krautwaschl angefangen. »Hochwürden, ist Ihnen ned guad?«

Jetzt erst ist dem Mesner aufgefallen, dass der Kopf des Pfarrers völlig im Fass verschwunden war und die Arme schlaff seitlich heruntergehangen sind.

Er hat den Pfarrer am Kragen gepackt und den Kopf aus dem Wasser gezogen. In dem Moment ist der kirchliche Würdenträger in sich zusammengesunken und zu Boden gefallen. Sein Gesicht war weißlich bis blau, und im Bauchbereich war eine tiefe Wunde zu sehen. Blut und Wasser haben sich in einem kräftig roten Gemisch um die Leiche ausgebreitet.

»Scheiß die Wand an«, hat der Krautwaschl zitternd geflüstert und den Notruf in sein Mobiltelefon hineingetippt.

Wie immer, wenn er nervös war, hat er mit der rechten Hand seinen Schnauzbart gezwirbelt.

53.

Der Sanktus hat seinen Freund betrachtet, als ihn die Lily geweckt und er die Augen aufgeschlagen hat. Der Graffiti-Blick jetzt reine Verwirrung und Angst.

»Wos'n los?«, hat er schleppend gefragt.

»Das müssten wir dich fragen«, hat die Lily entgegnet. »Was hast du gemacht?«

»Nix«, hat der Graffiti geantwortet. »G'schlafen. Mensch, hab ich Schädelweh.«

»Und was ist das?«, hat der Sanktus gefragt und auf die Hände seines Gegenübers und die Bettdecke, die mit Blut verklebt waren, gezeigt.

»Keine Ahnung«, hat der Graffiti gekeucht, »ich brauch a Kopfwehtablette. Bitte, Lily!«

Die Lily ist ins Bad, das gleich gegenüber vom Schlafzimmer war. Die Kathi ist mit.

»Graffiti, schnell, wir sind allein. Mir kannst es sagen. Was ist passiert? Warum hast du Blut an den Händen?«, hat der Sanktus gefragt.

»Blut? Zefix. Wo kommt des her? Keine Ahnung, Sanktus. Wirklich!«

Aus dem Bad hast du einen verzweifelten Schrei gehört, und die Lily ist ins Zimmer gehastet. In der Hand hat sie ein weißes Hemd gehabt. Es war über und über mit Blut bespritzt.

Nun hat sich die Lily kraftlos auf die Couch setzen müssen.

54.

Die Lily und der Graffiti sind auf der großen Couch im Wohnzimmer gelegen und beide haben einen kalten Waschlappen auf der Stirn gehabt. Die Schranner Bine ist in einem Sessel gesessen und hat telefoniert. Die Kathi und der Sanktus sind hinter ihr gestanden.

»Brauchst du wirklich keinen Notarzt, Quirin?«, hat sie, nachdem sie aufgelegt hatte, gefragt.

»Nein. Lassts mir halt meine Ruh!«, hat der Graffiti gefleht.

»Das geht jetzt leider nicht mehr, Quirin«, hat die Bine verneint. »Kennst du einen Pfarrer Edmund Siebler?«

»Der Edi!«, hat der Sanktus ausgerufen. »Der Dritte im Bunde.«

»Welcher Dritte?«, hat der Graffiti eingeworfen.

»Der dritte Pfarrer, der was mit dem Tod von der Manu zu tun hat, oder?«, hat der Sanktus gefragt.

»Edi?«, hat der Graffiti gefragt. »Keine Ahnung, aber ich kann mir vorstellen, wer das ist!«

»Stellts euch vor, man hat Pater Edmund Siebler tot in seiner Kirche aufgefunden. Er ist mit einer Stichwaffe verletzt und dann im Weihwasserfass ertränkt worden. In seinem Mund war eine zusammengefaltete Luziferkarte mit der Nummer 8 drauf«, hat die Bine berichtet.

»Acht«, hat der Sanktus gesagt und gegoogelt. »Du sollst kein falsches Zeugnis ablegen. Soso!«

»Der Rudi ist vor Ort«, ist die Bine fortgefahren. »Mit ihm hab ich grad telefoniert. Ist das Sieblers Blut an deinen Händen und auf dem Hemd, Quirin?«

»Keine Ahnung«, hat der Graffiti gesagt. »Ich war gar ned dort. Die Lily war ja bei mir.«

Die Lily hat jetzt geschnieft.

»Nein«, hat sie gestottert. »Du hast so tief geschlafen. Da hab ich mich mit einer Freundin meiner Mutter getroffen. Wir haben ein Glaserl Wein getrunken. Als ich wiedergekommen bin, hast du immer noch tief und fest geschlafen. Ich hab den Sanktus und die Kathi unten an der Tür getroffen. Dann sind wir noch kurz was trinken, weil wir dich ned stören wollten. Wie wir heimgekommen sind, warst du immer noch im Bett und wir haben erst da deine blutigen Hände entdeckt.«

»Quirin, ich muss dich festnehmen«, hat die Bine geseufzt.

»Aber zuerst erzählst du uns die Geschichte von der Manu und was da seinerzeit passiert ist«, hat der Sanktus angeschafft.

»Wenn's sein muss«, hat der Graffiti gestöhnt, sich aufgesetzt und zu erzählen angefangen.

55.

»Und jetzt sag ich's euch noch a mal. Wir tun nix Unrechtes!«

Die Mitglieder der Auer-Mühlbach-Blosn haben ihrem Chef, dem Graffiti, zugenickt.

»Die katholische Kirche hat sich das alles angeeignet. Die Leute haben früher nix zum Fressen gehabt, und die Kirchen waren trotzdem voll mit Prunk. Im Vatikan sitzen die größten Gangster, und unsere Münchner Pfaffen predigen von den zehn Geboten und der Nächstenliebe.«

Wieder Nicken in der Runde.

»Und heut geht's für die Frau Lindner. Die braucht einen neuen Rollator. Ihrer ist hinüber, und einen neuen kriegt sie von der Krankenkasse nicht, weil die sagen, der alte tut's noch«, hat die Schmiedinger Manu gerufen.

Der Graffiti hat ihr die Hand gedrückt und bestätigend mit den Augen gezwinkert. Es war für alle erkennbar, dass die beiden ein glückliches Paar waren. Er, der Graffiti, Quirin Himsl, ein gestandener Bursch, gut gebaut, mit schwarzen Locken, sie ein hübsches Mädchen, blond, dunkle Augen, wie aus einem Modeheft und trotzdem ein Pfundskerl zum Pferdestehlen.

Beide haben jetzt in die Runde geschaut. Wieder allgemeine Zustimmung. Der Seifert Hannes, alias Gump, der Richtmeister Sepp, alias Ganswürger, der Beischl Luggi, alias Skywalker, der Pröbstl und der Binser waren dabei, nur den Bierlmeier Wast schien etwas zu beunruhigen.

»Dem Bastiwasti is des gar ned recht«, hat der Gump, der als Kopie des Schauspielers Martin Semmelrogge durchgehen hätte können, geätzt. »Dem sein Angebeteter wird nämlich amal Papst, wissts!«

»Du blöde Sau«, hat der Wast geschrien, ist aufgesprungen und dem Gump an die Gurgl gegangen. »Ich bin doch ned schwul!«

»Doch, ein warmer Bruder bist«, hat der Ganswürger gefrotzelt und den Wast vom Gump weggezogen. »Drum brauch ma ja da herinn in der Werkstatt fast koa Heizung, weilst so abstrahlst. Wie ein kleiner Heizschwammerl.«

Jetzt Lachen der ganzen Blosn.

»A Ruh is! Auseinander!«, hat der Graffiti geplärrt. »Bei uns is's wurscht, ob oana schwul, bi oder sonst was ist. Moslem, Jude, Katholik, Protestant oder von mir aus Buddhist. Bei uns geht's um den Zusammenhalt, Freundschaft und Treue. Alle von uns haben Probleme mit ihren Alten. Ihr wissts, von was i red. Oiso reißts euch z'samm.«

Nach der Ansprache war wieder Ruhe eingekehrt, und die drei Streithanseln haben sich die Hand gegeben.

»Wast?«, hat die Manu gefragt. »Hast du ein Problem, wenn wir in Kirchen zum Grampfen gehen? Und sei ehrlich. Hast du was mit dem Theologiestudenten da?«

»Nein!«, hat der Wast beteuert. »Wirklich ned. Ich versteh mich mit ihm halt recht gut. Ich red viel mit ihm. Mit meiner Mama kannst ja kein vernünftiges Wort reden. Kennst sie ja. Die ist ständig in der Pfarrei unterwegs. Und mit der Nini, meiner Schwester, auch ned. Da hörst nur Studium, Studium. Psychologie. Furchtbar.«

»Na, würd deiner Mama ja der Bertl gefallen, wenn sie so christlich ist«, hat der Pröbstl gelacht.

»Spinnst?«, hat der Wast ausgerufen. »Ein Schwuler! Um

Gottes willen. Der passt nicht in ihr Weltbild. Und mein Stiefvater tät mich direkt erschlagen.«

Und jetzt hat der Wast verlegen auf den Boden geschaut.

»Also ihn ... mein ich.«

»Passt scho, Wast«, hat die Manu geflüstert und ihm ihre Hand beruhigend auf seinen Arm gelegt.

»Also passt alles heut Abend?«, hat der Graffiti gefragt. »Es geht um eine Marienfigur. Die ist an einem Seitenaltar. Ich hab einen Käufer, der zahlt uns 2.000 Mark für des Luder.«

Der Wast hat sich bekreuzigt.

»Allmächtiger«, ist's ihm herausgerutscht.

»Wir treffen uns um 22 Uhr vor der Kirche, und dann geht's los.«

»Auf die Auer-Mühlbach-Blosn!«, hat der Graffiti gerufen, seine Halbe Bier in die Höhe gereckt, und alle haben ihm zugeprostet.

Die Manu hat ihm ein dickes Bussi auf die Lippen gedrückt.

56.

1997

Die ganze Blosn hat sich Punkt 22 Uhr vor der Kirche getroffen. Alle waren anwesend und dunkel gekleidet.

Sie sind die Treppen zum Portal hinaufgeschlichen. Zwei Mann hatten ein Stemmeisen in der Hand. Der Graffiti ist als Erster zur Tür.

»Offen!«, hat er geflüstert. »Hier vertraut man den Gläubigen anscheinend noch!«

Jetzt hast du mehrere leise Lacher hören können.

»Also mir nach. Pröbstl und Binser, Wast, ihr sicherts den Eingang. Gump, Ganswürger, ihr schauts, dass keiner von der Sakristei oder sonst irgendwoher kommt, Skywalker und Manu, ihr kommts mit mir. Wir kümmern uns um Mother Mary. Auf geht's.«

Wenn der Graffiti auf Kirchenraubzug war, hat er die Heiligen oder Wertsachen immer umbenannt. Nie hat er zum Beispiel den direkten Namen einer Figur verwendet. Anscheinend eine Art Aberglaube oder vielleicht doch ein Funken Furcht vor dem göttlichen Zorn, der ihn hätte ereilen können.

Ein Teil der Blosn ist also in das Haupthaus geschlichen. Die Kirche war zu dieser Stunde nur sehr spärlich beleuchtet. Die Lampen des Hauptschiffs waren bis auf wenige gelöscht, am Altar haben sie das Ewige Licht flackern sehen können.

»Warum is na do herinn so dunkel«, hat der Binser gefragt.

»Des stinkt!«, hat der Graffiti gemeint. »Wurscht, hol ma uns schnell das Madl, und dann hau'n ma gleich wieder ab.«

Gump und Ganswürger haben sich nun aufgemacht, den Eingang von der Sakristei her zu bewachen, und die Manu, der Skywalker und der Graffiti sind mit angeschalteten Taschenlampen ins linke Seitenschiff zu einem kleinen Altar, an dem eine wunderschöne Marienstatue mit Jesuskind angebracht war.

Der Graffiti hat an der Figur gerüttelt, aber sie war nicht wegzubewegen. Nun hat er unter den Sims gespäht, auf dem die Maria anscheinend angeschraubt war.

»Aha. Zehner-Nuss«, hat er triumphierend geflüstert. »Hamma glei!«

Vom Altarraum her war kurz ein dumpfer Schlag zu hören.

»Was war das?«, hat die Manu in die Dunkelheit gefragt.

»Ich hab nix g'hört«, hat der Graffiti geantwortet.

»Ich auch nix«, hat der Skywalker mit seiner nasalen Stimme gesäuselt und seine gegelten Haare nach hinten gestrichen.

»Sei stad. Mach'ma weiter«, hat der Graffiti geschlossen, sich wieder an sein Werk gemacht und die Schraubenmutter unter der Statue gelöst.

»Glei hob i 's!«, hat er gerufen, doch seine Worte sind von laut gebrüllten übertönt worden.

57.

»Könnts ihr euch vorstellen, wie ich erschrocken bin?«, hat der Graffiti in die Runde gefragt, aber der Sanktus, die Kathi, die Bine und die Lily haben nichts gesagt.

»Erzähl weiter!«, hat ihn die Lily gedrängt.

»Mir ist jetzt bloß wichtig, dass ihr verstehts, dass wir zwar die Figur stehlen wollten, aber nicht wir die Bösen waren. Zumindest in dieser Situation. Das waren die anderen, die uns da aufgelauert haben«, hat der Graffiti erklärt. »Sie haben den Gump und den Ganswürger niedergeschlagen, dass die eine Woche außer Gefecht waren.«

»Und was haben sie mit der Manu gemacht?«, hat die Bine wissen wollen.«

Der Graffiti hat jetzt an die Decke geschaut, und Tränen sind in seinen Augen gestanden.

»Die Manu ...«, hat er gehaucht.

»Und wer sind *die* überhaupt«, hat die Lily gefragt.

»Die Dreckspfaffen, aber jetzt passts auf«, hat der mit einem Blick gesagt, dass du meinst, er ist wirklich der mordende Luzifer.

58.

»Brennen sollt ihr in der Hölle!«

Den drei Einbrechern sind drei Gestalten in Teufels-
masken mit Fackeln in der Hand gegenübergestanden und
haben eine drohende Haltung eingenommen. Der mittlere
des Triumvirats war anscheinend der Sprecher.

»Ihr wagt es, euch an dem Eigentum der heiligen Mutter Kirche zu vergehen. Ihr wagt es, diesen Altar zu ent-
weihen. Brennen sollt ihr im ewigen Fegefeuer. Büßen sollt
ihr für eure Sünden bis zum Tage des Jüngsten Gerichts.«

»Manu«, hat der Graffiti nüchtern gesagt. »Halt bitte die
Kripperlfigur da kurz. Ich muss dem eine aufstreichen.«

Der Graffiti hat der Manu die Marienstatue in die Hände
gedrückt und ist auf die drei Verkleideten zu. Der Skywalker
hat es ihm gleichgetan, und es ist drei gegen zwei gestanden.

Der Graffiti hat zum ersten Schlag ausgeholt, doch er
hat keinen Treffer landen können, da sein ins Ziel genom-
mener Luzifer behände zurückgewichen war.

Die drei Teufel haben ihre Fackeln auf den Steinboden
geworfen, die Ärmel hochgekrempelt und sich auf die beiden Diebe geschmissen. Es war somit das schönste Gerangel im Gange, und für die beiden Delinquenten der Auer-
Mühlbach-Blosn hat es in diesem ungleichen Kampf schon
nach kurzer Zeit schlecht ausgesehen.

Auf einmal ist dem Graffiti aufgefallen, dass sie nur noch
zwei Gegner hatten. Er hat, so gut es während des Kämp-

fens gegangen ist, gespäht, wo der dritte Teufel geblieben war, und aus den Augenwinkeln hat er trotz der Dunkelheit sehen können, dass dieser langsam in Richtung der Kanzel geschlichen ist. Die Arme hatte er wie ein Pfarrer beim Segen ausgebreitet und hat mit den Händen immer wieder so gedeutet, als würde er jemanden auffordern, ihm etwas zu geben.

Der Graffiti hat einem Teufel zuerst eine rechte Gerade verpassen müssen, bevor er wieder zur Kanzel hinüberlugen hat können. Sein Gegner ist zu Boden gegangen, und vom Eingang her hat er den Binser, den Pröbstl und den Wast hören können. Anscheinend waren diese auf den Lärm in der Kirche aufmerksam geworden.

Doch sein Blick hat jetzt allein der Kanzel gegolten.

Die Manu ist mit weißem Gesicht und der Marienstatue im Arm rückwärts die Treppen zu dieser Predigerplattform hinauf. Ein Luzifer ist ihr langsam gefolgt. Er hat die Hände immer wieder nach der Figur ausgestreckt, die Manu hat sie aber nicht hergeben wollen.

»Pass auf!«, hat der Graffiti durch die Kirche geplärrt.

Er und der Skywalker, der seinen Luzifer inzwischen auch erledigt gehabt hat, sind zur Kanzel gelaufen.

Die Manu hat dem Graffiti verängstigt in die Augen geschaut, dann zum Luzifer hin, der gerade seine Maske abgenommen hat. Unter ihr ist der Freund vom Wast, der Bertl, der Theologiestudent, hervorgekommen.

Die Manu ist dadurch so erschrocken, dass sie einen Schritt rückwärts gemacht hat und mit der Figur im Arm rücklings über den niedrigen Rand der Kanzel gerutscht ist. Sie hat noch kurz versucht, ihr Gleichgewicht wiederzuerlangen, aber der Sturz in die darunterliegende Bankreihe war nicht mehr zu verhindern.

59.

Die kleine Gruppe im Wohnzimmer war jetzt still. Keinen Mucks hast du hören können. Die Lily hat sich ganz leise geräuspert. Der Graffiti hat wieder mit wässrigen Augen an den Plafond geschaut.

»Und?«, hat der Sanktus gefragt.

»Dieses dumpfe Krachen vergess ich mein Lebtag ned. Ich bin wie ein Vergifteter zu ihr hin. Ich glaub, dreimal hat's mich über die Bankreihen geschmissen, weil ich bin drüber wie so ein Hürdenläufer«, hat der Graffiti gemurmelt. »Aber wie ich bei ihr dort war, hat sie schon nicht mehr geatmet. Genickbruch anscheinend.«

»Tragisch«, hat die Bine geflüstert.

»Nein. Unnötig. Verdammt unnötig. Wegen dieser geschissenen Figur, zefix!«, hat der Graffiti laut ausgerufen. »Hätt sie ihm das Ding doch einfach gegeben. Oder er wär stehengeblieben. Aber da ist alles so drunter und drüber gegangen, da war nix mehr normal.«

»Und der, der sie auf die Kanzel getrieben hat, war der Praetorius?«, hat der Sanktus gefragt.

Der Graffiti hat genickt.

»Und die beiden anderen der Edmund Siebler und der Maximilian Aust?«, hat die Bine wissen wollen.

»Was fragst na so saudumm, wennst es eh schon weißt, Bine? Werden schon so geheißen haben«, hat der Graffiti gebrüllt.

»Weil ...«, hat sie gestottert.

»Weilst meinst, jetzt hast deinen Mörder! Stimmt's? Gra-

tulation, Frau Kommissarin. Wie viel Menschenkennt-
nis hast du eigentlich? Wie gut kennst du mich?«, hat er
geplärrt. »Sag's ihnen ruhig, wie gut du mich kennst, Frau
Schranner.«

»Erzähl weiter«, hat die Bine geflüstert.

60.

1997

Der Graffiti hat zum Bertl auf die Kanzel hinaufgeschaut
und der Bertl fassungslos zum ihm hinunter. Er hat sich
immer wieder bekreuzigt und leise vor sich hin gebetet. Der
Siebler Edi und der Aust Max haben inzwischen versucht,
sich ganz solidarisch leise in Richtung Kirchenausgang zu
verdrücken. Doch das haben ihnen das Duo Pröbstl-Bin-
ser natürlich nicht durchgehen lassen können, und so sind
die beiden Priester in spe, so schnell hast du nicht »Jessas
Maria« sagen können, unterhalb der Kanzel gesessen und
haben aufgrund ihrer verdrehten Arme gewinselt.

»Und jetzt kommst ganz langsam da runter«, hat der
Graffiti dem Praetorius zugeflüstert. »Da her zu mir!«

Der Praetorius hat nicht gewusst, was er tun soll, und war hin und her gerissen zwischen Pest und Cholera. Dann ist er doch vorsichtig die Stufen heruntergekommen.

»Du erteilst ihr jetzt die Sterbesakramente«, hat der Graffiti gefordert.

»Das geht nur, wenn sie noch leben würde«, hat der Praetorius zitternd gestammelt. »Und außerdem bin ich noch kein Priester.«

»Dann betest jetzt für sie. Gib ihr den Segen! Vielleicht hilft's ja. Ich bet mit dir mit. Und lass dir eins gesagt sein, Bertl, das ist mein letztes Gebet für immer und ewig. Das bet ich jetzt ganz allein für die Manu, weil sie ein sehr gläubiger Mensch war. Aber dann ist Schluss mit eurer Sippschaft.«

Der Praetorius war aschfahl.

»Tu dich ned versündigen, Quirin. Das ist alles Gottes Wille …«

Doch weiter ist er nicht gekommen, denn der Graffiti hat ihm den Arm verdreht, dass alles zu spät war.

»Bet jetzt, du Sauschädel!«, hat der Graffiti gerufen. »Halt! Wo sind eigentlich der Gump und der Ganswürger?«

»Eingesperrt in der Sakristei«, hat der Aust geflüstert.

»Skywalker. Hol s'!«, hat der Graffiti angeschafft. »Tja, Bertl. Jetzt musst noch schnell warten, bis die Trauergesellschaft komplett ist. Magst schon verstehen, gell?«

Der Praetorius hat etwas aus dem Johannesevangelium zitiert, und alle haben zugehört. Der Gump und der Ganswürger sind blutend in der Bankreihe neben der Kanzel gesessen. Beide haben nicht gut ausgesehen, so haben die Studenten sie zugerichtet.

»… Ich bin der Weg und die Wahrheit und das Leben; niemand kommt zum Vater außer durch mich«, hat er geendet.

Der Graffiti hat Rotz und Wasser geheult. Aus einer Blumenvase hat er Rosen entwendet, und der Skywalker hat das große weiße Tuch, das auf dem Altar war, unter Anwendung des Trägheitssatzes heruntergezogen. Leider ist alles, was drauf war, trotzdem umgefallen, und es hat gekracht und geschappert, dass es eine wahre Freude war.

Die beiden haben die Manu auf das Tuch gelegt, ihr die Rosen auf die Brust drapiert, ihre Hände gefaltet und sie in das Tuch eingerollt. Die drei Theologiestudenten haben sich wieder und wieder bekreuzigt.

»Bertl, Max, Edi, ihr drei verschwindts sofort aus München. Habts ihr mi verstanden? Weit weg, weil wenn ich einen von euch noch einmal seh, bring ich ihn um. Des versprech ich euch! Aber zuvor möchte ich noch eins wissen: Warum seids ihr überhaupt hier?«

Hinter sich hat der Graffiti ein Schnaufen hören können, ist dem Praetorius-Blick langsam gefolgt und beim Wast hängengeblieben.

»Hab ich's mir doch denkt«, hat der Graffiti ausgespien. »Und die Manu hat dir noch g'holfen, wie sie dich verarscht haben. Was bist denn du für ein jämmerliches Arschloch? Verrätst unsere Blosn an die drei Kirchendeppen, und jetzt ist die Manu tot!«

Nun ist der Graffiti auf den Wast zu und hat ihn verdroschen, bis der sich nicht mehr gerührt hat. Der Wast, der genau gewusst, hat, welches Stünderl ihm geschlagen hat, hat alles über sich ergehen lassen.

»Mir ist's halt amal rausg'rutscht, Graffiti. Entschuldigung, aber ich bin doch auch nur a Mensch«, hat er weinend aus seinem blutenden Mund geflüstert und sich mit beiden Händen den Bauch gehalten.

»Schleich dich, du linke Sau!«, hat der Graffiti geschrien.

»Für dich gilt das Gleiche wie für die drei Arschlöcher hier! Verpiss dich! Und ich mein's ernst, Wast. Sehr ernst. Wart ned zu lang, bis d' abhaust.«

Der Wast ist in gebückter Haltung aus der Kirche hinausgehinkt.

»Bertl, sperr uns einen Hintereingang auf. Skywalker, hol a Auto! Gump, Ganswürger. Bleibts sitzen, wir helfen euch gleich. Zefix, haben die euch zugerichtet!«

Dann haben sie Manus Leichnam aus der Kirche getragen.

61.

»Und jetzt hast du sie wieder getroffen«, hat die Lily gestottert. »Quirin, bitte sag, dass das nicht wahr ist!«

»Ich hab die drei ned umbracht, zefix! Wie oft soll ich das denn noch sagen!«, hat der Graffiti geschrien.

»Aber du hast ihnen doch gedroht«, hat die Kathi eingeworfen.

»Klar! In der Situation. Und ein paar Jahre danach hätt ich's wahrscheinlich auch noch getan. Aber jetzt ist das mehr als 20 Jahre her, Lily«, hat der Graffiti gesagt und ihre Hand nehmen wollen, doch die Lily hat sie ängstlich weggezogen.

Der Blick vom Graffiti tiefe Verletzung.

»Was habt ihr mit der Leiche gemacht?«, hat die Bine wissen wollen.

»Schau doch in deinen Akten nach, Frau Schranner«, hat der Graffiti geblafft.

»Herrschaft«, hat der Sanktus gerufen. »Jetzt reiß dich halt amal z'samm. Sonst wird des doch nix!«

Der Graffiti hat dem Sanktus nun einen Blick zugeworfen, den nur der Sanktus entschlüsseln hat können. Dieser Blick hat geheißen: Ich bin wirklich unschuldig! Ist ihm jetzt komisch vorgekommen, denn am Vortag hat eben dieser Quirin Himsl noch gemeint, dass er nicht wüsste, was er so in seinen unterbewussten Taten trieb. Schizophrenie Schlagwort. Aber der Sanktus hatte für diesen Moment erst einmal verstanden. Irgendwas war dem Graffiti aufgegangen.

»Also?«, hat die Bine gefragt.

»Mir ham s' in Pasing auf ein Bahngleis gelegt. Sie ist als Selbstmörderin dann in die Annalen eingegangen. Ich hab heut noch ihre Mutter vor mir. Dieser Blick. Dieser stumme Vorwurf, dass logischerweise nur ich sie zum Selbstmord getrieben haben konnte. Der Graffiti, Quirin Himsl, der Chef von der Auer-Mühlbach-Blosn. Asozial und primitiv!«

Jetzt hat der Graffiti geweint.

»Des war so furchtbar …«

»Und die drei Studenten?«, hat die Bine wissen wollen.

»Sind weg. Keine Ahnung, wohin. Ich hab mich nie wieder drum gekümmert und hab sie auch nie wieder gesehen. Bis der Praetorius bei der Firmung auf dem Klo daherkommt.«

»Und dann hast du deine Drohung wahrgemacht?«, hat die Lily gefragt. »Und sie umgebracht? Quirin?«

Jetzt ist sie etwas von ihrem Geliebten weggerutscht.

Der Graffiti hat den Kopf geschüttelt und laut »NEIN!« gebrüllt.

»Herrschaftszeiten! Warum geht das denn ned in eure Schädel rein! I … war … des … ned!«

»Und das Blut an deinen Händen? Und das Hemd?«, hat die Bine gefragt.

»Keine Ahnung. Vielleicht hab ich ja Nasenbluten gehabt.«

»Ich denke, dass wir bei dem Blut die DNA von Edmund Siebler nachweisen können«, hat die Bine geschlossen. »Ich ruf jetzt den Rudi nochmal an. Der müsste in der Kirche eigentlich fertig sein.«

»Des machst, Bine«, hat der Graffiti bestätigt und überlegen gegrinst.

Das Grinsen hat dem Sanktus gar nicht gefallen. Irgendwas hat sein Freund im Schilde geführt. Aber was?

»Und warum soll ich denen die Luziferkarten immer zustecken? Und bin ich der Unbekannte aus dem Internet auch noch? Ich hab die Dinger zuvor noch nie in der Hand gehabt«, hat der Graffiti gestänkert.

»Das fünfte Gebot passt doch zum Praetorius«, hat die Bine bestätigt. »Er hat ja die Manu sozusagen auf dem Gewissen.«

»Okay, das neunte?«, hat der Graffiti spöttisch gefragt.

»Der Aust hat ein Gspusi gehabt«, hat der Sanktus bestätigt.

»Und? Was hat das mit der Manu zu tun?«, hat der Graffiti wissen wollen. »Und das achte? Den hab ich umgebracht, weil er mal gelogen hat?«

Jetzt haben alle betroffen geschaut.

»So! Jetzt geht euch der Stoff aus, gell!«, hat der Graffiti triumphiert.

»Vielleicht hast du ja seit der Zeit so einen Hass auf die katholische Kirche, dass du, wie der unbekannte Luzifer, die verrottete Kirche im Allgemeinen auf dem Kieker hast«, hat die Bine philosophiert.

»Oder du willst einfach von dir ablenken«, hat der Sanktus eingeworfen und dem Graffiti zugezwinkert.

Sein Bauchgefühl hat ihm gerade eindeutig bestätigt, dass der Graffiti unschuldig war. Warum, hätte er nicht sagen können.

»Also, ich ruf jetzt den Rudi an«, hat die Bine wiederholt.

»Eins würd mich noch interessieren«, hat die Kathi gefragt. »Was ist eigentlich mit dem Wast passiert?«

»Der ist wenige Tage später bei der Arbeit vom Gerüst gefallen und war sofort tot«, hat der Graffiti kühl geantwortet.

»Ich brauch ein Taschentuch«, hat die Lily geseufzt und in eine Schrankschublade gelangt.

Sofort ist ihr ein weiterer Schrei entkommen, und alle haben in ihre Richtung geschaut.

Die Lily ist mit einem Paket Luziferkarten, das sie in der Schublade gefunden hatte, dagestanden.

62.

»So! Jetzt wird's ma z' blöd«, hat der Graffiti auf einmal gesagt und ist aufgesprungen.

Die Bine hat schon ihre Hand an der rechten Seite gehabt und hat vergeblich versucht, ihre Waffe zu ziehen, hat sich aber eingestehen müssen, dass sie sie nicht dabeihatte, da sie direkt von unterwegs aus dem Feierabend zum Graffiti gekommen war.

Der Graffiti ist zum Sanktus gesprungen, und so schnell hat der gar nicht schauen können, war sein Freund hinter ihm, hat ihm ein Messer an den Hals gehalten und ihn in Richtung Wohnungstür gezogen. Woher er die Waffe auf einmal gehabt hat, war dem Sanktus nicht klar, und wenn er in die Gesichter seiner Gegenüber geschaut hat, denen auch nicht.

»Quirin!«, haben die drei Damen simultan gerufen.

»Spinnst du?«, die Bine. »Tu das Messer runter! Du machst alles nur viel schlimmer. Was ist denn in dich gefahren? Der Sanktus ist doch dein Freund!«

Drum macht er's ja mit mir, Gedanke vom Sanktus.

»Ihr setzts euch jetzt alle schön wieder auf die Couch und hörts zu«, hat der Graffiti die kleine Gruppe beschworen. »Ich hab niemanden umgebracht. Das ist die Wahrheit. Irgendwer will mir das hier anhängen, und das gelingt ihm sehr gut!«

»Und wie kommen das blutige Hemd und die Luziferkarten hierher?«, hat die Kathi gefragt.

»Mei, Kathi«, hat der Graffiti mitleidig lächelnd geantwortet. »Da kennst du meine Geschäftspartner schlecht. Die können solche Spielereien aus dem Effeff.«

»Der Brief vom Aust?«, hat die Lily gefragt.

»Fälschung. Ganz einfach. Ihr seids so naiv!

Jetzt hat er dem Sanktus kurz in den Arm gekniffen und »Auf drei« geflüstert.

»Ich verabschiede mich jetzt und komm erst wieder, wenn ich rausgefunden hab, wer da dahintersteckt.«

»Das machen doch wir!«, hat die Bine gerufen. »Für das gibt's doch die Polizei!«

»Du?«, hat der Graffiti gelacht. »Du machst nix. Du willst mich eh nur wegsperren. So schaut's aus. Und wennst meinst, du kannst jetzt Zeit schinden, bis dein toller neuer Chef, der Rudi, kommt, hast dich geschnitten So schaut's aus.«

Die Bine hat jetzt verschämt zu Boden geschaut, da der Graffiti ihren Plan durchschaut gehabt hat.

Jetzt hat er dem Sanktus »'tschuldige« zugeflüstert und ihm einen ganz leichten Schnitt an seiner Kehle zugefügt. Nicht tief, aber so, dass Blut gelaufen ist.

Der Sanktus hat ein Brennen am Hals spüren können. Die Damen haben aufgeschrien. Am meisten natürlich die Kathi, da sie jetzt, obwohl sie den Graffiti gekannt hat, schon Angst um ihren Sanktus gehabt hat.

Dann hat ihm der Graffiti zweimal hintereinander als Zeichen in den Arm gekniffen und beim dritten Mal einen Stoß verpasst, dass der Sanktus in Richtung Couch auf die Damen zugeschossen und auf ihnen zum Liegen gekommen ist.

Hoffentlich war seine Unterstützung dieses Flugs nicht zu theatralisch und die Kathi kommt ihm drauf, dass er und der Graffiti hier zusammengeholfen hatten. Aber anscheinend war genug Blut im Spiel, dass die Damen nicht den leisesten Verdacht gehegt haben.

Von der Wohnungstür her hast du ein leises Klicken gehört, und allen war nun klar, dass sie eingesperrt waren. Lilys Wohnungsschlüssel, den sie vorher von innen ins Schloss der Wohnungstür gesteckt hatte, war nämlich nicht mehr da. Graffiti alles, aber kein Anfänger, und der Sanktus war somit recht froh, dass er nach seinem Auftritt nicht auch noch eine Fake-Verfolgungsjagd hat anzetteln müssen.

Die Kathi hat dem Sanktus das Blut mit einem Taschentuch abgetupft, die Lily ist nervös auf und ab gegangen, und die Bine hat telefoniert.

Der Rudi soll endlich seinen Arsch hierher schwingen, war der Tenor. Und ein Schlüsseldienst wäre auch nicht von Nachteil.

Der Sanktus hat lächeln müssen, denn so g'schert hatte er die Bine bisher noch nicht erlebt.

DIENSTAG

63.

Der Sanktus hat in der Früh einen Sud Sommer-Ale einge-
maischt, aber richtig konzentrieren hat er sich nicht können. Die Fahndung nach dem Graffiti ist auf Hochtouren
gelaufen, da sich nach den Ereignissen des Vortags weder
der Rudi noch die Bine von dem Gedanken hat abbringen
lassen, dass niemand anders als er der Mörder sein konnte.
Ja, richtig verbohrt war sie, die Bine, Hirnblockade kein
Ausdruck. Aber, wenn sich eine Frau mal was in den Kopf
gesetzt hat, weißt du ja.

Die Kathi, die Lily und der Sanktus waren am Vorabend,
nachdem sie der Schlüsseldienst Rucknagl befreit hatte,
noch lange befragt worden, und man hatte genau gemerkt,
dass der Graffiti als Mörder bereits abgestempelt war.

So war es jetzt Sanktus' Aufgabe herauszufinden, wer
dem Graffiti die Morde anhängen wollte und vor allem
warum. Der Praetorius hätte als Motiv Angst gehabt, die
Pfarrer Aust und Siebler genauso. Hilft aber nicht, denn
sie waren ja die Opfer. Sind noch die Luise und der Zenetti-Falco geblieben, und den hat sich der Sanktus jetzt einmal anschauen müssen, denn hier hat er das größte Motiv
gesehen. Aber warum soll der drei Pfaffen umbringen, nur
damit der Graffiti ins Gefängnis wandert? Genauso die
Luise. Logisch hatte sie ein Motiv, da sagst du »Sie«, aber
drei Morde wegen der Rache an einem Menschen? Außerdem war sie nie in der Auer-Mühlbach-Blosn dabei gewesen. Sie war erst später ins Graffiti-Leben getreten.

Das Ganze hat etwas mit der Blosn zu tun gehabt. Das

hat sich der Sanktus nicht nehmen lassen. Den Zenetti-Falco könnte es zu der Zeit schon gegeben haben. Und was war mit dem Pröbstl und dem Binser? Haben die beiden ihren Chef entfernen wollen? Und was war inzwischen aus dem Gump, dem Ganswürger und dem Skywalker geworden? Ebenfalls potenzielle Verdächtige. Und zum Schluss war da noch die Lily, die aus heiterem Himmel aufgetaucht war, dem Graffiti den Kopf verdreht hatte, bis er Sternderl sieht und meint, er ist schizophren. Die Argumentation hat schon was gehabt, da sie ja schließlich ständig Zugang zum Graffiti hatte. Da kannst du schon einmal Luziferkarten in Schubladen verstecken. Aus dem Bauchgefühl raus hat der Sanktus nicht geglaubt, dass die Lily ihre Hand im Spiel gehabt hat, aber weiß man's? Und wenn ja, warum?

Halt! Die Familie der Schmiedinger Manu hatte der Sanktus noch vergessen. Auch hier war eine Möglichkeit vorhanden, dass späte Rache geübt wurde.

Ein weiterer wichtiger Punkt war, dass die drei Theologiestudenten am Tag des Unfalls in der Kirche Luzifermasken getragen hatten. Eine Parallele, die nicht zu verachten war, auch wenn der Sanktus nicht geglaubt hat, dass die Schmierereien und Internetbotschaften etwas mit den Herren Praetorius, Aust und Siebler zu tun hatten. Höchstens, um den Graffiti in Angst zu versetzen. Das wäre eine Möglichkeit. So eine Art Vorwarnung. Obacht, die Jagd geht los! Halali!

Also die spannende Frage, wer war der Unbekannte mit der Luzifermaske?

Wie dem Sanktus das alles so durch den Kopf gegangen ist, hat er die Eingangstür zur *Bierwerkel* hören können, und ein lautes Stimmengewirr, das eindeutig dem Hintermeier und dem Mbewu zuzuordnen war, erscholl durch den ganzen Raum wie ein Erdbeben.

»Servus, Sanktus!«, hat der Hintermeier gerufen, als die beiden schwarzgekleideten Geistlichen ins Sudhaus hereingekommen waren.

Der Hintermeier hat wie immer wie der Don Camillo ausgesehen, und der Mbewu hat seinen Priesterkragen im Hemd stecken gehabt.

»Hatta gestern neue Pfarra ermordet. Den Edmond Dantes!«, hat der Mbewu geschrien.

»Siebler!«, hat ihn der Hintermeier verbessert.

»Logisch. Sorry, Migi. Freilleck. Der Siebler. Hatta suerst erstocken und dann im Weichwaterfass ertränkt! Jetzt kommst du, Sanktus!«

»Weiß ich schon!«, hat der Sanktus geseufzt.

»Und hatta die Police den Graffiti scho gefasst?«, hat der Mbewu wissen wollen.

»Nein, der ist verschwunden«, hat der Sanktus geantwortet.

»Verschwunden?«, hat der Hintermeier wiederholt. »Was ham denn mia für a Polisei, frag i mi manchmoi! Des ko doch ned sei, oder?«

»Kann schon«, hat der Sanktus gemeint. »Und ich sag euch eins: Der Graffiti war's ned!«

»Net?«, hat der Mbewu gefragt und etwas verwirrt in die Brauerei hineingeschaut.

»Nein«, hat der Sanktus bestätigt. »Jemand will ihm die Morde anhängen. Das ist für mich amal sicher. Der Grund liegt irgendwo 20 Jahre zurück. Ich erzähl euch einmal eine Story.«

Der Sanktus hat ihnen jetzt die Geschichte von 1997 erzählt, und die beiden sind aus dem Staunen nicht mehr herausgekommen. Namen hat er aber noch keine genannt, also wer die Manu in den Tod getrieben hat, hat er nicht erwähnt.

64.

»So, Migi«, hat der Sanktus geendet. »Und jetzt erzählst einmal deinen Teil der G'schicht. Was weiß man denn in geistlichen Kreisen so drüber?«

»Mei, Sanktus«, hat der Hintermeier gestottert. »Ich darf dir da natürlich nix erzählen ...«

»Magst a Bier, Migi?«, hat der Sanktus gefragt.

»Ui, ja, gern«, hat der Hintermeier sofort herausgeschrien.

»Ich darf dir aber nix einschenken«, hat der Sanktus geantwortet.

»Depp«, hat der Hintermeier gekeift.

»Erpresser«, der Mbewu.

»Leut«, hat der Sanktus ausgerufen, »jetzt mal im Ernst. Da geht's um was. Wenn das irgendwas mit dem Beichtgeheimnis zu tun hat, na umschreibts es halt irgendwie, zefix! Wird dir schon eine Parabel einfallen.«

»Ned fluchen, Sanktus, gell. Sonst sog i gor nix. Mehr sog i ned!«, hat der Hintermeier gedroht.

»Also?«, der Sanktus.

»Kein Beichtgeheimnis«, hat der Hintermeier bestätigt. »Oiso des war so: Der Abt Philipp war homosexuell.«

»Schwul, gay!«, hat der Mbewu unterstrichen.

»Schon klar, Sepp. Weiter«, der Sanktus.

»Er hat während seines Studiums einen Liebhaber g'habt. Den Namen weiß i aber ned.«

»Der Wast!«, hat der Sanktus gekeucht. »Das ist mal verbrieft.«

»Kennst du den?«, hat der Hintermeier gefragt.

»Nein. Tu weiter, Migi. Drehzahl!«

»Oiso. Dieser Liebhaber war jetzt ned grad des, was man für einen Theologiestudenten, sagen wir mal, als standesgemäß bezeichnen würd.«

»Und für einen angehenden Priester, Migi?«, hat der Sanktus verschmitzt lächelnd gefragt.

»Na, für den scho glei gar ned, zef…«, hat sich der Hintermeier echauffiert. »Du weißt genau, was i mein. Dreh mir das Wort ned im Mund rum. Er war Hauptschüler und in so einer Jugendgang. Oiso, da sind zwei Welten aufeinandertroffen. Des wollt i sagen. Irgendwie is des jetzt aber scho so ähnlich wie in deiner G'schicht vorher …«

»Ja, in der Auer-Mühlbach-Blosn. Da war der Graffiti Chef«, hat der Sanktus unterstrichen.

»Oje«, hat der Hintermeier geseufzt. »Auf jeden Fall war der Philipp unsterblich verliebt. In ein ungeschliffenes Juwel, soll er immer gesagt haben. Irgendetwas muss dann passiert sein.«

»Ja, das war genau die G'schicht, die ich euch grad erzählt hab. G'scheiter Bua«, hat der Sanktus bestätigt. »Und es war der Praetorius, der die Manu Schmiedinger umgebracht hat.«

Dieses Detail hat der Sanktus in seinen Ausführungen vorher auch verschwiegen gehabt, um zu sehen, was die beiden Geistlichen wirklich gewusst haben.

»Hui!«, hat der Hintermeier ausgerufen, sich bekreuzigt und ist blass geworden. »Starker Tobak, mein Sohn.«

»Ja, der Praetorius hat über den Wast von dem Bruch erfahren und wollte das mit dem Aust und dem Siebler verhindern.«

Der Hintermeier und der Mbewu haben gebannt den Sanktus-Ausführungen gelauscht.

»Und das Ende war eben eine tote Manu. Genickbruch. Exitus. Ausgelöst durch den Abt.«

»Scheiß die Wand an!«, hat der Hintermeier ausgerufen. »Wegen einer Figur.«

»Genau! Wegen einer Figur. Ein ausgewachsener Theologiestudent gegen ein Mädl aus der Au.«

»Dös mauss i tschesst amoi verdaua«, hat der Mbewu gemurmelt.

»Wie bitte?«, die beiden anderen.

»Verdauen muss ich dös«, hat der Mbewu verdeutlicht.

»Aha!«, der Sanktus.

»I aa!«, der Hintermeier.

»Aber warum bringa die die swoa andern aa um? Hatta ja nur der Abt die Frau gekillt?«, hat der Mbewu gefragt.

»Exactamente, Señor. So schaut's aus! Migi, was ist dann passiert? Weißt du da was?«, hat der Sanktus gefragt.

»Anscheinend san die drei aus München weg. Nach Regensburg«, hat der Pfarrer erwidert.

»Das würd passen, weil der Graffiti hat ihnen gedroht, dass er sie alle umbringt, wenn er sie je wieder sieht.«

»Aber wenn's the Graffiti ned woar der Murderer. Wer war's na dann?«

»Vielleicht ein Familienmitglied von der Manu«, hat der Sanktus gebrainstormt.

»Aber warum erst jetzt? Is doch mehr als 20 Jahr her«, hat der Hintermeier in den Raum geworfen.

»Eben. Und nach den ganzen Jahren hat der Graffiti zum ersten Mal den Praetorius wiedergesehen.«

»Aber wenna ned der Murderer is? Passta ned susamma!«, hat der Mbewu vor Verzweiflung fast geschrien.

»Das muss aber der Auslöser gewesen sein. Anders geht's ned, oder?«, hat der Sanktus gefragt.

»Hm. Klingt logisch. Da is der erste Mord passiert, also die Serie losgangen«, hat der Hintermeier in seinen Bart gemurmelt.

»Höchstens, es hängt mit dem Unbekannten mit der Luzifermaske zusammen«, hat der Sanktus gemeint. »Dann würd der Auslöser a bisserl früher liegen.«

»Oh, oh!«, hat der Mbewu ausgerufen. »Dena hamma fast vergessen!«

»Glaub i ned«, hat der Hintermeier verneint.

»Doch!«, der Mbewu »Vergessen hamman!«

»Naa, Sepp. I glaub ned, dass der Unbekannte was mit den Morden z' doa hat«, hat der Hintermeier erwidert.

»Eben«, hat der Sanktus gemeint. »Das ist ein ganz anderes Schema. Da kommt niemand zu Schaden. Gut, die Kirche muss die Wände wieder weißeln, aber es wird nichts zerstört. Der will nur aufmerksam machen. Der ist mit der Kirche, so wie sie heute ist, unzufrieden und will das kundtun.«

»So schaut's aus«, hat der Hintermeier gesagt. »Und i hab aa scho an Verdacht. So, und jetzt trink ma no a Maß, weil i hab vor lauter Reden so ein trockenes Maul, dass i niemand mehr anspeiben könnt.«

65.

Am Nachmittag hat die Bine angerufen und den Sanktus eingeladen, mit ihr den Zenetti-Falco zu besuchen. Die beiden sind also ins Schlachthofviertel gefahren und haben das Nachtlokal des Herrn Ludwig Beischl alias Falco, im Übrigen ein zwielichtiges Etablissement, besucht.

Die Überschrift, die bei Nacht bestimmt ganz ausgeklügelt beleuchtet war, hat unter Tags eher blass gewirkt, also pinkfarbener »Eros Bar«-Schriftzug auf schwarzem Grund mit Herz und Pfeil. Na bravo, sehr einfallsreich, Gedanke vom Sanktus.

Der Laden war zwar offiziell noch nicht geöffnet, aber die beiden haben Glück gehabt, denn die Eingangstür war nicht verschlossen. Sie sind ein verspiegeltes Treppenhaus hinunter in einen muffigen Gastraum. Es hat nach Alkohol und billigem Parfüm gestunken. Die Tapeten waren in schwarz gehalten, und die Wand gegenüber der Treppe hat eine riesige Bar eingenommen. Mittig im Raum war die Tanzfläche der Damen samt zwei Stangen platziert. Der Sanktus hat sich lebhaft vorstellen können, wie die männlichen Gäste, vom Alkohol benebelt, der Hosenstall am Platzen, mit einer Halben in der einen, einem Geldschein in der anderen Hand, den Tänzerinnen nachgieren. Da hat's ihn gleich geschüttelt. Aber so was von. Das Schild »Table Service, private Dancer« hat das Ganze auch nicht besser gemacht.

Hinter der Bar hat eine dürre ältere Dame mit weißen hochtoupierten Haaren, die den Sanktus an einen explodierten Besen erinnert haben, Gläser poliert. Im Mund hat sie eine brennende Zigarette gehabt.

»Grüß Gott. Schranner, Kripo München«, hat die Bine das Gespräch eröffnet.

Die Frau hat hochgeschaut, an der Bine vorbei und ist am Sanktus hängengeblieben.

»Jö, schau! Der Sanktus«, hat die in Wiener Dialekt gerufen. »Na, des is a Überraschung. I werd narrisch!«

Den Sanktus hat's gerissen. Vor ihm ist die Fini gestanden. Die ehemalige Wirtin des *Weißbierkarussells* auf der Wiesn. Zusammen mit dem Maisberger Toni, seines Zeichens Bierfahrer beim *Sternbräu*, hatte er sie damals mit Bier beliefert. Das war zur Zeit der Brauereimorde, als der Sanktus frisch aus Afrika zurück und ermittelnderweise wieder beim *Sternbräu* angefangen hatte. Am ersten Tag war er zum Bierfahren mit dem Toni eingeteilt worden.

»Fini!«, hat der Sanktus überrascht ausgerufen. »Was machst denn du da herinn?«

»Mei klaane Renten aufbessern. Seit ich das *Weißbierkarussell* nimmer hab, schaut's halt übel aus«, hat die Fini gesagt.

»Das hat dir der Haslinger abgeluchst«, hat der Sanktus eingeworfen. »Stimmt's?«

»Genau. Der Sauschädel. Hat mich so lange bei der Gewerbeaufsicht ang'schwärzt, bis sie wirklich mal was gefunden haben. Dieser Aasgeier. Aber der hat's büßen müssen. Mir ist Gerechtigkeit widerfoahrn.«

»Und jetzt?«, hat die Bine gefragt.

»Jetzt lasst mir der Falco a paar Schülling, äh, Euro, zukommen. Ich bin ja aa scho fast 70. So lang's no geht, geh i halt zum Putzen«, hat die Fini geschimpft.

»Und, wo ist er, der Falco?«, hat der Sanktus wissen wollen.

»Müsst eh glei kommen. Magst a Achterl?«, hat die Fini gefragt.

»Sag i ned nein, Fini. Was hast denn für einen da?«

»An Vöitlina, waßt eh!«

»Was?«, hat die Bine gefragt.

»Grüner Veltliner, Bine. Grüner Veltliner«, hat der Sanktus übersetzt.

66.

Kaum hat der Sanktus das Achterl angesetzt, ist der Herr des Hauses schon die Treppe heruntergekommen.

Der Sanktus hat sich fast verschluckt, und die Bine hat die

Augen verdreht, weil so ein Stereotyp eines Zuhälters war ihnen bisher noch nicht untergekommen. Zuerst haben sie nur die bestickten Cowboystiefel die Stiegen herabtrampeln gehört und gesehen, dann die dunkelblauen Jeans, danach ein goldfarbenes Sakko, und schließlich ist er vor ihnen gestanden, der Falco in seiner ganzen Pracht. Haare nach hinten gegelt, Sonnenbrille trotz der Dunkelheit dieses Lochs.

»Mit wem hab ich die Ehre?«, hat er gefragt, und vom Tonfall und seiner Aussprache ist er dem Original in nichts nachgestanden, Beischl Ludwig und Hölzl Hans praktisch eine Linie. Der Sanktus hat nicht unterscheiden können, ob die Falco-Kopie Bayer oder Österreicher war.

»Schranner, Kripo München«, hat sich die Bine vorgestellt.

»Und dös is der Sanktus«, hat die Fini von hinter dem Tresen hervorgeplärrt.

»Kennst du den, Fini? Is des a Haberer von dir?«

»Heast, geh scheißen mit deim Schmoarren, Falco. Is nur a oida Bekannter von da Wiesn seinerzeit. Wast eh!«

»Scho guad, Fini«, hat der Beischl nasal gesäuselt. »Frau Schranner, meine Verehrung. Herr Sanktus, grüß Gott. Wie kann ich Ihnen helfen?«

»Wir sind auf der Suche nach Quirin Himsl …«, hat die Bine angefangen.

»An Graffiti suchen die, Fini«, hat der Falco hinter den Tresen gerufen. »Wer möchte denn den finden?«

»Wir, Herr Beischl. Wir«, hat die Bine geantwortet. »Kennen Sie Herrn Himsl?«

»Wie man's nimmt«, hat der Beischl erwidert. »Von früher her ist er mir ein Begriff.«

»Geschäftlich ned? Er hat Ihnen das Escort-Geschäft kaputt gemacht, oder?«, hat der Sanktus provozierend in den Raum geworfen.

»Herr Sanktus, was heißt kaputt gemacht? Konkurrenz belebt das Geschäft. Wir teilen uns München jetzt halt untereinander auf, wissen S'.«

»Aber seine Hälfte läuft besser, hört man, oder?«, hat die Bine gefragt.

»Was soll das heißen, bitte? Hören S', wollen S' mich schlecht machen? Wollen S' mich provozieren?«, hat der Beischl gestänkert.

»Natürlich nicht, Herr Beischl«, hat ihn die Bine beschwichtigt. »Wann haben Sie Herrn Himsl das letzte Mal gesehen?«

»Den Graffiti?«, hat der Beischl sinniert. »Das ist lange her. Circa 15 bis 20 Jahre. Wir kennen uns aus unserer Jugend.«

»Und Sie hegen gar keinen Groll gegen ihn, Herr Beischl?«, hat der Sanktus gefragt. »Ich mein, wenn einer einem das Geschäft dermaßen ruiniert, na kann man schon einmal einen Hass haben und versuchen, jemandem einen Mord anzuhängen.«

Der Zenetti-Falco hat den Sanktus durch seine Sonnenbrille angesehen, zumindest hat der Sanktus diesen Eindruck gehabt, denn die Augen seines Gegenübers waren ja nicht zu sehen. Es war keine Regung in seinem Gesicht zu erkennen. Dann ist er an den Tresen gegangen und hat sich einen Whisky eingeschenkt. Zuerst hat er an dem Glas gerochen und dann genussvoll getrunken.

»Ich hab von den Morden gehört. Und Sie glauben, ich inszeniere das Ganze, weil ich dem Himsl die Sache anhängen will? Um ihn aus dem Weg zu räumen? Alles klar, Herr Kommissar«, hat der Beischl mit nasaler Stimme gefragt.

»Genau das mein ich«, hat der Sanktus bestätigt.

Der Beischl hat auf einen Knopf gedrückt und sich wieder dem Sanktus zugewandt.

»Halt dich da raus, du Zipfelklatscher, du depperter«, hat der Beischl gezischt. »Sonst ...«

Bayer, kein Österreicher, Gedanke vom Sanktus.

»Sonst was, Herr Beischl?«, ist die Bine dazwischengefahren. »Sie haben immerhin die Polizei vor sich.«

»Die jetzt bitte gehen möchte«, hat der Beischl den Satz vollendet, und zwei Bodyguards sind nun aus einem Nebenraum in das Lokal gekommen.

»Gump, Ganswürger, begleitets die Frau Kommissar und ihren Fifi bitte hinaus. Die Sprechstunde ist vorbei«, hat der Beischl überheblich verkündet.

Der Sanktus hat die Bine angesehen und die ihn. Beide hat's gerissen.

»Gut, wir gehen«, hat der Sanktus gemeint. »Aber halt dich vom Graffiti fern, Beischl Luggi, oder nennt dich noch wer Skywalker?«

Der Zenetti-Falco hat das Whiskyglas jetzt auf den Tresen gedonnert, dass es zerbrochen ist.

67.

»Wir haben den Graffiti nie gefragt, was aus seiner Auer-Mühlbach-Blosn geworden ist«, hat die Bine gesagt, als sie oben an der Straße gestanden sind.

»Irgendwann muss sich der Skywalker selbstständig gemacht haben«, hat der Sanktus gerätselt. »Irgendwie muss das Ganze auseinandergegangen sein, und der Luggi hat mit den zwei Gorillas da einen eigenen Laden aufgezogen.«

»Hat das der Quirin nicht gewusst, dass sein früheres Blosn-Mitglied jetzt sein größter Konkurrent ist?«, hat die Bine gefragt.

»Kann ich mir ned vorstellen«, hat der Sanktus geantwortet. »Dem Graffiti bleibt nix verborgen in München. Der weiß doch immer alles. Aber Bine, jetzt hör zu. Der Quirin ist unschuldig. Glaub mir's.«

»Ich würd's ja nur zu gern glauben, Sanktus«, hat die Bine geantwortet. »Aber die Beweislast ist halt erdrückend. Aber gut, ich nehm mir den Beischl, den Gump und den Gans-würger noch einmal mit dem Rudi vor. Vielleicht finden wir irgendwas raus. Irgendein kleines Detail, das die Wendung in diesem verfahrenen Fall bringt. Hast du was von ihm gehört?«

»Nein, Bine« hat der Sanktus gesagt. »Er hat sich ned gemeldet, und sein Handy ist ausgeschaltet. Ich ruf amal die Lily an. Vielleicht weiß die was.«

»Hab ich heut in der Früh auch schon probiert, aber sie ist ned rangegangen«, hat die Bine hinzugefügt.

Der Sanktus hat sein Handy gezückt und gewählt, aber auch die Lily war verschollen.

»Wir müssen uns noch mit der Familie von der Manu auseinandersetzen. Ich hab die Schmiedingers ausfindig gemacht«, hat die Bine berichtet. »Die wohnen jetzt in Germering.«

»Mach ma a Aktion?«, hat der Sanktus gefragt und gelächelt.

»Glei?«, hat die Bine gefragt.

»Logisch«, der Sanktus. »Aktion muss immer glei sei!«

»Lieber ned. Ich hol dich morgen in der *Werkel* ab. Sagen wir um 10 Uhr?«

68.

Am Abend sind die Kathi, die Birthe und der Sanktus vor der *Neuen Kirche* gesessen und haben indische Spezialitäten genossen. Es hat Hähnchen-Tikka und Samosas zum Naschen als Vorspeise gegeben, danach Gemüse- und Lamm-Curry mit gebutterten Naan-Broten und Reis.

Der Bhupinder hat natürlich wie immer versucht, dem Sanktus eine Flasche seiner neuesten Kingfisher-Bierlieferung aufzuschwätzen, aber der Sanktus ist standhaft geblieben, da er sich noch genau an das letzte Bier dieser Art, das der Inder seit Monaten im Keller gehabt hatte, hat erinnern können. Die Birthe, gar nicht ostdeutsch traditionalistisch, hat sofort zugeschlagen, aber gleich nach dem ersten Schluck das Gesicht verzogen.

»Was ist denn das für 'ne Plörre?«, hat sie gefragt. »Is ja tötal sauor. Pfui Deibel!«, hat sie sich echauffiert.

Der Sanktus hat seine Sternweiße gehoben und der Birthe zugeprostet.

»Gell, da war euer Schöps früher im Osten noch besser, oder, Birthe? Aber sei versichert, die Inder mögen das so«, hat er lachend ausgerufen.

»Ist das kapütt?«, hat die Birthe gefragt. »Sanktüs, pröbier doch ma, bitte.«

»Geh Schmarren. Das schmeckt so«, der Sanktus.

»Geh zu. Probier's halt«, hat die Kathi gemeint. »Wenn's wirklich verdorben ist, na lass ma's zurückgehen.«

Die Birthe hat dem Sanktus das Glas Kingfisher hingeschoben und als der Sanktus zu einem Probierschluck angesetzt hat, hat sie sich sein Weißbier geschnappt und langsam auf ihre Seite gezogen.

»Für den, der's mag, ist's das Höchste«, hat der Sanktus beim Absetzen seines Glases doziert. »Aber besser als früher. Da hat's geschmeckt, als hätte man dir ins Maul neig'soacht …«

»Sanktus!«, hat die Kathi gezischt. »Jetzt machst aber amal an Punkt. Der Bhupinder schaut schon!«

Der Inder hat gerade am Nebentisch kassiert und zu ihrem Tisch herübergelugt. Wahrscheinlich hat er sich innerlich kaputtgelacht, dass der Sanktus nun doch in den Genuss des indischen Traditionsbieres gekommen war.

»Oh, Sanktus. Des freut mi aber. You drink the *Kingfisher* today. Ho, ho, what is los mit dir?«, hat er gefragt.

»Da steht er völl drauf«, hat die Birthe hinübergerufen und Sanktus' Weißbier hochgehoben. »Pröst!«

Blöde Sau, Gedanke beim Sanktus. Missmutig hat er den indischen Plempel in einem Zug runtergeschluckt.

»Das Bier geht heut auf misch!«, hat die Birthe lachend gegluckst. »Aber ich gönnt nisch widorstehn. Das Gesischt, zum Kügeln, Sanktüs!«

Jetzt hat der Sanktus auch lachen müssen, weil Scheiß drauf, der Scherz war gut und hätte von ihm sein können.

Zum Abschluss hat's noch einen Whisky gegeben, weil, den trinkt er gern, der Inder, und somit hat's zum Essen gepasst. Der Sanktus hat sich noch ein Weißbier bestellt, und die Damen sind zum Rotwein übergegangen, sprich, die Birthe war wieder in ihrem Fahrwasser.

Wie immer haben sie über frühere Urlaube oder Partys gesprochen. Weibergespräche, Glucksen und Kichern. Der Sanktus hat sich in seinem Stuhl zurückgelehnt, hat das Weißbierglas in den Händen auf seinem Bauch abgestellt und über den Fall sinniert.

Wirklich weitergekommen waren sie nicht. Drei Pfarrer waren tot, der Graffiti verschwunden. Die Verdächtigen waren alle immer noch verdächtig, und was hat es damit auf sich gehabt, dass sich die Auer-Mühlbach-Blosn aufgespalter hatte und der Skywalker jetzt der Zenetti-Falco war? Im Gefolge Gump und Ganswürger. Der Pröbstl und der Binser waren beim Graffiti geblieben.

»Den Pröbstl und den Binser müss ma auch noch vorladen«, hat der Sanktus gesagt.

Die beiden Damen haben ihren Ratsch unterbrochen, sich herumgedreht und den Sanktus völlig perplex angeschaut.

»'tschuldigung«, hat er gesagt. »Hab nur laut gedacht.«

»Jetzt lasst mich döch net dümm sterben«, hat die Birthe geflötet. »Den ganz Tag düd ihr schön sö geheimnisvöll. Klärt misch döch bidde auf!«

»Er steckt fest«, hat die Kathi die Lage kurz und knapp überrissen.

»Ünd nü?«, die Birthe.

»Ich weiß ned weiter«, hat der Sanktus gesagt, und die Kathi hat der Birthe nun doch die ganze Geschichte, die der Graffiti am gestrigen Abend zum Besten gegeben hatte, erzählt.

Danach hat der Sanktus noch von den gestrigen und heutigen Erkenntnissen berichtet.

»Das is echt scharf! Hammer!«, hat die Birthe gesagt, als er fertig war. »Das is ja 'ne Liebesgeschüschte. Eiferbibsch. Der Abt war in 'n Gangmitglied vorliebt. Na soch mol.«

»So schaut's aus!«, der Sanktus.

»Und der hat sich ümgebracht? Der arme Kerl«, hat die Birthe geseufzt. »Is ja och klar. Freundin töt, Freunde weg, Gang weg und er schüld. Nee, nee. Wie hat er sich denn …?«

»Vom Baugerüst ist er gestürzt. Umgebracht hat er sich ned. Aber jetzt, wo du's sagst …«, hat der Sanktus reflektiert.

»Hm«, hat die Birthe gemeint. »Und die Lily ist nisch auffindbor?«

»Hoffentlich ist ihr nichts passiert«, hat der Sanktus gemeint.

»Meinst?«, die Kathi.

»Kann man nicht wissen. Kann sein, dass sie irgendwas gesehen hat, was der Mörder …«

»Sanktüs«, hat die Birthe eingeworfen, »ich weeß ja, dass du im Gründe deiner Seele 'n nettor Kerl bist, aber isch denk, hier biste zu blauäugsch! Ja, die Lily, wenn se dich mit ihren dünklen Augen angüggt, na biste dahin. Aber die hat's faustdick hintor den Ohren.«

Der Sanktus hat jetzt aufmerksam zugehört.

»Überlesch ma. Seitdem sie hier ist, hat der Graffiti diese Aussetzor und man findet Sachen, die ihn belasten. Sie hat doch Zügang zu allem. Hat seine Schlüssel, weeß alles, was er tüt. Die kann doch alles arrangiert haben, öder?«

»Schon«, hat die Kathi überlegt. »Eigentlich hast recht, Birthe.«

»Hat sie definitiv«, hat der Sanktus bestätigt. »Aber warum? Zefix!«

MITTWOCH

69.

Die Schmiedingers haben in einem kleinen Reihenhaus in Germering, im Münchner Westen, gewohnt. Die Bine und der Sanktus sind am Mittwoch in der Früh über die Landsberger Straße hinausgefahren. Für den Sanktus, ein Gewächs des Münchner Ostens, war das eine ganz neue Erfahrung, weil das Westend, Laim und Pasing, waren halt so gar nicht sein Gäu.

In Germering, übrigens schon Landkreis Fürstenfeldbruck, angekommen, haben die beiden an der Tür geläutet. Ein sympathisch wirkender älterer Herr mit weißem Vollbart, Brille und Glatze hat geöffnet und sie ins Wohnzimmer gebeten.

Dort ist eine adipöse Frau im Rollstuhl gesessen. In ihrer Nase hatte sie einen Schlauch, der zu einem Sauerstoffgerät, das hinten am Stuhl angebracht war, geführt hat. Im Raum ist ein Pflegebett gestanden. Anscheinend das Nachtlager der Frau.

»Das ist meine Frau, die Irmi. Sie ist gesundheitlich ned so gut beinand«, hat der Herr Schmiedinger gesagt. »Ich würd Sie daher bitten, sich kurz zu fassen.«

»Ja bitte«, hat die Frau Schmiedinger gesagt und röchelnd eingeatmet.

»Gern«, hat die Bine erwidert. »Herr Schmiedinger, wie wir ja schon telefonisch besprochen haben, geht es um die Umstände des Todes Ihrer Tochter in Bezug auf die Morde an den drei Pfarrern, die gerade in allen Medien sind.«

»Ja«, hat der Herr Schmiedinger gesagt, »aber mir ist immer noch nicht ganz klar, was die Morde mit dem Tod von unserer Manu zu tun haben. Schauen S', Frau Schranner, das ist jetzt mehr als 20 Jahre her und wir sind einigermaßen gut drüber weggekommen. Und jetzt reißen Sie die alten Wunden wieder auf. Verstehen S', wir sind alte Leute und haben uns unser Weltbild so zurechtgerückt, dass es für uns wieder passt. Wir genießen unsere letzten Jahre, so gut es geht. Wir sind beide über 75. Die Manu war unser einziges Kind. Meine Frau hatte drei Fehlgeburten vor ihr. Drum haben wir sie recht spät bekommen.«

»Ich versteh«, hat die Bine gesagt.

»Ja!«, ist's abgehackt von der Frau Schmiedinger gekommen.

»Wir waren nie begeistert, dass sie in der Gang von diesem unsäglichen Grawotti war.«

»Graffiti«, hat der Sanktus korrigiert.

»Ist ja wurscht«, hat der Herr Schmiedinger verdrossen bestätigt. »Sie ist auf die schiefe Bahn geraten, und wir haben sie nicht retten können. Warum sie sich vor den Zug geworfen und ihr Leben so weggeworfen hat, ist uns ein Rätsel.«

»Herr Schmiedinger«, hat die Bine langsam gesagt. »Ihre Tochter hat sich nicht umgebracht.«

Von der Frau im Rollstuhl ist jetzt ein Schrei, der sich eher wie ein Japsen angehört hat, gekommen.

»Nicht umgebracht. Was war dann? Jetzt reden S' halt, Frau«, hat der Herr Schmiedinger aufgebracht gekreischt.

Die Bine hat nun die Geschichte von dem Diebstahl der Marienstatue in der Auer Kirche erzählt. Sie hat immer wieder betont, dass der Erlös einer alten Dame in Not zugekommen wäre. Als sie mit dem Sturz der Tochter geendet hat, ist ein weiteres Japsen aus dem Rollstuhl gekommen.

»Dann hat dieser Abt die Manuela sozusagen in den Tod getrieben?«, hat er gefragt.

»Ja«, hat die Bine bestätigt. »Ungewollt, aber ja.«

Der Herr Schmiedinger hat jetzt auf den Boden gestarrt, und die Frau hat einen röchelnden Atemzug getan.

»Schau, Mama. Und wir haben die ganze Zeit gedacht, unser Mädi hat sich das Leben genommen. Jetzt sitz ma da und schauen blöd auf unsere alten Tag, gell«, hat der Herr Schmiedinger gesagt. »Und wir haben uns immer wieder und wieder gefragt, was wir falsch gemacht haben.«

Jetzt hat er eine Pause gemacht.

»Ich weiß jetzt gar ned, ob ich am Sonntag in die Kirch gehen mag. Mama, was meinst du?«

»Eine Frage noch, Herr Schmiedinger«, hat der Sanktus, einer plötzlichen Eingebung folgend, gefragt. »Kennen Sie aus Ihrer Zeit in der Au die Pfisterer Elisabeth?«

»Die Lily. Freilich kenn' ma die noch. Gell, Mama?«, hat der Herr Schmiedinger bestätigt. »Die Lily. Des war ein nettes Madl. Ewig schad um sie.«

»Wie? Ewig schad?«, hat der Sanktus gefragt.

»Moment«, hat der Herr Schmiedinger gesagt, im Schrank hinter sich in einer Kiste gekramt und dem Sanktus ein Sterbebild in die Hand gedrückt. »Da schauen S'. Die ist im Juli 2003 an Krebs gestorben. Tragisch, gell?«

70

»Wie kann jetzt das sein?«, hat die Bine den Sanktus im Auto gefragt. »Die Lily ist schon vor 16 Jahren gestorben. Wer ist na unsere Lily?«

»Zumindest nicht die Pfisterer Lily«, hat der Sanktus geantwortet. »Aber wie ist jetzt die in das Ganze verstrickt?«

»Ich bin verwirrt«, hat die Bine zugegeben. »Die war mir so sympathisch. Hat die jetzt die ganzen Ausfälle rundum den Graffiti inszeniert, oder? Die Schlüssel, das Handy, das Geld, der Koffer? Klar, den hat sie verräumt und nachher wieder hinter den Schrank gestellt. Aber das blutige Hemd? Mei, mir läuft's ganz kalt den Rücken runter.«

»Kann sein«, hat der Sanktus geantwortet. »Aber dann müsst sie ja was mit den Morden zu tun haben, weil, woher hätt sie denn das ganze Blut? War das eigentlich dem Siebler seins? Habts ihr das analysiert?«

»Klar war's seins.«

»Obacht! Der bremst!«, hat der Sanktus geschrien, als die Bine vor lauter Kombinieren fast auf das vordere Fahrzeug aufgefahren wäre.

»Zefix! Vor lauter Lily«, hat die Bine geschimpft. »Jetzt gehen wir das alles mal von vorn durch.«

»Genau!«, kurze Sanktus-Bestätigung.

»Die Frau taucht nach dem Mord am Praetorius auf. Sie trifft den Quirin zufällig in der *Neuen Kirche* und stellt sich als Pfisterer Lily vor. Der Quirin ist Feuer und Flamme.«

»Jepp. Weil sie genau sein Typ ist. So ähnlich muss die

Manu auch ausgeschaut haben. Also ist die Frage: wirklich zufällig?«

»Sie zieht gleich bei ihm ein, weil sie sich Hals über Kopf ineinander verliebt haben. Seitdem wird er vergesslich und unachtsam. Er macht den Eindruck, als würde er unter großer mentaler Spannung stehen. Am Abend, als der Aust ermordet wird, ist sie nicht bei ihm. Logisch, denn er darf ja definitiv kein Alibi haben.«

»Exakt, Miss Marple. Und vor dem Mord am Siebler wird er von der Polizei in total verwirrtem Zustand aufgegriffen. Die Irrungen und Wirrungen vorher kannst du hindeichseln, aber an dem Sonntag müssen Medikamente oder Drogen im Spiel gewesen sein. Anders gibt's das doch ned.«

»Auf jeden Fall«, hat die Bine bestätigt. »Sie wollte für den dritten Mord vorbauen. Der verwirrte Quirin Himsl ist schizophren und begeht als Mister Hyde die Morde an den Pfarrern.«

»Und am Abend vom Mord am Siebler trifft sie mich und die Kathi zufällig vor der Haustür. Ich wollt sie nach oben begleiten, aber sie wollte partout nicht, dass ich mit rauf komm.«

»Vielleicht hat sie noch das blutige Hemd deponieren und die Hände präparieren müssen«, hat die Bine schlussgefolgert.

»Genau. Vorbereitung für den großen Showdown. Blut an die Hände, das Hemd in das Bad, und die Luziferkarten waren wahrscheinlich sowieso schon versteckt. Da muss sie aber schnell gewesen sein«, hat der Sanktus kombiniert.

»Aber hat sie die drei Pfarrer umgebracht? Hast du sie auf der Firmung gesehen? Und wie hat sie wissen können, dass der Graffiti auf den Praetorius trifft? Das geht mir nicht in den Schädel, menno!«

»Das ist die Krux an der Sache. Das versteh ich auch nicht. Da müssen wir noch draufkommen.«

»Und noch etwas wissen wir nicht. Da können wir philosophieren, so lange wir wollen. Wer ist die Lily in Wirklichkeit?«

»Tja«, hat der Sanktus eingeworfen und gelacht. »Keinen Schimmer. Wirklich keinen Schimmer. Wir müssten den Graffiti finden. Zefix. Hoffentlich findet sie ihn nicht vor uns. Der weiß ja noch gar ned, dass dieses Weib es auf ihn abgesehen hat. Wahrscheinlich empfängt er sie mit offenen Armen, und dann Peng! Oder will die den überhaupt umbringen? Oder nur ins Gefängnis bringen? Was plant die eigentlich?«

»Scheiße! Keine Ahnung. Wie kommen wir an den Quirin ran?«

»Gar ned, wenn er nicht will. Ich hoff, das ist sein Glück, denn dann findet sie ihn auch nicht. Vielleicht ist er ihr ja schon draufgekommen. Hoffentlich.«

»Ja, wirklich. Aber, was hat sie eigentlich gesagt, wo sie herkommt, als ihr sie an diesem Abend getroffen habt?«, hat die Bine gefragt.

»Herrschaft, was hat sie jetzt gesagt? Ich weiß es nicht mehr. Moment, ich ruf die Kathi an.«

Der Sanktus hat sein Smartphone gezückt und die Antwort binnen einer Minute gehabt.

»Sie war bei der Muxeneder. Das ist die Pfarrsekretärin. Muxeneder Rosina! Muxi sagt der Migi immer.«

»Dann werden wir der Dame mal einen Besuch abstatten.«

»Die sehen wir heut Abend eh«, hat der Sanktus geschlossen. »Wir müssen ja zur Abendmesse, wir zwei. Gell?«

71.

»Unbedingt heute Abend in die Messe um 19 Uhr kommen. Überraschung«, hatte der Hintermeier Remigius am Mittwoch in der Früh geschrieben. Der Sanktus hatte eigentlich vorgehabt, nach der Erkenntnis in Germering einen ruhigen Abend zu verbringen und die Entwicklung erst einmal zu verdauen, aber hilft ja nichts.

Nachdem er wieder in der *Bierwerkel* zurück war, hat er die Sudhausreinigung gefahren und nebenher Zeitung gelesen, aber viel mitbekommen hat er nicht, da seine Gedanken immer noch um die Lily gekreist sind. Also um die verstorbene Lily und um die Dame, die sich als Pfisterer Lily ausgegeben hatte. Der Graffiti hat einfach kein Glück mit seinen Liebschaften gehabt. Definitiv nicht.

Eigentlich hätte der Sanktus für den Flaschenverkauf noch abfüllen müssen, aber die Lust dazu hat sich in Grenzen gehalten. Zum Abfüllen würde am Donnerstag auch noch Zeit sein. Wieder einmal eine grobe Fehleinschätzung, wie du sehen wirst, aber hat er ja am Tag vorher noch nicht wissen können, der Herr Sanktjohanser.

Der Sanktus hat sich jetzt in seinem Handy auf die Seite des *Münchner Morgenblatts* gewischt. Dort ist ihm eine Eilmeldung aus der Au aufgefallen.

Unbekannte verprügeln Nachtlokalbesitzer.

Darunter war ein Foto vom Zenetti-Falco zu sehen.

Ludwig Beischl wurde am Dienstagabend in seiner Bar im Stadtteil Au von Unbekannten aufgesucht und kranken-

hausreif geschlagen. Das Lokal wurde anschließend verwüs-
tet. Von den Tätern fehlt jegliche Spur.

»Na bravo«, hat der Sanktus gemurmelt. »Das muss kurz nachdem wir da waren gewesen sein.«

Ihm war jetzt klar, dass der Graffiti noch in München war und ihnen gefolgt sein musste.

»Bine!«, hat der Sanktus ins Telefon geplärrt. »Hast du die Eilmeldung gesehen?«

»Ist gerade reingekommen. Im Krankenhaus hat der Beischl behauptet, er sei die Treppe runtergefallen. Drum hat es die Meldung nicht bis zu mir geschafft. Aber die Presse hat doch Wind davon gekriegt. Meinst, er war's?«

»Klar! Er klappert die möglichen Verdächtigen ab! Und beim Beischl muss er was gefunden haben.«

»Ich stell der Hinrainer Luise besser einen Wagen vors Haus.«

Am Abend sind sie alle in den Bankreihen der Johanniskirche gesessen und waren gespannt, welche Überraschung der Pfarrer Hintermeier für sie bereithalten würde. Der Sanktus war eigentlich nicht begeistert, da er ja schon am Sonntag am Gottesdienst teilgenommen hatte *und* am Sonntag davor auch schon. Solch ein Kirchenfanatiker war er ja nun auch wieder nicht. Aber irgendetwas ist in der Luft gelegen. Das hat er gerochen und somit diese *Strapaze* auf sich genommen.

Zwischen ihm und der Kathi, wie hätt's ja auch anders sein sollen, ist die Birthe gesessen und hat ständig gequatscht, sodass die Leute rings um sie herum schon geschaut haben.

»Seids stad, d' Leut schaun scho!«, hat der Sanktus geflüstert, doch keine Reaktion.

»Das müss mit dem Lüzifor zü tün haben«, hat sie der Kathi gerade zugeflüstert, und dem Sanktus ist aufgegangen, dass diese Gans vielleicht gar nicht so blöd war und wahrscheinlich wieder recht hatte.

Sie hatte zuvor schon ein, zwei Aussagen in diesem Fall getroffen, die gar nicht so falsch waren.

Nun hat er sich erinnert, dass der Hintermeier am Vortag gesagt hatte, er hätte bezüglich des Unbekannten schon einen Verdacht. Ja, zefix nochmal, Hochspannung kein Ausdruck und der Sanktus schon extrem nervös. Er hat kurz zu Bine und Rudi hinübergeschaut, doch auf deren Gesichtern war noch keine Spannung zu erkennen.

Nun ist ein Ministrant aus der Tür der Sakristei herausgekommen, hat die Glocke an der Wand geläutet, und die Gemeinde ist aufgestanden. Dann sind die ganzen Ministranten herausgetreten. Der Sanktus war erstaunt, wie viele Messdiener der Hintermeier in seiner Gemeinde hatte, weil, der Strom hat ja gar nicht abebben wollen. Wenn er ehrlich war, hatte er noch nie so viele auf einmal in einer Kirche gesehen. Dann ist ihm aufgefallen, dass mehrere unterschiedliche Gewänder angehabt haben, also schon alle rote Untergewänder und weißes Oberhemd, aber halt in unterschiedlichen Farbschattierungen. Ministranten mehrerer Gemeinden, Erkenntnis beim Sanktus. Diese These haben auch die zehn Pfarrer, die dem Pulk nachmarschiert sind, unterstützt.

Jetzt war sich der Sanktus definitiv sicher, dass hier irgendetwas im Busch war, aber der Pfarrer Hintermeier hat natürlich nicht gleich am Anfang die Katze aus dem Sack gelassen, da Kirchenzeremoniell und Spannung aufbauen bis zum Höhepunkt, auf Neudeutsch »Peak«. Also hat sich der Sanktus noch einmal zurückgelehnt und die Augen geschlossen. Sinnvolle Pause vom Fall sozusagen.

Nach zehn Minuten ist die Muxeneder an den Ambo, das Lesepult vor dem Altar, getreten und hat die Lesung vorgetragen. Normalerweise hatte der Sanktus immer große Probleme, den für ihn abstrakten Texten aus zwei- und mehrtausend Jahre alten Geschichten über Gleichnisse und Bibelstellen zu folgen, aber heute war er hellwach. Die Muxeneder hat aus dem Buch Sirach gelesen: »*Die Furcht des Herrn ist Ehre und Ruhm, Fröhlichkeit und eine Freudenkrone. Die Furcht des Herrn wird das Herz erfreuen und Frohsinn, Freude und langes Leben geben. Die Furcht des Herrn ist eine Gabe vom Herrn, denn sie setzt auf Wege der Liebe. Wer den Herrn fürchtet, dem wird es am Ende gut gehen, und am Tag seines Todes wird er gepriesen. Wort des lebendigen Gottes.*«

»Dank sei Gott«, hat die Gemeinde gemurmelt.

Dann ist der Hintermeier nach vorne getreten und hat das Evangelium gelesen. Das Lukasevangelium war dran. Die Zöllner und die Pharisäer waren dem Sanktus aus der Schule noch geläufig. Das hatten sie im Reli-Unterricht des Öfteren durchgenommen.

»*Er sagte aber zu einigen, die sich anmaßten, fromm zu sein, und verachteten die andern, dies Gleichnis: Es gingen zwei Menschen hinauf in den Tempel, um zu beten, der eine ein Pharisäer, der andere ein Zöllner. Der Pharisäer stand für sich und betete so: Ich danke dir, Gott, dass ich nicht bin wie die anderen Leute, Räuber, Betrüger, Ehebrecher oder auch wie dieser Zöllner. Ich faste zweimal in der Woche und gebe den Zehnten von allem, was ich einnehme. Der Zöllner aber stand ferne, wollte auch die Augen nicht aufheben zum Himmel, sondern schlug an seine Brust und sprach: Gott, sei mir Sünder gnädig! Ich sage euch: Dieser ging gerechtfertigt hinab in sein Haus, nicht jener. Denn wer sich selbst erhöht, der wird erniedrigt werden; und wer sich selbst erniedrigt, der wird erhöht werden.«*

Dem Sanktus ist schon ein Licht aufgegangen, dass es sich hier und heute um die Luzifertaten gehandelt hat, denn die Furcht vor dem Herrn und die anmaßenden und selbstverherrlichenden Geistlichen waren ja zentrales Thema in den Videos und Schmierereien des Unbekannten. Aber hatte der Hintermeier den Luzifer demaskiert oder gar in Gewahrsam? Dem Sanktus war das nicht klar, aber dem Hintermeier Migi und dem Mbewu Sepp war alles zuzutrauen.

Jetzt hat der Hintermeier die Predigt angefangen, und pfeilgrad Luziferthema. Wer hätt's gedacht? Er hat beschrieben, was der Unbekannte mit der Teufelsmaske alles so angestellt, was er gefordert und welche Psalmen er an die Kirchenwände gesprüht hatte. Dann hat er die Internetbotschaften analysiert und den Bezug zur Lesung und zum Evangelium verdeutlicht. Er hat eingeräumt, dass in der katholischen Kirche zurzeit nicht alles so läuft, wie sich der brave Katholik das vorstellt, und hat eine Parallele zu den überhandnehmenden Kirchenaustritten gezogen. Das Ganze hat er mit Kommentaren von Bekannten, Freunden und Gläubigen gefüllt, die ihm diese Situation in den letzten Wochen beschrieben und bestätigt hatten. Auch den Wunsch vieler Christen, den Zölibat zu lockern, hat der Hintermeier aufgenommen. Geendet hat er mit der Frage: »So frag ich mich, ist der Unbekannte mit der Luzifermaske ein Krimineller? Sicherlich nicht, denn mehr, als eine weiße Kirchenwand anzuschmieren, hat er nicht auf dem Kerbholz. Und liegt der Unbekannte mit der Luzifermaske so falsch? Sicherlich nicht, wenn wir uns die Statements der Befragten so anhören.«

Die restlichen Pfarrer haben verneint und genickt, alle in voller Zustimmung der Hintermeier-Rede. Der Mbewu hat gegrinst, dass du seine weiße Zahnreihe bis zu seinen Ohrwascheln hast leuchten sehen können. Dem Sanktus war klar, dass er an der Predigt mitgearbeitet hatte und jetzt noch irgendetwas im Schild geführt hat. Plötzlich hat er mit dem Sanktus Augenkontakt gehabt und gezwinkert. Den Finger hat er so gehoben, dass es heißen hat können: Obacht, jetzt kommt was!

»Was wäre«, hat der Hintermeier weitergeredet, »wenn wir einem sozialen Experiment aufgesessen wären? Wir Gläubige und der komplette Polizeiapparat.«

Jetzt hat er die Arme gehoben, und die Orgel hat zu spielen angefangen.

Zehn Ministranten, also genau so viel wie Geistliche, sind von ihren Stühlen aufgestanden und vor den Pfarrer Hintermeier getreten. Sie haben alle etwas in der Hand gehabt. Sie haben sich im Halbkreis vor dem Pfarrer aufgestellt, haben sich tief verneigt und sich dann wieder aufrecht zur Gemeinde umgedreht.

Alle zehn hatten Luzifermasken vor dem Gesicht.

Ein Raunen ist durch die Bankreihen gegangen.

»Beruhigts euch!«, hat der Hintermeier gerufen. »Darf ich vorstellen: die Oberministranten aus zehn Münchner Gemeinden, die Erfinder des Luzifer-Experiments.«

72.

Die Bine, der Bergmann Rudi und der Sanktus sind vor
der Backsteinkirche gestanden und haben über die Luzi-
fer-Enthüllung diskutiert.

»Und?«, hat der Sanktus gefragt. »Was machts jetzt?«

»Mei, Sanktus«, hat der Bergmann Rudi geantwortet.
»Was hätt ma früher auf Streife in dem Fall g'macht?«

»Nix. Bagatelle«, hat der Sanktus lachend gemeint. »Bissl
Sachbeschädigung. Mehr ist's ned.«

»Aber die Drohungen …«, hat die Bine angefangen.

»Waren ja gegen niemanden im Speziellen«, hat der Rudi
eingeworfen. »Und so, wie's ausschaud, werden sie von
den zehn Pfarrern in Schutz g'nommen. Sonst wären die
heud ja ned dabei gewesen. Also, soll sich der Staatsanwalt
kümmern. Für mich verläufd des eh im Sand. Basst ja aa.
Ich hab die goar ned so schlecht g'funden.«

»Und ich scho gleich zweimal ned«, hat der Sanktus
bestätigt.

Jetzt ist die Muxeneder Rosina in den großen Türen am
Ausgang der Kirche erschienen. Sie ist mit zwei anderen
Damen in den 60ern und 70ern diskutierend die Treppen heruntergekommen. Nachdem sich die Frauen ver-
abschiedet hatten, sind die drei auf die Pfarrsekretärin
zugegangen.

»Grüß Godd, Frau Muxeneder«, hat der Rudi ange-
fangen. »Mein Name ist Bergmann von der Münchner
Kriminalbolizei. Dürft ma kurz a weng von Ihrer Zeit in
Anspruch nehmen?«

»Ja freilich«, hat sie geantwortet. »Wenn ich helfen kann, gerne. Ich kann's mir zwar ned vorstellen, aber bitte.«

»Frau Muxeneder«, hat die Bine gefragt. »Kennen Sie eine Elisabeth Pfisterer?«

»Ja. Sicher. Die Pfisterer Lily?«, hat die Muxeneder gefragt. »Das war ein Drama, als die an Krebs gestorben ist. Das arme Mädl. Ich war eine gute Freundin ihrer Mutter. Warum fragen Sie?«

»Kennen Sie diese Frau«, hat der Rudi gefragt und der Muxeneder ein Foto von der Lily, das die Kamera im Eingang der Polizeiinspektion 22 – Bogenhausen gemacht hatte, gezeigt.

»Nein. Leider nicht. Wer soll das sein?«, hat die Muxeneder gefragt.

»Diese Frau had sich als Elisabeth Pfisterer ausgegeben und behaupded, sie sei am Montach bei Ihnen zu Besuch gewesen.«

Jetzt hat die Muxeneder geschnauft und sich Luft zugefächelt.

»Ja, das ist ja das Allerhöchste! Ja, sauber! Was ist denn das für eine unverschämte Person? Da wird mir ja ganz anders. Und was ist das für eine? Eine Hochstaplerin? Muss ich mir Sorgen machen, Herr Kommissar?«

»Nein, Frau Muxeneder. Alles in Ordnung. Aber sollde die Dame aufdauchen, machen Sie bidde nicht auf und rufen Sie uns sofort an, gell!«

»Selbstverständlich, Herr Kommissar. Selbstverständlich. Darf ich jetzt gehen? Ich brauch jetzt nämlich einen Schnaps, glaub ich.«

»Freilich. Einen schönen Abend, Frau Muxeneder.«

Die Pfarrsekretärin hat sich weggedreht und ist in Richtung Kirchenstraße davon.

»Hat die dann auch in der Au gewohnt, wenn die die Pfisterers kennt?«, hat der Sanktus gefragt.

»Zefix, das hädden wir sie jedzd frachen sollen«, hat der Rudi geflucht.

»Auch wurscht!«, hat die Bine geschlossen.

Sie haben alle drei der Muxeneder Rosina nachgeschaut. Die hat immer noch den Kopf geschüttelt.

DONNERSTAG

73.

Am Donnerstag sind der Sanktus und die Bine zum Graffiti in die Firma gefahren, da zwar bereits eine Durchsuchung stattgefunden hatte, die Bine aber immer noch das Gefühl gehabt hat, etwas übersehen zu haben. Der Sanktus hat erst am Abend in der *Bierwerkel* arbeiten müssen und daher Zeit gehabt, die Bine zu begleiten.

Natürlich war beim Graffiti nichts gefunden worden, denn er hatte seine Firma ja schon bei der letzten Hausdurchsuchung mit Sanktus' Hilfe gereinigt. Aber die Bine war nicht abzuhalten, denn sie war sich sicher, dort irgendeinen Hinweis auf den Verbleib ihres Freundes zu erhalten. Auch wenn die Bine es nie zugegeben hätte, der Sanktus war überzeugt, dass sie immer noch in den Graffiti verliebt war und dass es sie wahnsinnig gemacht hat, nicht zu wissen, wo er sich gerade befunden hat. Kontrolletti-Syndrom Scheißdreck dagegen.

»Er muss irgendwo einen Schlupfwinkel haben«, hat die Bine beim Aussteigen gesagt. »Irgendwo muss er doch sein!«

»Na, wennst es du nicht weißt«, hat der Sanktus eingeworfen.

»Was soll das jetzt heißen?«, hat die Bine angriffslustig gefragt.

»Nix. Gar nix«, hat der Sanktus geantwortet. »Vielleicht ist er ja schon lang in Amerika.«

»Geh, Schmarren! Der hat doch erst den Beischl verprügelt. Außerdem haben wir eine Fahndung laufen.«

»Apropos Beischl«, hat der Sanktus gemeint, »War da seither schon wer dort?«

»Der Rudi wollte ihn treffen, aber der Beischl bleibt bei seiner Story, dass er die Treppen hinuntergefallen ist. Also keine Chance.«

Die beiden sind nun die Stufen zum Kontor hochgestiegen, und die Bine hat gerade die Tür aufmachen wollen, da hat sie abrupt gestoppt. Die Tür war nur angelehnt. Jemand hatte sie also bereits vor ihnen geöffnet.

Die Bine hat den linken Zeigefinger an die Lippen gelegt und mit der rechten Hand die Waffe gezogen. Leise haben die beiden jetzt die Tür geöffnet und sind in das Kontor hineingeschlichen.

Drinnen war niemand, aber im Büro dahinter hat Licht gebrannt. Doch auch dort keine Menschenseele. Die Bine und der Sanktus haben erst einmal tief durchgeschnauft, da Gefahr einstweilen gebannt.

Im selben Moment haben sie von der angrenzenden Halle her ein Krachen gehört. Dann ein »Zefix Halleluja!«.

Sofort hat die Bine wieder Spannung im Körper gehabt und ist dem Sanktus mit erhobener Waffe voraus durch den Durchgang in die Halle.

Am hinteren Ende ist ein Gabelstapler gestanden, der, so wie es ausgesehen hat, zwei Paletten mit Überseekisten von der Wand weggefahren hatte. Daneben war eine offene Luke im Boden, die die beiden Paletten vorher verdeckt hatten. Aus der Luke war ein Lichtschein zu erkennen, und von unten hast du ein »Scheißdreck!« hören können.

Der Sanktus und die Bine haben sich leise angeschlichen, und gerade, als sie an der Luke angekommen waren, ist ein Mann über eine Leiter heraufgekommen.

74.

»Grüß Gott, Herr Beischl«, hat die Bine den Unterirdischen begrüßt. »Hamma uns scho lang nimmer g'sehn, gell!«

Den Beischl, alias Zenetti-Falco, hat's gerissen, und ehe es sich die beiden versehen haben, hat er den Lukendeckel gepackt, ihn zugeworfen und war nach unten verschwunden. Der Sanktus und die Bine Goaßgschau, aber gleich Deckel wieder auf und ebenfalls in die Versenkung.

Unten angekommen, hat der Sanktus um sich geblickt. Sie sind in einem komplett eingerichteten Zimmer mit Holzwänden gestanden. Bett, Schreibtisch, Kühlschrank und Fernseher. Praktisch Alpenhotel, aber vom Beischl keine Spur.

»Jetzt wissen wir zumindest, wo sich der Graffiti bis jetzt versteckt hat«, hat der Sanktus geflüstert, und die Bine hat genickt.

In der Ecke des Zimmers ist eine Tür gewesen, wahrscheinlich zur Toilette, weil zum Pieseln musst du auch, wenn du dich hier versteckst, hat der Sanktus gedacht. Jetzt hat er den Finger auf die Lippen gelegt und ist auf Zehenspitzen zur Tür. Die Bine hat die Waffe auf den vermeintlichen Abort gerichtet, und der Sanktus hat mit einem Schwung aufgerissen.

Es hat sich tatsächlich um ein Klo gehandelt, aber niemand war drin.

»Zefix!«, ist es der Bine entfahren. »Kann doch ned sein. Wo ist denn der?«

Der Sanktus hat sich das Klo ein bisserl genauer angeschaut. Die Schüssel war an der gegenüberliegenden Wand mittig angebracht, links von ihm ein Waschbecken, rechts ein Schrank, in dem wohl Handtücher und Bettzeug untergebracht waren.

Auf einmal hat er einen leichten kalten Luftzug gespürt, der ihm kurz die Haare am rechten Arm hat aufstehen lassen. Er hat den Schrank etwas näher begutachtet und sich gefragt, wie denn durch den Spalt zwischen den schwedischen Möbeltüren was Kaltes herauskommen kann. Daraufhin hat er der Bine gedeutet, dass er den Schrank öffnen würde, und sie ist zu ihm in das WC-Séparée hinein und hat die Waffe wieder in Gefechtsstellung gebracht.

Langsam hat der Sanktus die Schranktüren geöffnet.

Die Hinterwand des Schranks war nach hinten weggeklappt worden und die Einlegeböden samt Handtüchern sind kreuz und quer am Boden des Schranks und im geheimen Gang dahinter gelegen.

Die beiden sind nun über das Kuddelmuddel gestiegen und in die Dunkelheit hinein. Der Sanktus hat – ganz neumodisch – den Gang mit der Taschenlampe seines Smartphones ausgeleuchtet.

So sind sie einige Meter unterhalb der Halle in Richtung Garagen, die das Grundstück begrenzt haben, geschlichen.

»Touché«, haben sie auf einmal die Stimme vom Zenetti-Falco sozusagen *Out of the Dark* gehört. »Ich geb auf!«

Der Beischl ist am Ende des Ganges vor einer geschlossenen Tür gesessen.

»Da geht's hinaus in die Kanalisation und per Leiter hinauf hinter die Garagen.«

Gott sei Dank hast du im Dunkeln nicht sehen können, wie blöd der Sanktus und die Bine jetzt geschaut haben.

»Ich hätt den Schlüssel aus dem Kammerl mitnehmen müssen, ich Arsch!«

Dann hat der Sanktus einen Schlag auf den Kopf gespürt, und es ist schwarz um ihn geworden.

75.

Als der Sanktus wieder aufgewacht ist, ist er auf einem Stuhl im Kontor gesessen, und die Sonne hat ihm ins Gesicht geschienen, das heißt, er hat nur helle Strahlen gesehen. Gleißendes Licht und … und die Schranner Bine, deren Kopf die Helligkeit wie eine Corona umstrahlt hat.

»Was los?«, hat der Sanktus gefragt.

»Sanktus?«, hat ihn die Bine gefragt. »Sanktus. Geht's dir gut? Ist dir schlecht?«

»Naa. Ois guad! Was war?«

Jetzt hat sich der Sanktus umgesehen und außer der Bine den Zenetti-Falco sowie den Gump und den Ganswürger, die er aus der Erotik-Bar gekannt hat, gesehen.

»'tschuldige, Sanktus. Meine beiden Mitarbeiter waren, sagen wir mal, etwas zu forsch. Tut mir leid. Bei der Kollegin hab ich sie noch aufhalten können. So sorry!«, hat der Beischl gefaselt.

Der Gump und der Ganswürger sind auf zwei Stühlen gesessen und haben keinen Muckser getan. War wahrscheinlich auch besser so.

»Was Ihr Glück war, Herr Beischl. Sonst hätte ich schon zwei Gründe, Sie sofort zu verhaften«, hat die Bine schnell eingeworfen.

»Jaja, ist schon recht, Frau Schranner«, hat der Beischl erwidert, sich seine Sonnenbrille zurechtgerückt und die gegelten Haare nach hinten gestrichen.

»Herr Beischl, also Einbruch haben wir auf jeden Fall. Was haben Sie hier gesucht?«

Der Beischl hat den Kopf nach hinten gelegt und die Hände, als ob er eine göttliche Eingebung erwarten würde, nach oben gestreckt.

»Na, wird's jetzt dann, Herr Beischl?«, hat die Bine etwas lauter gefragt.

»Was werd ich denn schon gesucht haben? Wen wohl? Na, den Herrn des Hauses persönlich. Ich hab nämlich eine Rechnung mit ihm offen.«

Der Beischl hat seine Sonnenbrille abgenommen und auf sein blaues Auge gedeutet.

»War das der Herr Himsl? Ich denk, Sie sind die Treppe runtergefallen.«

»Frau Schranner«, hat der Beischl angefangen, »offiziell, inoffiziell, geh Scheißdreck! Er ist kurz nach Ihnen bei mir aufgetaucht. Meine beiden Mitarbeiter waren grad ned da, und er hat mich überrascht. Hat was gefaselt von, ich würde ihn fertigmachen wollen. Aus Rache, wegen dem versauten Geschäft. Aber ich bin doch ned auf der Brennsuppen daher geschwommen. Wenn er meint, er kann mir die Morde anhängen und mich komplett verdrängen, dann hat er sich geschnitten, der Arsch.«

»Sehr witzig!«, hat der Sanktus eingeworfen. »Beide

haben Angst, dass ihm der andere etwas anhängen will. Ihr seids schon ein traumhaftes Gespann. Der Graffiti und der Skywalker. Das Imperium schlägt zurück.«

»Herr Beischl«, hat die Bine gesagt. »Sie behaupten also, Herrn Himsl nicht feindlich gesinnt zu sein!«

Jetzt hast du von Gump und Ganswürger ein Glucksen hören können.

»Seid stad, ihr Affen!«, hat der Beischl gebrüllt und hat dann wieder durchgeschnauft. »Das ist jetzt falsch ausgedrückt, Frau Kommissar. Feindselig schon, weil wir beide haben mehrere Rechnungen offen, aber mordsmäßig bin ich unschuldig. Wobei …«Und jetzt hat der Beischl gelächelt, »wobei das eigentlich eine recht gute Idee ist. Könnte von mir sein!«

Der Sanktus ist aufgesprungen und hat den Beischl am Kragen gehabt.

»Jetzt machst aber mal einen Punkt, du Arschloch!«, hat er geplärrt.

In dem Moment sind die beiden Bodyguards auf den Sanktus zu.

»Alle wieder hinsetzen!«, hat die Bine geschrien und auf einmal ihre Waffe in der Hand gehabt.

Sofort ist wieder Ruhe eingekehrt.

»Gut, Herr Beischl. Lassen wir das mal so stehen. Sie wissen also nicht, wo sich der Herr Himsl zurzeit befindet?«

»Würd ich ihn sonst hier suchen, Frau Kommissar?«

»Vielleicht suchen S' ja was ganz anderes?«, hat ihn die Bine gereizt.

»Und was, Frau Kommissar?«

»Das kann ich erst beurteilen, wenn Sie mir mal erzählen, welche Rechnungen Sie mit dem Quirin, also dem Herrn Himsl, offen haben.«

»Mit dem Quirin!«, hat der Beischl nachgeäfft und anzüglich gelächelt. »Soso!«

»Nix, soso!«, hat die Bine grantig erwidert. »Fangen S' doch mal bei der Auer-Mühlbach-Blosn an.«

76

»Weil's Sie sind, Frau Kommissar«, hat der Beischl zu erzählen angefangen. »Der Graffiti und ich sind in fremden Familien aufgewachsen. Ich bei Pflegeeltern, er bei seiner Tante. Unsere Väter waren unbekannt, meine Mutter war drogensüchtig, seine hatte sich, als er vier war, bereits den Goldenen Schuss gesetzt. Bravo, gell?«

Die Bine hat verschämt zu Boden geschaut.

»Wir sind beide in die Grundschule am Mariahilfplatz gegangen, danach auf die Realschule. Er und ich waren immer beinand, weil wir auch in der Nähe gewohnt haben. Meine Pflegefamilie war nicht die vornehmste, und meine Geschwister, also die leiblichen Kinder der Eltern, sind natürlich bevorzugt worden. Aber für mich war das okay, weil ich froh war, dass ich überhaupt jemanden hatte. Beim Graffiti war das anders. Seine Tante war wohlhabend.

Bekannt in ganz München. Er hätt's schön haben können, aber er musste ja gegen das Establishment aufbegehren. Ein Revoluzzer. Wahrscheinlich hat die Tante auch nicht allzu viel Zeit für ihn gehabt. So waren wir zwei eigentlich immer auf der Straße. Wir waren also lieber draußen als daheim und haben uns Verstecke gebaut. Da liegt's natürlich nahe, dass man die ersten Banden gründet. Der Graffiti war immer der Chef. Das war einfach so. Wie angeboren. Hat auch niemand infrage gestellt. Ich war immer sein Vertreter. Meinen Namen hab ich da schon weggehabt, weil vom Ludwig über den Luggi zum Luke, also Skywalker, war's nicht weit und »Star Wars«, damals hat's noch »Krieg der Sterne« geheißen, war zwar nicht mehr in, aber immer noch präsent. Der Graffiti war der Solo. Ein unzertrennliches Duo. Damals haben wir halt Leute geärgert, Hundshaufen mit Sylvesterkrachern gesprengt, später Zigarettenautomaten, mit neun Jahren das erste Mal geraucht und so weiter. Natürlich hat's Bandenkämpfe gegeben, und wir haben die Nachbarschaft zum Verzweifeln gebracht.

Als wir nach der Realschule in der Lehr waren, haben wir uns inzwischen in einer alten Garage getroffen. Die hat der Tante gehört. Inzwischen hat er schon nicht mehr Solo geheißen, weil er ein begabter Sprüher war. Keine S-Bahn zwischen Ostbahnhof und Pasing war vor ihm sicher, keine Unterführung, keine Brücke. Da hat sich seine kleinkriminelle Energie entwickelt.«

»Und Ihre?«, hat die Bine gefragt, und der Beischl hat jetzt eine Pause g'macht und überlegt.

»Ich hab mich eher auf … ach, scheiß drauf, war nichts Schlimmes. Die beiden Volldeppen hier waren damals auch schon mit von der Partie, der Binser und der Pröbstl sind 1995 dazugekommen, der Wast und die Manu 1996. Wir haben kleine Einbrüche verübt und Arschlöcher erpresst. Das Geld haben wir immer für einen guten Zweck verwendet. Gut, manchmal haben wir auch eine Party davon geschmissen, aber das war selten. Wir waren ein eingeschworenes Team. Uns hat keiner was können. Wir haben zusammengehalten wie Pech und Schwefel. Die Manu war mit dem Graffiti zusammen, sozusagen der König und seine Königin. Alles war gut, bis sich der Wast in diesen angehenden Pfaffen verliebt hat.«

»Den Praetorius!«, hat der Sanktus unterstrichen.

»Genau, in den schwulen Bertl hat er sich verschaut, der Depp. Da hat er gesellschaftlich natürlich ned ran können, aber der andere hat geglaubt, er könnt aus dem Wast einen neuen Menschen machen. Muss Liebe schön sein«, hat der Beischl geseufzt. »Auf jeden Fall ist das dann eskaliert, als er uns verraten hat. Wir wollten eine Marienstatue aus einer Kirche entwenden, und diesem Trottel rutscht das bei seinem Tschamsterer raus. Der hat uns natürlich mit zwei von seinen depperten Mitstudenten aufgelauert. Das war ein Kuddelmuddel. Wir haben in der Kirche gerauft, dass die Fetzen geflogen sind, aber leider ist die Manu dabei gestorben. Der schwule Bertl hat sie auf dem Gewissen. Hat sie durch die Kirche gejagt bis auf die Kanzel hinauf. Dort ist sie runtergefallen. Genickbruch. Aus.«

Die Geschichte hat sich mit der Graffiti-Version gedeckt. Sollte also wahr sein.

»Und dann?«, hat die Bine gefragt.

»Wir haben uns geeinigt, dass keiner was gesehen hat. Niemand wollt, dass wer was merkt. Wir wären alle in den Knast gegangen. Wir haben die Manu auf die S-Bahn-Geleise gelegt und es wie einen Selbstmord aussehen lassen.«

»Und der Graffiti?«, hat der Sanktus wissen wollen.

»Hat den Pfaffen ewige Rache geschworen. Die Manu war sein Leben. Sein Ein und Alles.«

»Hat er die drei Pfarrer umgebracht?«, hat die Bine direkt gefragt.

»Ich weiß es ned. Aber jetzt, nach so vielen Jahren? Ich kann's mir ned vorstellen. Wenn er das hätte tun wollen, hätten sie die Jahrtausendwende nicht erlebt. Ich glaub's also ned.«

»Was ist mit dem Wast passiert?«, hat der Sanktus gefragt, obwohl er die Antwort genau gekannt hat.

»Ist von einem Gerüst gefallen. Bei der Maurerarbeit.«

»War's ein Selbstmord? Kann es sein, dass er mit der Schuld nicht mehr leben hat wollen?«, hat die Bine gefragt.

»Kann sein, kann nicht sein. Also, der Graffiti hat ihn aus der Blosn rausgeworfen und ihm angedroht, ihn umzubringen, wenn er nicht verschwindet«, hat der Beischl geantwortet. »Aber das Schlimmste war wohl, dass der Bertl auch nichts mehr von ihm hat wissen wollen. Der hat ihn sofort nach der Aktion sitzen lassen und ist mit seinen beiden Vollpfosten zum Studieren nach Regensburg. Anscheinend muss er das dem Wast eindeutig klar gemacht haben, und der hat nun gar nichts mehr gehabt. Keine Blosn, keine Freunde, keinen Liebhaber.«

»Tragisch. Was hast da noch? Wahrscheinlich nur noch eine verkorkste Familie. Sonst wärst ja ned in so einer Gang«, hat die Bine gesagt.

»Und wie ist's mit der Blosn weitergegangen?«, hat der Sanktus gefragt.

»Wir haben noch versucht, einige Zeit so weiter zu machen, aber es ist einfach nicht mehr gegangen. Wir haben uns Vorwürfe gemacht, weil wir das Verhältnis vom Wast zum Bertl unterschätzt hatten. Besonders der Graffiti. Wir hatten ihn immer gewarnt, dass der Wast uns verpfeifen könnte, also der Hannes, der Sepp und ich.«

Jetzt hat er das erste Mal die richtigen Namen von Gump und Ganswürger genannt.

»Also, wir sind jetzt nicht so die Schwulenversteher, wissts. Ist nicht warmdusch-konform, aber ist halt so. Wir haben uns also gegenseitig die Schuld zugewiesen, bis wir nicht mehr miteinander können haben. Wir haben uns dann letztendlich getrennt. Der Graffiti ist seinen G'schäfterln nachgegangen, und ich hab mit der Erotik-Bar angefangen. Mehr war's ned. Wir haben uns aber so aufgeschaukelt, dass wir nie wieder miteinander gesprochen haben. Der Escort-Service ist natürlich eine Kriegserklärung, aber ein Mord würde zu weit gehen. Das macht weder er noch ich. Wir sind immer noch Kleinkriminelle, Frau Kommissar«, hat der Beischl geendet, »keine Schwerverbrecher!«

»Herr Beischl«, hat die Bine noch eingeworfen und ihm das Foto aus der Polizeiinspektion 22 hingehalten. »Kennen Sie diese Frau?«

Der Beischl hat das Foto intensiv betrachtet.

»Nein. Leider nicht. Wer soll das sein? Eine Escort-Dame, die eine Anstellung sucht? Ich würd sie mit Handkuss nehmen.«

Jetzt hat er wieder in seiner alten Manier gelacht. Ein durch und durch schmalziger Kerl.

»Gut, Herr Beischl, meine Herren«, hat die Bine gesagt. »Ich würde sagen, wir verlassen jetzt das Areal, versiegeln die Tür, und Sie halten sich bitte für uns zur Verfügung und verlassen München nicht. Haben wir uns verstanden?«

Die drei haben genickt, und die Bine ist vom Hof gefahren. Niemand hatte die junge Frau, die sich bisher Lily genannt hatte, vor der Einfahrt des Anwesens, in ihrem Auto sitzend und die Szene beobachtend, bemerkt.

77.

Die Bine und der Sanktus sind nach dem Abenteuer mit dem Beischl schnurstracks zur Hinrainer Luise in die Großmarkthalle, da sie von der Streife vor dem Haus der Obsthändlerin die Nachricht erhalten hatten, dass die Dame, seit sie gestern Abend ihren Posten bezogen hatten, bisher kein einziges Mal aufgetaucht war. Also weder aus der Tür herausgekommen noch ins Haus hineingegangen war. Komisch war das halt schon.

Am Hinrainer-Stand haben sie nur den Gianluca getroffen, der Stein und Bein geschworen hat, dass seine Chefin seit Dienstag nicht in die Arbeit gekommen war, da sie kurzerhand einen Urlaub eingelegt hatte.

»Und wohin ist sie gefahren?«, hat die Bine nervös gefragt, denn seit Dienstag war auch der Graffiti verschwunden.

»Irgendwo in die Berg nei«, hat er kurz angebunden gemeint. »Und jetzt lassts mich wieder arbeiten, weil ich bin allein und mir pressiert's!«

»Spezi«, hat der Sanktus angefangen, »deine Chefin könnt in Gefahr sein. Hast mich verstanden? Es könnt gut sein, dass ihr der Himsl nachstellt oder sie sogar entführt hat. Ich schlag vor, du kooperierst jetzt amal, weil sonst könnt's sein, dass d' bald keine Chefin mehr hast. Na kannst stempeln gehen oder heim zur Mama nach Sizilien. Geht des in deinen Gschwoischädel nei?«

Die Bine hat den Kopf geschüttelt, da sie den Sanktus eigentlich nicht so derb gekannt hat, aber ihr war klar, dass er darauf aus war, eine Spur zu erhalten, wohin der Graffiti geflohen war.

»Oberland, Miesbacher Gegend, hat die Luise gesagt, glaub ich«, hat der Gianluca geflüstert.

78.

Es hat nichts geholfen. Da hat jetzt der Fall noch so spannend sein können, der Sanktus hat an diesem Abend in der *Bier-werkel* arbeiten müssen. Donnerstags war immer voll, da der Normalmünchner an diesem Wochentag inzwischen bereits das Wochenende, wie sollst du sagen, einzuleiten begonnen hat. Frei nach dem Motto: Den kurzen Freitag überstehst du schon mit einem Kater, und die Alkoholdehydrogenase, also das Enzym, das den Alkohol abbaut, wird schon mal angeregt, sodass es für Freitag und Samstag fit ist wie eine Brezen.

Die Ersten im Biergarten waren das Brauer-Chaos-Team, also der Schlauch-Gernot, der Piefke, der Giovanni und der Helmut aus dem Flaschenkeller. Der Helmut war seit diesem Jahr in Rente und hat sich dementsprechend gefreut, dass seine drei Freunde am nächsten Tag ihren Rausch nicht ausschlafen konnten und er sich heute so richtig antauchen würde.

Der Sanktus hat sich kurz zu ihnen gesetzt und, wie soll's auch anders sein, haben sie über den *Sternbräu* gesprochen.

»Jetzt wird's immer blöder«, hat der Schlauch-Gernot geschimpft. »Jetzt hamma den Craftbeer-Schmarren fast überstanden, na mach' ma a alkoholfreies Weißbier. *Stern Sportweiße.* Unser isatolischer Durstlöscher!«

»Isotonischer, isotonischer«, hat der Helmut ihn verbessert.

»Is mir doch wurscht. Diabolisch müsst's heißen! Da musst ja bald froh sein, dass wir noch ein Helles und ein Dunkles machen dürfen. Vom echten Weißbier ganz zu schweigen«, hat der Schlauch weitergemacht.

»Und von de Bocke!«, hat der Giovanni hineingeplärrt.

Der Sanktus hat sich die Augen der Burschen angeschaut und war sich nun sicher, dass zumindest die drei, die noch arbeiten mussten, bereits einige Feierabendbiere im Schalander, das ist der Aufenthaltsraum der Brauer, konsumiert hatten, bevor sie hier aufgeschlagen waren.

»Ja, das hört sich ja furchtbar an«, hat der Sanktus gemeint. »Ich spendier euch a Runde Dunkles. Gernot, soll ich dir ein Pale Ale oder ein Alkoholfreies bringen?«

»A Fotzn kannst ma bringa. Die kragst na, du Zipfe!«, hat der Schlauch geplärrt.

Als der Sanktus mit den vier Dunklen am Tisch zurück war, hatten sich die Brauer schon wieder in den Haaren. Das hat den Sanktus lebhaft an den »Brauerehre-Fall« vor elf Jahren erinnert. Da hatten ihn genau diese Burschen zum Ermitteln gezwungen. Und zwar inkognito. Das waren noch Zeiten. Der Sanktus war damals frisch aus Namibia, wo er eine ganz schön lange Zeit verbracht hatte, zurückgekommen. Sein bester Spezl, der Kellerer Hias, auch ein Brauer, war in einem Sud dunklen Weißbiers ausgekocht worden. Aber sie waren dem Mörder schon draufgekommen, und die vier hatten keinen unwesentlichen Teil dazu beigetragen. Aber wenn er sie jetzt gerade so angeschaut hat, war ihm nicht klar, wie das seinerzeit eigentlich gegangen war, so haben sie sich gestritten.

»Was ist denn jetzt scho wieder los?«, hat der Sanktus gefragt. »Müssts ihr so plärren? D' Leut schauen schon.«

»Wir? Plärren?«, hat der Piefke gefragt. »Wir diskutieren lediglich etwas angeregt!«

»Genau!«, hat der Schlauch gerufen. »Mia dischkrieren grad a weng.«

»Und über was?«, hat der Sanktus gefragt.

»Über das, dass du schon wieder an einem Fall ermittelst, ermittelst und wir wieder gar nix mitkriegen, kriegen«, hat der Helmut, wie immer die letzten Silben wiederholend, gesagt.

»Und icke sage, stimmte nickte, weil der Sanktus würde unse immer sage, weil wir sinde ja seine Amici«, hat der Giovanni geschrien.

»Ja«, hat der Sanktus gemurmelt. »Also des is so. Also ich ermittel tatsächlich ein bisserl.«

»Mamma mia!«, hat der Giovanni ausgerufen.

»Tja, nöch. So viel zu Amici«, der Piefke.

»Rettet dich nur, dass d' uns ein Bier spendiert hast«, hat der Gernot geschlichtet.

»Lassts ihn halt mal reden, reden«, hat der Helmut die anderen abgewürgt.

»Es ist ja auch ned viel. Der Graffiti ist verschwunden, und ich will rauskriegen, wo er ist.«

»Weg ist er, der Graffiti, Graffiti?«, hat der Helmut gefragt.

»Weshalb?«, der Malte.

»Die Polizei hat ihn zur Fahndung ausgeschrieben. Er ist ein Verdächtiger in dem Pfarrer-Fall. Er hat natürlich keinen umgebracht, und die Bine glaubt mir schon. Aber der Rest. Na, ja ... Wissts ihr irgendwas, wo er sein könnt? Ich bin blank und komm ned weiter.«

»Der Graffiti hat a Hütten in de Berg, de Berg«, hat der Helmut gemeint. »Irgendwo im Oberland. Ich weiß ned, ob sie ihm g'hört, g'hört, aber irgendjemand hat mir einmal erzählt, dass er da öfter ist, öfter ist.«

79.

Eine Stunde später ist ein neuer unverhoffter Besuch des Weges gekommen: der Hintermeier Migi, der Mbewu Sepp, die Muxeneder Rosina nebst Oberministrant Gregor. Dieser in eher demütiger Haltung. Der Hintermeier hat schon von Weitem gewinkt.

»Host no a Platzerl, Sanktus?«, hat er gefragt.

»Eh klar! Setzts euch her!«, hat der Sanktus geantwortet und ihnen einen Tisch im Garten zugewiesen. »In welcher Combo seids denn ihr heut da?«

Der Hintermeier und der Mbewu haben gegrinst, die beiden anderen haben verlegen zu Boden geschaut.

»Ich bin dir noch was schuldig. Die Info, wie ich den Luzifer-Schmarren aufgedeckt hab«, hat der Hintermeier posaunt.

»Ich hab gehört, offiziell war es ein Experiment der Münchner Pfarreien, oder?«, hat der Sanktus gestichelt.

»Geh, Sanktus«, hat der Mbewu Sepp eingeworfen. »So g'scheit bis du do aa, dass du woaßt, dass des nur wegen der Police woar. Polisei, moan i.«

»Aha! Denk ich mir, weil das mit dem Luzifer und dem Zölibat, mein ich, tät euer Chef in Rom gar ned so gern sehen. Aber leg amal los, Migi. Bin scho g'spannt.«

»Du glaubst gar ned, wer alles für eine Lockerung vom Zölibat wär, Sanktus. Würdest du nicht denken, aber ich werd's trotzdem leider nimmer erleben. Aber Gregor«, hat der Hintermeier angefangen und den Oberministranten angestupst, »erzähl du, ha?«

»Ja. Schon«, hat der leise gemurmelt.

»Und die Rosina kann ja dann ergänzen, wo's passt«, hat der Hintermeier eindringlich gesagt und der Muxeneder tief in die Augen geschaut. »Gell, Muxi?«

»Also, das war so«, hat der Gregor angefangen. »Wir Oberministranten haben einen Stammtisch. Natürlich nicht alle aus München, nur welche von ein paar Pfarreien. Wir treffen uns immer im *Weißen Bräuhaus* im Tal. Einmal im Monat. Natürlich trinken wir auch ein paar Halbe, und dann kommen halt die Geschichten aus den jeweiligen Pfarreien daher. Und auch von anderen, wo die Ministranten nicht auf unserem Stammtisch sind. Wir diskutieren viel. Auch wegen der Amazonas-Synode, die kommen soll, und wie halt die Kirche im Wandel der Zeiten besteht. Wir sind alle jung und modern, sprich, wir haben gern Ansichten, die halt nicht so konform sind, wie, verheiratete Diakone zum Priester weihen, Frauen als Diakone zulassen oder einfach ein bisserl mehr Weltoffenheit zeigen.«

Der Hintermeier und der Mbewu waren ganz Ohr. Der Sanktus jetzt auch, denn das hat ihm gefallen, was der Gregor gesagt hat.

»Pfarrerinnen ned?«, hat der Sanktus gefragt.

»Wegen unser scho«, hat der Gregor gesagt. »Aber das kommt wohl nie. Das, wenn wir thematisiert hätten, hätten sie uns sofort als Träumer abgestempelt und nicht mehr ernst genommen. Das haben wir deswegen extra weggelassen.«

»Versteh«, hat der Sanktus bestätigt.

»Es ist natürlich zu Sprache gekommen, dass manche Pfarrer ihr Amt nicht ganz so genau nehmen und eher, wie soll ich sagen, egoistisch unterwegs sind. Oder solche, die ganz streng die Bibel predigen und dann auf d' Nacht ihre Pfarrersköchin vö…«

»Gregor!«, hat der Hintermeier gerufen. »Jetzt schlagt's na 13!

»Ja, scho recht, Herr Pfarrer. Weil's aber wahr ist! Also haben wir uns gedacht, machen wir denen mal ein schlechtes Gewissen. Wir haben überlegt, was wir tun sollen, dass es halt auch medienwirksam ist.«

Jetzt hat er die Muxeneder angeschaut.

»Ja genau«, hat sie sich geräuspert. »Jetzt bin ich dran. Also, ich les so gern die Thriller, wo die Kirche drin vorkommt. So den Dan Brown und so weiter. Da ist mir die Idee mit dem Luzifer gekommen. Mit den Videobotschaften.«

»Wie haben Sie erfahren, dass die Ministranten so was planen?«, hat der Sanktus, ganz Polizist, gefragt.

»Die Rosina hat das mit dem Pfarrer Altenböck gewusst. Aus ihrem Bibelkreis. Da haben wir mal drüber geredet, weil ich eingeladen war. Ich hab da was vorgetragen«, hat der Gregor berichtet.

»Und so ist eins zum andern gekommen. Ich hab den Buben Tipps gegeben, zu welcher Pfarrei so eine Sprüherei passen würde. Wissen S', Herr Sanktus, in so einem Bibelkreis mit lauter alten Weibern erfahren S' so einiges«, hat die Muxeneder lächelnd gemeint.

»I glaub, da erfährst eigentlich *alles*!«, hat der Hintermeier eingeworfen.

»All the secrets«, der Mbewu.

»Und es war wirklich schön, als diejenigen zuerst die Luziferkarten geschickt gekriegt haben. Die sind umeinander wie die aufg'scheuchten Hühner.«

»Also, ihr habts immer zuerst die Karten verschickt und dann gesprüht?«, hat der Sanktus gefragt.

»Das Szenario haben wir alle zusammen entworfen. Der Berger Kevin und ich, wir kennen uns mit dem ganzen Youtube-Zeugs gut aus und wie man da seine Spuren verwischt. Wir haben die Videos gemacht. Die Stürzinger Johanna die Kostüme. Der Binegger Dennis hat die Luziferkarten gedruckt. Wir haben immer zuerst Karten und Aufrufe zur Buße geschickt, geschaut, wie sich die Pfarrei verhält und dann gesprüht. Aber so viele sündige Pfarrer hat München ja, Gott sei Dank, auch nicht«, hat der Gregor lächelnd gemeint.

»Drum haben wir das mit den Karten dann schnell sein lassen und uns auf das reine Sprühen verlegt. Da haben wir dann auch keine speziellen Psalmen verwendet. Wir haben beim ersten angefangen. Da hat fast jede Zeile auf die heutige Situation gepasst. Wir wollten halt in möglichst vielen Gemeinden einfach wachrütteln. Wir wollten, dass die Leute über die notwendigen Veränderungen nachdenken. Gesprüht haben nur die Ministranten der jeweiligen Pfarrei. Aber immer auf einfachem Hintergrund. Wir haben nichts kaputtmachen wollen. Nur wachrütteln! Glaubts ma des!«

»Ja«, hat der Sanktus erwidert, »das glaub ich dir schon. Aber, Frau Muxeneder, dass Sie als gestandene Pfarrsekretärin da mitgemacht haben? Ich weiß ned!«

Die Muxeneder Rosina, die gerade etwas in ihrem Handy gelesen hatte, ist hochgeschreckt und hat das Telefon weggesteckt.

»Was?«, hat sie gesagt. »'tschuldigung. Hab grad ned zugehört. Ich hab jetzt so ein Wischhandy, weil was anders gibt's ja praktisch nicht mehr. Das hab ich noch ned so ganz im Griff.«

»Kann ich verstehen«, hat der Sanktus gesagt. »Die Dinger sind mir auch suspekt. Ich weiß gar ned, was wir früher ohne die gemacht haben.«

»Wahrscheinlich miteinander geredet«, hat die Muxeneder gesagt. »Heut schickt man Sprachbotschaften hin und her. Früher hat das Telefonieren geheißen, gell! Also, was wollten S' wissen, Herr Sanktus?«

»Warum Sie mitgemacht haben?«

»Weil wir so einen braven Pfarrer haben. Den Herrn Hintermeier geben wir nicht mehr her. Der ist ein Segen für unsere Gemeinde. Der arbeitet sich auf und ist trotzdem immer für jedes seiner Schäflein da. Und andere sind einfach nur ausgefressen und ruhen sich auf ihren Lorbeeren aus, hur… Entschuldigung, haben Beziehungen zu Frauen und sind alles andere als fromm. So schaut's aus. Denen gehört das Handwerk gelegt. Unsere katholische Kirche braucht Regeneration und Auffrischung. Sonst ist sie bald überholt, und wir werden am End gar alle Buddhisten oder Moslems.«

»Und da habts ihr etwas dagegen tun wollen?«, hat der Hintermeier gefragt.

»Schon«, hat der Gregor geantwortet. »Wir haben ja nichts verbrochen, oder?«

»Weiß ich ned«, hat der Sanktus gesagt. »Zumindest nix Schlimmes.«

Jetzt hat er kurz innegehalten und nachgedacht.

»Und warum habts ihr jetzt aufgehört?«, hat er dann noch gefragt.

»Weil man uns immer mehr mit den Morden in Verbindung gebracht hat. Das wollten wir auf keinen Fall. Am Ende wären wir vielleicht noch der Sündenbock von dem Ganzen geworden, gell!«, hat sich der Gregor echauffiert.

»Habts ihr gar keine Vermutung, wer euch da kopiert hat oder euer Trittbrettfahrer ist?«, hat der Sanktus wissen wollen.

»Dös miassat ma wissa«, hat der Mbewu geflötet. »Dann hätta ma de Murderer!«

»So schaut's aus«, hat der Hintermeier gemeint. »Aber hängt das z'samm?«

»Irgendwie hängt's z'samm«, hat der Sanktus geschlossen. »Da bin ich mir sicher. Und das finden wir raus!«

80.

Die Frau, die sich Lily genannt hatte, tippte zitternd erneut die Telefonnummer in ihr Smartphone ein. Auf der anderen Seite der Leitung klingelte es.

»Geh ran, zefix! Geh halt ran!«

Endlich nahm jemand ab.

»Nini?«

»Ja, ich bin's. Wir müssen reden.«

»Mach schnell. Ich kann grad ned sprechen. Was gibt's?

»Wir sind aufgeflogen. Man hat mich erkannt.«

»Wer?«

Die Anruferin hat den Namen genannt.

»Ich bin mir sicher, dass sie auch bald auf dich kommen.«

»Das ist abzusehen. Hast recht.«

»Was machen wir denn jetzt?«

»Weiter, Nini. Wir machen weiter. Luzifer muss noch einmal zuschlagen.«

»Himsl, meinst du, muss zuschlagen!«

»Genau, Nini. Der Himsl. Da schlagen wir zwei Fliegen mit einer Klappe. Dann haben wir ihn endlich da, wo wir ihn haben wollen. Komm zu mir. Dann machen wir einen Plan.«

FREITAG

81.

Eigentlich hatte der Sanktus ausschlafen wollen, zumindest ein bisserl, aber er hatte nach der Beichte des Ministranten am Abend vorher nicht schlafen können. Er war immer wieder die Fakten durchgegangen. Hin und her. Vor und zurück. Von hinten nach vorn und umgekehrt. Dann war er in einen nicht endenden Traum gefallen, in dem er der Bine, dem Rudi und komischerweise dem Mbewu, der im Traum Richter war, beweisen hat wollen, dass der Graffiti unschuldig war. Als Ankläger waren die drei Ermordeten geladen. Die Staatsanwältin war die Lily, die Gerichtsschreiberin die Muxeneder. Der Sanktus war mit seiner Beweisführung, die hanebüchen war, nicht weitergekommen, und er war immer wieder aufgewacht, hatte sich gewälzt, ist wieder eingeschlafen und hatte genau an der Stelle weitergeträumt, an der er vorher aufgeschreckt war.

So war es nur logisch, dass er am nächsten Morgen wie gerädert im Bett gelegen ist und zuerst einmal gar nicht gewusst hat, was sein Auftrag war. Er hat nur noch den Beischl aus seinem Traum vor Augen gehabt, der als Zeuge den Graffiti extrem belastet hatte, obwohl alle gewusst haben, dass *er* der Mörder war. Dem Sanktus war schon klar, dass das in Wirklichkeit unwahrscheinlich war und alles eher für seinen Freund oder die Lily, sprich die Dame alias Lily, gesprochen hat.

Den Beischl im Hirn ist der Sanktus aufgestanden und war sich auf einmal sicher, dass er diesen Herrn noch einmal unter die Lupe hat nehmen müssen. Vielleicht hat er die Lily ja doch gekannt. Der Barbesitzer hatte ihm ein bisserl zu schnell bestätigt, dass er die Frau auf dem Foto noch nie gesehen hatte. Da hätte er schon etwas länger überlegen müssen.

Der Sanktus ist in die Küche hinüber und hat einen Zettel am Tisch gesehen. »Sind in der Stadt beim Shoppen!«, ist draufgestanden.

»Passt wia d' Faust aufs Aug«, hat er gemurmelt und das Telefon aus dem Gang geholt. Er hat die Nummer der Schranner Bine gewählt.

»Schranner?«

»Sanktus hier. Servus, Bine. Du, mir ist der Beischl gestern, wie du ihm das Foto von der Lilly gezeigt hast, ein bisserl zu schnell beim Antworten gewesen. Der hat überhaupt nicht überlegt. Bine, ich glaub, der kennt die Lily.«

»Hast recht, Sanktus. Ich hab inzwischen das gleiche Gefühl. Da stimmt was nicht.«

»Richtig, und ich mein, wir sollten den Herrn noch einmal besuchen.«

»Aber dieses Mal unangemeldet«, hat die Bine hinzugefügt.

»Genau.«

»Ich hol dich in einer halben Stunde ab.«

82.

Nachdem sie ihn in seinem Erotik-Lokal, so früh am Morgen, wer hätt's gedacht, nicht angetroffen hatten, sind die beiden dem Rat der Fini gefolgt und über das Treppenhaus in den vierten Stock zur Wohnung des Bar- und Escort-Servicebesitzers Ludwig Beischl emporgestiegen. Die Tür zur Wohnung war komischerweise offen, aber der Sanktus hat trotzdem geklingelt. Keine Antwort. Dann hat er an die Tür geklopft. Wieder nichts. Aus dem Inneren war Musik zu hören. Falco!

»Herr Beischl!«, hat er gerufen. »Sind Sie daheim?«

»Hier ist die Kripo München, Sabine Schranner!«, hat die Bine vervollständigt, aber keine Antwort.

Der Sanktus hat die Bine fragend angeschaut, und die hat mit dem Kopf genickt und die Waffe gezogen. Er hat die Tür leise geöffnet, und beide sind in einen dunklen Dachgeschoss-Altbauwohnungsflur eingetreten. Die Musik war relativ laut, und so hat es durchaus sein können, dass der Hausherr seine Besucher einfach nicht gehört hatte. Komisch war es aber trotzdem. Die Wände des Flurs haben Poster des österreichischen Musikers Falco geziert. Der Hölzl definitiv das große Vorbild vom Beischl.

»Herr Beischl!«, hat die Bine noch einmal gerufen. »Herr Beischl, wir kommen jetzt rein.«

Aus einem Zimmer hinten rechts hat ein Lichtschein auf den Flur hinausgeleuchtet, und die Musik ist natürlich genau aus diesem Zimmer gekommen. Die Bine, die den Schein als Erste entdeckt hatte, hat dem Sanktus ein lautloses Zeichen gegeben, sich langsam vorzuarbeiten.

Die beiden sind also in Richtung angelehnter Zimmertür und dröhnender Falco-Musik. Die Bine hat sich mit ihrer Waffe im Flur vor der Tür in Position gebracht. Auf drei hat der Sanktus ruckartig geöffnet, und die Bine hat gegen das dröhnende »Out of the Dark« laut »Scheiße!« geplärrt.

Das Zimmer war das Badezimmer der Wohnung.

Drinnen ist der Beischl in einem pompösen Jacuzzi gelegen. Seine Sonnenbrille hat er, wie immer, aufgehabt, und ihm ist eine gegelte Haarsträhne lässig ins Gesicht gehangen. Das Wasser, in dem er gebadet hat, war blutrot, und der Boden um die Wanne herum war pritschnass.

Die Bine hat ihre Waffe eingesteckt und als Erstes einmal die Musik an der Stereoanlage ausgestellt. Der Sanktus hat sich im Bad umgesehen und ist sich vorgekommen wie in einem Puff. An den Wänden waren Spiegelschränke montiert und dazwischen an jedem freien Fleck erotische Plakate.

»Erstochen«, hat die Bine gesagt.

»Luziferkarte?«

»Nein. Der ist ja nackt«, hat die Bine gemeint.

»Mund«, hat der Sanktus kurz angewiesen.

Die Bine hat sich Plastikhandschuhe übergestreift und dem Toten vorsichtig den Mund geöffnet. Tatsächlich ist eine gefaltete Luziferkarte darin verborgen gewesen. Die Bine hat sie langsam aus dem Rachen gezogen und aufgefaltet. Die Karte hat eine »9« geziert.

»Du sollst nicht begehren des anderen Weib«, hat der Sanktus geflüstert. »Wie beim Aust, oder?«

»Ja«, hat die Bine gemurmelt und die Karte intensiv begutachtet. »Aber Sanktus, schau die Zahl auf der Karte an. Der Neuner schaut anders aus als bei dem Pfarrer Aust.«

Jetzt hat sie die Handschuhe abgestreift.

In dem Moment war aus dem Flur das Geräusch einer schlagenden Tür zu hören.

Der Sanktus und die Bine haben wie von der Tarantel gestochen auf dem Absatz kehrt gemacht und sind zur Badezimmertür hinaus.

»Da war jemand herinn!«, hat die Bine nervös gerufen.

»Ja, und ich weiß auch genau, wer!«, hat der Sanktus zurückgeschrien. »Schnell. Sie ist im Treppenhaus!«

Die beiden sind flink durch den Gang hinaus vor die Wohnungstür und haben über das Geländer hinuntergeschaut. Jemand ist hastig die Treppe hinuntergelaufen. Von oben gesehen hätte es gut die falsche Lily sein können.

»Lily«, hat der Sanktus gerufen und ist die Stiegen hinuntergeschossen, da sagst du »Sie«! »Lily, bleib stehen. Du entkommst uns nicht.«

Im gleichen Moment hat er gewusst, dass das eine leere Drohung war, da die Person bereits im Erdgeschoss zur Haustür hinaus war. Der Sanktus also Vollgas hinterher, Sprinter Scheißdreck dagegen.

Unten angekommen, ist er ebenfalls durch die große hölzerne Tür auf die Straße hinaus, aber keine Lily zu sehen. Von Weitem hat er schon die Sirenen der anrückenden Polizeifahrzeuge hören können.

»Wollt sie's schon wieder dem Graffiti unterschieben«, hat der Sanktus gemurmelt. »Diese Matz, diese dreckige!«

83.

»Was hast du vorher sagen wollen?«, hat der Sanktus die Bine gefragt, wie er wieder im vierten Stock angekommen war.

»Der Neuner vom Aust schaut anders aus als der. Schau!«, hat die Bine geantwortet und dem Sanktus ein Foto auf ihrem Smartphone gezeigt.

»Das ist ja gar kein Neuner«, hat der Sanktus nervös festgestellt. »Wer hat denn das behauptet?«

»Du!«, kurze Antwort von der Bine.

»Na bravo!«, hat der Sanktus geseufzt. »Schau her. Da muss was vom Stift weggerubbelt worden sein. Das war ein Achter beim Aust. Dem hat die Karte ja im Mund gesteckt. Da kann das schon passieren.«

»Also nicht Weib, sondern falsches Zeugnis«, hat die Bine geflüstert.

»So schaut's aus«, Antwort vom Sanktus.

»Also haben wir Töten beim Praetorius, falsches Zeugnis bei seinen beiden Kollegen Aust und Siebler …«, hat die Bine angefangen.

»Genau und das Begehren des anderen Weib beim Beischl«, hat der Sanktus vollendet. »Aber wen? Das Ganze wollte die Lily, ich nenn sie jetzt einfach weiter so, wieder dem Graffiti in die Schuhe schieben. Also müsste der Beischl alias Skywalker alias Zenetti-Falco, mal was mit einer vom Graffiti seinen Flammen gehabt haben, oder?«

»Seh ich genauso. Aber die Aktion ›In-die-Schuhe-

Schieben‹ ist nun schief gegangen, wenn du dir sicher bist, dass du vorher die Lily gesehen hast.«

»Sicher? Zu 100 Prozent nicht, aber schon ziemlich. Von oben hat's so ausgesehen.«

»Aber wie ist die so schnell weggekommen?«, hat die Bine gefragt.

»Da muss wer mit dem Auto gewartet haben«, hat der Sanktus geantwortet. »Ich denk, es war so: Wir haben sie gerade überrascht, und sie hat sich in einem der ersten Zimmer versteckt. Wir haben die Räume ja nicht überprüft, weil wir den Lichtschein gesehen und die Musik gehört haben. In der Zeit, wo wir im Bad waren, muss sie den Fahrer kontaktiert haben, und als sie sicher war, dass er vor der Tür steht, ist sie runtergehastet.«

»So könnt's gewesen sein«, hat die Bine bestätigt. »Also hat sie einen Komplizen. Ha! Zumindest haben wir diese Erkenntnis. Schauen wir mal zur KTU!«

»Ich hätte es ahnen müssen, nö!«, hat der Gerichtsmediziner laut ausgerufen. »Herr Kopfeck auch mit von der Partie. Haste 'ne Leiche, haste Kopfeck.«

»Ja, der Herr Doktor Brinkmann von der Nußbaumklinik, wenn ich nicht irre«, hat der Sanktus gekontert. »Glauben S', wir schicken jedes Mal einen neuen Kollegen, nur damit Sie eine Abwechslung haben? Jetzt reden S' amal ned dumm daher, sondern geben S' uns Ihre erste Einschätzung. Aber bitte schnell, wenn's geht, weil wir haben Gefahr im Verzug, verstehen S'?«

Den Sanktus hat es innerlich vor Lachen fast zerrissen, als er das geplättete Gesicht des Arztes gesehen hat. Der Professor Boerne aus dem *Tatort* hätte ihm jetzt richtig rausgegeben, aber der Brinkmann komischerweise nicht.

»Der Mann wurde erstochen. So, wie es aussieht, hier direkt in der Badewanne. Wir haben Fingerabrücke an der Wanne nehmen und genetisches Material, also speziell Haare, sicherstellen können.«

»Ich tippe auf lang und blond, Herr Doktor?«, hat der Sanktus gefragt.

Die Bine hat die Hand vor den Mund gehalten, dass sie nicht laut rauslachen muss, weil der besiegte Brinkmann zu drollig war.

Der hat dem Sanktus einen Plastikbeutel gereicht.

»Stimmt, Herr Kopfeck!«

»Lassen S' bitte die DNA machen und mit unserer Kartei abgleichen. Mensch, Sanktus, vielleicht haben wir sie bald, die Lily«, hat die Bine gejauchzt.

»Jaja, Sanktus und Lily«, hat der Brinkmann gemurrt. »Na, ihr seid komisch hier in Bayern.«

In diesem Moment ist der Bergmann Rudi ins Bad hereingekommen.

»Servus beinand«, hat er in den Raum hineingeplärrt, »alles glar? Brinkmann, alles im Griff?«

»Klar doch«, hat der Arzt geantwortet. »Ich habe dem Kollegen Kopfeck alles berichtet.«

»Kobfegg?«, hat der Rudi gefragt. »Wer soll na des sein?«

»Na der da! Sanktus mit Spitznamen, nö!«

»Sanktus. Eben! Der haßt Sanktjohanser, und a Kolleche ist er auch ned von uns«, hat der Rudi den Brinkmann korrigiert.

»Eher ein externer Berater«, hat die Bine die Lage retten wollen.

Der Brinkmann hat den Sanktus giftig angeschaut.

»Arschloch!«, hat er gemurmelt, zusammengepackt und ist verschwunden.

»Was habt ihr na dem erzählt?«, hat der Rudi wissen wollen. »Bine, des fälld uns irchendwann amal so auf die Füß. Glaabst es! Kobfegg? Und der Brinkmann kennt kaan Monaco Franze?«

Die Bine und der Sanktus haben jetzt herausgeprustet. Der Rudi hat wieder den Kopf geschüttelt und ihnen einen Vogel gezeigt, hat dabei aber auch lachen müssen.

»Is das ein Depp«, hat er geflüstert.

»Sanktus«, hat die Bine gemeint, »das mit der Gefahr im Verzug war gar ned so abwegig. Angenommen, der Beischl weiß aus seiner Blosn-Zeit, wo der Graffiti seine Hütte im Oberland hat, und die Lily hat ihm das entlockt oder aus ihm herausgepresst, dann ist sie dorthin unterwegs, oder?«

»Zefix!«, hat der Sanktus geflucht. »Richtig! Und wie kriegen wir das jetzt so schnell raus?«

»Binser, Pröbstl …?«, hat die Bine gefragt.

»Oder Murat und Nicos«, hat der Sanktus gemeint.

»Na, schiggts euch«, hat der Rudi die beiden angetrieben. »Aff geht's!«

84.

Der Sanktus hatte nur die Telefonnummer vom Binser, und den hat er sofort angerufen. Aber wiederum Niete, denn der Binser hat die Adresse der Hütte nicht gewusst, da großes Geheimnis seitens Graffiti, weil einzige Rückzugsmöglichkeit. Der Sanktus, am Verzweifeln, hat nun unter wüsten Drohungen angeschafft, die vier Graffiti-Handlanger binnen einer Viertelstunde zu versammeln, weil sonst was passieren würde. Man hatte sich in der Mitte geeinigt, sprich in der *Bierwerkel*, weil in die Firma *Himsl In- und Export* hat die Bine nicht wollen, und der Verhörraum in der Hansastraße ist von Seiten der vier Delinquenten ausgeschieden. Da hätten sie eine schwere Allergie dagegen, war der Tenor.

Der Sanktus hatte im Ausschankraum einen Tisch reserviert, weil im Sommer drinnen Ruhe, und so sind sie dann zu sechst dagesessen. Der Binser, adipös in kurzer Lederhose, der Pröbstl, circa zwei Meter groß und zaundürr, praktisch Gestell wie Karl Valentin, der Murat mit Spiegelsonnenbrille und Schmalzlocken und zuletzt der Nicos, eine direkte Kopie von Elyas M'Barek. Alle miteinander haben den Sanktus und die Bine vorwurfsvoll angesehen, als ob ihnen der große Eisenbahnraub von London zu Last gelegt worden wäre.

»Wird das jetzt krass Verhör, oder was?«, hat der Murat gestänkert.

»Ganz im Gegenteil, Murat«, hat der Sanktus gesagt. »Wir bitten euch lediglich um eure Hilfe.«

»Genau«, hat die Bine bestätigt. »Wir müssen herausfinden, wo sich euer Chef aufhält.«

Sofort großes Gemurre in der Runde.

»Und warum solltat ma eich des na verrotn?«, hat der Binser gefragt.

»Ja genau!«, der Pröbstl. »Des wurad ja immer no scheener. Mia san doch koa Auskunftei, wos unsern Chef ogeht!«

Der Nicos hat nur den Kopf geschüttelt und in sein Bier geschaut. Dann hat er mit der rechten Hand das Kondenswasser vom Glas gesteift und abermals Schütteln des griechischen Hauptes.

»Also«, hat die Bine gesagt. »Es ist so, dass jemand hinter dem Quirin her ist und ihm die Morde an den Pfarrern in die Schuhe schieben will. Hauptverdächtig ist eine Frau, die sich Lily nennt.«

»Die Lily is net verdächtisch, sondern krass sexy«, hat der Murat eingeworfen. »Und außerdem kannst du misch gar nix, wenn isch nix sagen will!«

»Deine Lily, du Idiot«, hat der Sanktus geschrien und den Murat am Kragen gepackt, »hat vielleicht rausbekommen, wo der Graffiti steckt und ist auf dem Weg zu ihm, um ihn umzubringen. Und wennst jetzt noch länger an Chef haben willst, na sagst *misch* jetzt, wo die g'schissene Hüttn im Oberland ist. Weil, na fahr' ma hin und schnappen uns die Matz. So schaut's aus. Hast des jetzt kapiert mit deinem Spatzenhirn, Muri-Mausi?«

»Krass, Mann!«, hat der Murat geantwortet und die Sanktus-Hand von seinem T-Shirt weggeschlagen. »Musst misch halt erklären, was so geht. Pröbstl, du weißt als Einzigster, oder?«

»Einziger«, hat der Sanktus verbessert.

»Willst du jetzt die Adresse oder Deutschkurs, du Spacko?«, hat der Murat geschimpft.

»He, Murat«, hat der Nicos gesagt, »dein Deutsch ist aber auch scheiße.«

»He, Griesche!«, hat der Murat angefangen, aber da hat ihn der Sanktus schon wieder am Schlawittl gehabt.

»A Ruh is«, hat der Sanktus gezischt, und der Murat war wieder still.

Der Pröbstl hat geseufzt, etwas auf ein Bierfilzl geschrieben und es dem Sanktus und der Bine gereicht.

»Danke, Burschen«, hat der Sanktus gemeint. »Und jetzt schleichts euch. Wenns vorm Gehen noch a Halbe wollts, kriegts draußen eine gratis.«

Dann hat er sich leise an die Bine gewandt.

»Soll ich zuerst mal allein zu ihm rauf? Mir hört er vielleicht besser zu, als wenn wir zu zweit aufschlagen. Sobald ich was weiß, meld ich mich bei dir, und du kannst mit dem Rudi nachkommen.«

»Ja genau! So weit kommts noch, Herr Sanktjohanser. Ich komm mit. Wär ja noch schöner. Auf geht's! Fahr' ma!«

»Okay. Ich sag noch kurz daheim Bescheid. Pröbstl, noch eine letzte Frage an euch zwei: Warum sind der Graffiti und der Beischl über Kreuz?«

»Wer ist der Beischl?«, dämliche Frage vom Binser.

»Der Zenetti-Falco, du Vollgaserer«, hat der Pröbstl ihn zurechtgewiesen. »Warum willst denn das wissen, Sanktus?«

»Weil ihm jemand den Mord am Beischl auch noch andichten will, und zwar wegen einer Frauensache, so wie's ausschaut. Neuntes Gebot: Du sollst nicht begehren deines Nächsten Weib!«, hat der Sanktus doziert.

»Geh, so ein Schmarren«, hat der Binser gesagt.

»Kommt drauf an!«

»Es hat geheißen, die Hinrainer Luise hat ihn wegen dem Beischl verlassen. Ich hab mir des nie vorstellen können, aber der Graffiti hat das immer geglaubt«, hat der Binser erzählt.

»Und warum erzählt mir der Graffiti das nicht vorher, dieser Depp? Ich red noch mit ihm, wer alles ein Motiv haben könnt, und dass wir den Zenetti-Falco unter die Lupe nehmen müssen. Und dieser Kasperl sagt mir ned, dass ihm der Falco die Braut ausgespannt hat. I drah durch!«, hat der Sanktus geschrien, dass der Hanspeter von der Theke hergeschaut und den Kopf geschüttelt hat.

»Kennst ihn doch«, hat der Pröbstl eingeworfen. »Niemand hat davon reden dürfen. Absolute Nachrichtensperre. Einem Himsl passiert doch so was ned. Der wird nicht verlassen. Und schon gleich gar ned wegen einem andern! Das hat nie stattgefunden, also offiziell.«

»Aha«, hat der Sanktus nachdenklich kommentiert, »aber der Lily hat er's in seinem Liebesrausch erzählt, und die nutzt das sofort aus und jubelt ihm das Motiv unter. Pröbstl, deine Meinung? Hat die Luise wirklich was mit dem Beischl g'habt?«

»Mia dad's grausen, aber weiß ma's? Und Sanktus, sei vorsichtig. Uns gehen zwei Waffen ab.«

85.

Die Bine und der Sanktus haben den BMW um 15 Uhr am Parkplatz eines Tals im Oberland abgestellt und haben sich, bepackt mit Rucksack und Schlafsack, auf den Weg gemacht. Der Sanktus, zuständig für die Wanderroute, hatte den Weg zur Hütte zehnmal gegoogelt, um ja sicherzugehen, den Graffiti zu erreichen, selbst wenn der größte Internetausfall des Jahrtausends eintreten sollte. Aber alles gut, das Netz war da und die beiden haben online starten können. Laut Smartphone würde der Aufstieg etwa zweieinhalb Stunden dauern.

An diesem Nachmittag war es bewölkt, und wenn der Sanktus so das Wetter und die Vorhersagen angeschaut hat, würde es heute nicht viele Sonnenstrahlen geben. Ein kräftiger Regenguss war wahrscheinlicher, aber das hat die Bine und den Sanktus, als frischgebackene Bergsteiger, nicht aufhalten können. Bis sie droben waren, würd's schon aushalten, so Sanktus' Einschätzung.

Sie sind also los über eine grüne Wiese hin zum ansteigenden Weg, durch einen Wald entlang eines kleinen Baches. Die Ruhe des Walds war angenehm, und der frische Duft hat dem Sanktus eine wohlige Geborgenheit vermittelt. Aber kaum hatte er ein paar Höhenmeter überwunden, hat es ihm schon den Schweiß hinausgetrieben, dass alles zu spät war. Vielleicht war er doch kein so großer Alpinist, wie er angenommen hatte. Normal war das doch dem Bayern mit der Muttermilch verabreicht worden, dass man ein Bergfex

war? Die Bine hingegen hat nicht einmal einen Schweiß-
tropfen auf der Stirn gehabt und ist mit ihren Wanderste-
cken, die sie sich mit dem Schlafsack von daheim noch
geholt hatte, plaudernd und lächelnd neben dem Sanktus
hergelaufen. Der Sanktus hat noch kurz einen Blick durch
die Bäume zum Parkplatz hinuntergeworfen. Gerade war
ein kleiner blauer Wagen angekommen. Dass ihnen dieser
Wagen von München aus gefolgt war, hatte das Ermittler-
duo nicht bemerkt. Auch nicht, dass der Wagen hinter einer
Baumgruppe vor der Einfahrt in den Parkplatz gewartet
hatte, bis sie weg gewesen waren.

Als die beiden Wanderer nach einer Stunde aus dem Berg-
wald auf einen Forstweg herausgekommen waren, haben
sie sich auf einen gefällten Baumstamm, der am Wegrand
gelegen ist, niedergelassen und eine kleine Brotzeit gemacht.
Eigentlich hat der Sanktus ja keinen Hunger gehabt, weil
der Graffiti dringlicher, aber ihm war klar, dass er sich etwas
Wasser, Kohlenhydrate und Eiweiß zuführen musste. Also
hat's einen Müsli-Riegel von dem Woisch-Karle-Herstel-
ler aus Schwaben gegeben. Dazu einen Schluck wunder-
bares Gebirgswasser. Die Bine hat sich angeschlossen und
einen neumodischen Proteinriegel gewählt. Hoffentlich
hat der Graffiti eine Halbe Bier in seiner depperten Hütte
gehabt. Da hätte der Sanktus jetzt alles dafür gegeben, aber
hilft ja nix.

Eine weitere Stunde später sind sie an einem Bergkamm
angekommen. Von dort aus war die Hütte aus der Ferne
auszumachen. Sie ist abseits des Wegs zum Gipfel bei einem
kleinen Gebirgsbach, der sich sein Bett durch steiniges Terrain in Richtung Tal gepflügt hat, gelegen. Etwas unterhalb

von ihrem jetzigen Standpunkt war die Bergstation einer Gondel zu sehen. Na bravo!

»Was is na des?«, hat ihn die Bine gefragt.

Ja, zefix, was war er denn für ein Idiot? Zu blöd zum Googeln. Auf der anderen Seite des Berges hätten sie von einem anderen Tal hochfahren können. So viel zur detaillierten Vorbereitung.

»Ich bin ein Depp«, war das Einzige, was der Sanktus vor lauter Scham rausgebracht hat.

Nichtsdestotrotz sind die Bine und der Sanktus weiter mit vollem Elan in Richtung Hütte. Die Stille rings um sie herum hat dem Sanktus gefallen, und in diesem Moment waren sie anscheinend die einzigen Menschen auf dem Berg hier heroben.

Jetzt war ihm, als hätte er aus dem Kamin der Hütte Rauch aufsteigen sehen können. Ein gutes Zeichen, denn dann war zumindest wer da. Hoffentlich der Graffiti.

Der Sanktus und die Bine sind nun vom Hauptweg zum Gipfel rechts auf einen kleinen Trampelpfad abgebogen und sind parallel zum Hang leicht aufsteigend zu der Holzhütte hin, die nun circa 500 Meter entfernt war. Dem Sanktus ist aufgefallen, dass sie auf einem Felsplateau errichtet war. Direkt daneben war ein kleines Häuserl zu erkennen, anscheinend der Abort.

86

Sie waren nun keine fünf Meter mehr von der Hütte entfernt, als die Tür aufgegangen und der Graffiti mit fragendem Blick vor ihnen gestanden ist. Er war mit einer grauen Arbeitshose, einem Feinrippunterhemd und Badeschlapfen bekleidet. Auf dem Kopf hat er einen altmodischen Hut, wie ein Geselle auf Wanderschaft, aufgehabt.

»Sanktus? Bine?«, hat er verwundert ausgerufen. »Was tuts ihr da heroben?«

»Dich heimholen, weil jetzt glangt's mit dem Wegrennen. So schaut's aus!«, hat der Sanktus geantwortet.

»Ist das eine Polizeiaktion?«, hat der Graffiti gefragt und auf die Bine gezeigt.

»Schon, aber eigentlich auch ned«, hat die Bine gestammelt. »Also, es ist alles inzwischen halb so wild. Wir erzählen's dir in Ruhe!«

Hinter dem Graffiti ist nun eine zweite Person aufgetaucht, und dem Sanktus und vor allem der Bine hätte es nun fast die Sprache verschlagen. Die Frau hat den Graffiti von hinten mit den Händen umschlungen und ihm ein Bussi auf die linke Backe gedrückt.

»Luise, servus«, hat der Sanktus gerade so rausgebracht.

»Griaß di, Sanktus. Was tuts ihr denn da?«

Sanktus' Begleiterin ist nicht von der Luise begrüßt worden. Lediglich eisiger Blick. Sonst nichts. Auch sie hat keinen Gruß herausgebracht.

Der Sanktus war jetzt völlig baff. Die Luise hatte er hier

nicht erwartet, auch wenn ihr Verschwinden noch so auffällig mit dem seines Freundes zusammengefallen ist.

»Könnt ich dich genauso fragen, Luise. Zuerst seids mords Feinde und jetzt?«

»Wir haben ein langwährendes Missverständnis aufgeklärt, Sanktus!«, hat sie gesagt, dem Graffiti den Arm um die Hüften gelegt und die Bine eindringlich angeschaut.

Rivalinnen, aha, ist es dem Sanktus durch den Kopf gegangen. Er hätte zu gerne wissen wollen, was da letztes Jahr zwischen der Bine und seinem Freund gelaufen war. Der Graffiti hat schuld- und ahnungslos in die Runde geschaut.

»Na bravo! Dass du nix mit dem Zenetti-Falco gehabt hast, oder?«

»Woher weißt denn das jetzt auch schon wieder?«, hat die Luise gefragt.

»Jetzt setzts euch erst einmal her«, hat der Graffiti gesagt und der Bine den Rucksack abgenommen. »Magst a Halbe, Sanktus?«

»Zwei!«

»Bine?«

»Auch eine, bitte!«

»Kommts!«, hat der Graffiti kurz gesagt und ist mit drei Halben und einer Brotzeit zurückgekommen.

»Für was hast eigentlich die Mistgabel da neben der Tür stehen, Graffiti?«, hat der Sanktus lachend gefragt. »Für unliebsame Besucher, oder musst heut noch in den Stall?«

»Depp«, hat der Graffiti erwidert. »Keine Ahnung. Die war schon immer da. Weiß auch ned, warum ich die noch ned weg hab, aber irgendwie gfallt's mir da. Hat so a bisserl einen Bergbauern-Charme, weißt!«

Die vier haben sich rechts neben der Hütte auf eine

überdachte schmale Holzterrasse gesetzt, auf der sich zwei Bänke und ein Tisch befunden haben.

Der Sanktus hat sich den Schweiß von der Stirn gestrichen und am Bier angezogen, sodass die Bügelflasche in wenigen Sekunden leer war. Dann hat er die zweite aufgemacht und durchgeschnauft. Auch die Bine hat nach dem Aufstieg einen sauberen Zug gehabt.

»Jetzt erzählts«, hat der Graffiti angefangen.

»Also pass auf!«, hat der Sanktus gesagt. »Es ist so: Wir wissen jetzt, wer der Unbekannte mit der Luzifermaske ist!«

»Wiss' ma aa scho. Da heroben haben wir sogar Netz. Waren die Ministranten. Coole Sache. G'fallt ma recht«, hat der Graffiti dem Sanktus das Wort abgeschnitten.

»Und wir waren bei den Schmiedingers«, hat die Bine weitergemacht.«

»Ach du Scheiße«, hat die Luise leise geflüstert.

»Hm! Und die kennen die Lily«, hat der Sanktus gesagt.

»Und?«, der Graffiti.

»Die Elisabeth Pfisterer ist 2003 an Krebs gestorben. Unsere Lily ist also eine Betrügerin«, hat die Bine berichtet.

Der Graffiti hat jetzt gekeucht.

»Was? Also, dass die Lily hinter dem Ganzen steckt, ist mir am Montagabend auch aufgegangen. Das waren zu viele Zufälle auf einem Fleck. Danke übrigens, dass d' mitgespielt hast, Sanktus. Sonst wär ich ned so elegant weggekommen.«

Die Bine hat's jetzt gerissen, und sie hat den Sanktus vorwurfsvoll angeschaut. Der hat nur mit den Achseln gezuckt, und die Luise hat laut herausgelacht. Die Bine hat den Kopf geschüttelt.

»Na bravo«, hat sie geseufzt. »Da hab ich mich ja schön vorführen lassen. Sauber!«

Dann hat sie aber auch schmunzeln müssen.

»So sind s', die Männer«, hat die Luise bestätigt.

Die zwei Frauen haben sich jetzt lächelnd angesehen, und das erste Eis war anscheinend zwischen ihnen gebrochen.

»Aber wer ist jetzt dieses Weib?«, hat der Graffiti gefragt.

»Sie ist auf jeden Fall nicht die Pfisterer Lily! Das ist sicher. Wir wissen aber noch nicht, wer sie in Wirklichkeit ist. So, wie du auch schon meinst, ist es definitiv sie, die dir die Morde in die Schuhe schieben will«, hat der Sanktus geantwortet.

»Dieses Miststück«, hat die Luise gemurmelt.

»Sie hat die Dinge so arrangiert, dass alle glauben, du hast deinen Verstand verloren. Findest nichts mehr, wirst verwirrt aufgegriffen, hast die Luziferkarten daheim, die du zu den Ermordeten legst. Alles deutet schön auf eine Mordserie mit Täter Quirin Himsl hin. Dann kommst du in den Knast, und die Rache ist perfekt«, hat die Bine rekapituliert.

»Aber warum denn, Bine? Sanktus? Was hab ich der denn getan?«, hat der Graffiti gekreischt und fest an seiner Halben gezogen.

»Weiß ich ned. Wennst es du ned weißt, wer dann?«, hat der Sanktus geantwortet.

»Es muss aber was mit dem Tag, an dem die Manu gestorben ist, zu tun haben. Sonst macht das mit den drei Pfaffen keinen Sinn!«, hat der Graffiti zugegeben.

»Was ist mit dem Wast?«, hat die Luise gefragt.

»Hab ich nie wieder gesehen. Ist ein paar Tage nachher vom Maurergerüst gefallen. B'soffen!«, hat der Graffiti erklärt.

»Ich weiß ned«, hat der Sanktus gemurmelt. »Jessas! Jetzt hätt ma's fast vergessen. Der Beischl ist auch tot!«

»Der Luke?«, hat der Graffiti herausgeplärrt. »Wie denn das?«

»Die Bine und ich haben ihm ein Foto von der falschen Lily gezeigt. Natürlich hat er behauptet, sie nicht zu kennen, aber anscheinend hat er gelogen. Kurz darauf taucht sie bei ihm auf und ersticht ihn in seinem Jacuzzi. Das hängt doch z'samm, oder?«

»Und warum wissts ihr, dass es sie war?«

»Ich hab sie das Treppenhaus bei ihm runterrennen sehen. Also, ich bin mir zumindest ziemlich sicher, dass sie es war«, hat der Sanktus geantwortet.

Inzwischen hatte es zu regnen angefangen, und es ist kälter geworden, doch die Luft war so angenehm frisch, dass die vier noch nicht ins Hütteninnere wechseln wollten. Die Luise hat für sich und den Graffiti eine Jacke geholt, und der Sanktus und die Bine haben sich ihre aus den Rucksäcken übergezogen.

»Und wo ist die Lily jetzt?«, hat der Graffiti gefragt.

»Wissen wir auch nicht«, hat die Bine geantwortet. »Ich befürchte, auf dem Weg hierher.«

»Nachdem sie dir nun nichts mehr anlasten kann, da es mehr oder weniger klar ist, dass sie es war – es gibt genetisches Material und Fingerabdrücke – kann sie ihr Werk eigentlich nur noch vollenden, indem sie dich umbringt, oder?«, hat der Sanktus zur Diskussion gestellt.

»Na, das sind ja Aussichten«, hat die Luise kommentiert.

»Wie seids jetzt eigentlich ihr zwei wieder zusammengekommen?«, hat der Sanktus gefragt, nachdem er einen großem Schluck Bier getrunken hatte.

Die Luise hat die Bine angeschaut und die die Luise. Gott sei Dank keine Feindseligkeit mehr.

»Also das war so. Ich hab nach dem Montagabend natürlich mit der Lily abgeschlossen gehabt ...«, hat der Graffiti versucht, die Geschichte darzulegen, aber die Luise hat ihn unterbrochen.

»Er ist ein zweites Mal bei mir vorbeigekommen, um nochmal nachzuhaken, ob ich ihm nicht doch was Schlechtes will. Weißt, Sanktus, der Quirin ist sehr gründlich, und glauben tut er grundsätzlich erst einmal gar nichts.«

Der Sanktus und die Luise haben lachen müssen, der Graffiti hat spaßeshalber ein beleidigtes Gesicht gemacht und verneinend den Kopf geschüttelt.

»Ich hab's ja eigentlich ned geglaubt, wollt aber auf Nummer sicher gehen«, hat der Graffiti gemeint und der Luise fest die Hand gehalten.

»Er ist mich also in seiner zurückhaltenden Art angegangen, da hab ich ihm noch mal alles vorgeworfen, was er mir nach seiner Trennung angetan hat«, ist die Luise fortgefahren. »Und dann sind wir draufgekommen, dass er eigentlich nur so durchgedreht ist, weil er geglaubt hat, ich hätte ihn wegen dem Beischl verlassen. Wegen dem Beischl! Ja, geht's eigentlich noch?«

»Und dann haben wir uns ausgesprochen und sofort wieder verliebt«, hat der Graffiti erklärt.

»Und dass er dich geschäftlich fertiggemacht hat«, hat der Sanktus gefragt, »zählt nicht mehr?«

»Mei, Sanktus«, hat die Luise gemeint, »wir haben gemerkt, dass der Beischl wirklich Gerüchte geschürt und uns gegenseitig ausgespielt hat. Mich hat er glauben lassen, dass mich der Quirin bescheißt und andersrum. Diese linke Sau!«

»Aber dass die Luise meine Halle seinerzeit aus Rache hat anzünden wollen, hat sie auch noch nicht erwähnt. Oder, Luise?«

»Sanktus, du kannst jetzt sagen, Pack schlägt sich, Pack verträgt sich. Da hast du sicher recht, aber irgendwann ist auch die Zeit zu vergeben. Nicht zu vergessen, denn so was darf uns nie wieder passieren. Aber vergeben tun wir uns gegenseitig. Wie siehst du das, Bine?«

Die Bine hat nur geseufzt, genickt und geschaut, wie wenn eine Frau einen Schmachtfetzen an Liebesfilm anschaut.

87.

Mittlerweile war es wirklich ungemütlich geworden und der Regen hatte nach-, jedoch Nebelschleier zurückgelassen. Eine Stimmung wie in einem Thriller, hat sich der Sanktus gedacht, Unwohlsein jetzt Scheißdreck dagegen. Doch sie waren zu viert, und so war die Wahrscheinlichkeit, dass sie heil aus der Sache herauskommen würden, relativ hoch.

Der Graffiti hat nun vorgeschlagen, in die Hütte hineinzugehen und das Abendessen zuzubereiten. Die Luise wollte noch kurz zu einer »Gemeinderatssitzung« auf das Aborthäusl, wie sie es nannte, verschwinden. Die Bine ist noch ein paar Minuten draußen geblieben und hat den Bergmann Rudi angerufen, um ihm ein Update der Lage zu geben.

In der gemütlichen Hütte hat sich auf der linken Seite ein Tisch befunden, und rechts war eine kleine Küche fensterseitig mit einem Tresen zum Tisch hin eingebaut. Auf der hinteren Seite gab's eine Tür, hinter der eine Leiter zum Schlafraum unterm Dach geführt hat. Dort war auch eine Luke zu einem winzigen Keller, der in die Felsen gehauen war, eingelassen. Hier unten hast du Lebensmittel in natürlicher Kühle lagern können. Rechts neben der Eingangstür der Hütte war eine Wand nach vorne gezogen. An dieser Wand waren Kleiderhaken angebracht. Hinterhalb, kuschlig in der Ecke platziert, war eine separate Liegestatt für Gäste, die der Sanktus und die Bine in dieser Nacht haben beziehen dürfen. Der Raum ist über den Ofen der Küche beheizt worden.

»Was ich noch vergessen hab«, hat der Sanktus drinnen angefangen, »wir glauben, die Lily hat einen Komplizen.«

»Wieso glaubts das?«, hat der Graffiti gefragt.

»Ich hab sie aus der Wohnung vom Beischl verfolgt, also die Treppen runter bis vors Haus. Doch da war sie auf einmal verschwunden. Ich bin auf der Straße draußen gestanden wie ein Depp. Wie in einem schlechten Film.«

»Also muss sie jemand abgeholt haben. Mit dem Auto, meinst?«

»Genau«, hat der Sanktus bestätigt. »Der Komplize!«

»Oder die Komplizin. Gell, Sanktus!«

»Jaja, political correctness muss sein, Herr Himsl.«

»Aber wer kann das sein?«

»Solange wir ned wissen, wie die Lily zu dem Ganzen passt, werden wir das ned rausfinden.«

»Das macht mich wahnsinnig«, hat der Graffiti zugegeben und sich die Haare gerauft. »Ich bring's ned z'samm. Und alle, die wir fragen könnten, sind tot.«

»Oder wollen sich an dir rächen. Denk nach! Wer könnte es sein?«

»Ich hab gedacht, wenn, dann die Eltern von der Manu. Aber warum erst jetzt?«

»Hat die Manu noch einen Bruder gehabt, der irgendwie vor Kurzem aus Amerika gekommen ist? Oder irgend so was?«, hat der Sanktus gefragt.

»Nein. Sicher nicht. Außerdem simma doch ned beim Edgar Wallace!«

»Die Eltern sind's definitiv ned. Das sind wirklich liebe Leute.«

»Von der Kirchenseite her kann's auch keiner sein«, hat der Graffiti gemeint. »Höchstens der Vatikan ist seinen geistlichen Vollpfosten auf die Schliche gekommen und schickt jetzt einen Killer, der alle mundtot machen soll.«

Jetzt haben beide gelacht.

»Genau. Die schicken die Killer-Lily. Eine Frau. Grad der Vatikan«, hat der Sanktus gewitzelt. »Nur unter uns. Bei der Luise bist du dir 100-prozentig sicher, dass sie es ned ist?«

»Die ist seit Dienstag hier auf der Hütte mit mir«, hat der Graffiti geantwortet.

»Der Gianluca könnte irgendwas gedreht haben. Bitte sei mir ned bös«, hat der Sanktus geflüstert, »aber dass sich die Luise mit dir versöhnt, wo du doch ihr Geschäft und sozusagen Leben zerstört hast, kommt mir suspekt vor.«

Der Graffiti hat sich wieder die Haare gerauft.

»Ja, aber wer wäre denn dann beim Luke gewesen? Eine Komplizin von der Luise und vom Gianluca? Ich weiß es ned. Aber du hast sie doch von oben gesehen. Wie hat die Frau ausgesehen?«

»Wie die Lily«, hat der Sanktus zugegeben. »Hast schon recht. War ein Schmarren. Perücke? Nein, auch Käse. Zefix, ist das ein Wahnsinn!«

Dann hat der Graffiti den Kopf gehoben und durch die Hüttenwand in Richtung Abort geschaut.

»Apropos Luise. Wo ist denn die? Die müsst doch schon wieder da sein. So lang kann's ja auch ned dauern.«

»Schau ma nach!«

In dem Moment haben sie einen Schrei gehört!

88.

Die Bine hat die Hüttentür aufgerissen und geschrien: »Habts ihr des auch g'hört?«

Die zwei Männer haben genickt, sich schnell ihre Jacken wieder übergezogen und sind vor die Hütte getreten. Temperatur inzwischen im Keller, also saukalt, obwohl der Sommer eigentlich schon Einzug gehalten hatte. Es war nur das Plätschern des kleinen Gebirgsbachs zu hören.

»Was war des?«, hat der Graffiti gefragt.

»Hat sich wie ein Tier angehört«, Antwort vom Sanktus.

»Das war die Luise!«, hat die Bine nervös gerufen.

Den Sanktus hat es gefröstelt und es ist ihm ein kalter Schauer den Rücken hinuntergelaufen, dass es ihn gebeutelt hat. Ich hab da ein ganz mieses Gefühl, hat er, wie seinerzeit der Han Solo in *Star Wars*, gedacht. Aber der Solo war am Schluss immer bei den Gewinnern. Zumindest in den alten Lucas-Filmen. Also auf geht's, hat er sich selber ermahnt, die Kapuze über den Kopf gezogen und ist dem Graffiti in Richtung Klohäusl nach.

Der Graffiti hat an die Tür des Aborts geklopft.

»Luise! Bist du da?«

»Luise, sag was!«, die Bine.

Keine Antwort.

Sie haben die Tür langsam geöffnet, aber der Abort war leer.

»Zefix! Was is jetzt los?«, hat der Graffiti wissen wollen.

»Es wird doch der Luise nix passiert sein«, hat der Sanktus zitternd gefragt.

Inzwischen ist es langsam dunkel geworden.

»Jetzt pressiert's. In einer halben Stunde sehen wir nix mehr. Woher ist denn der Schrei gekommen?«, hat der Graffiti gefragt.

»Gefühlsmäßig von hinter dem Haus, also da, wo wir jetzt sind«, hat die Bine gemeint.

»Vielleicht ein bisserl von weiter oben«, hat der Sanktus nachdenklich hinzugefügt und in Richtung schroffen Felsen und Gebirgsbach oberhalb der Hütte gezeigt.

Die beiden haben den Blick schweifen lassen. Unterhalb der Hütte war der Trampelpfad zum Hauptweg zu sehen, aber keine Luise. Oberhalb waren Wald und Fels.

»Wenn die im Wald ist, na bravo!«, hat der Sanktus gesagt. »Na find ma s' heut nimmer!«

»Ich hab Taschenlampen«, hat der Graffiti erwidert.

»Frage eins: Warum ist sie weg? Frage zwei: Ist ihr was passiert?«, hat der Sanktus wissen wollen.

»Machts zu!«, hat die Bine die beiden angetrieben. »Des könnts doch nachher noch überlegen. Gebts Gas!«

»Hier kann dir nur bei den Felsen was passieren. Da vorn ist ein Vorsprung. Wenn wir da vorbei sind, können wir relativ weit dem Bacherl entlang hochschauen«, hat der Graffiti doziert. »Kommts schnell!«

Der Graffiti hat die Lampen geholt, und die drei sind also seitlich auf der Wiese entlang des Gebirgsbachs bergauf in Richtung des Vorsprungs, wo der Bach eine Kurve gemacht hat. Der Sanktus ist seinem Freund und der Bine nachgehastet, und ihm ist schon wieder der Schweiß runtergelaufen, dass du meinst, er zerfließt, aber er hat noch einen Zahn zugelegt. Zu dem Vorsprung waren es nur ungefähr 30 Meter.

Alle sind gleichzeitig auf dem kleinen Plateau angekommen, und zusammen haben sie nun zum felsigen Bachbett hinuntergeschaut.

Jetzt haben sie simultan geschrien, als sie unterhalb von ihnen die Hinrainer Luise haben liegen sehen. Der Graffiti ist sofort zu ihr hinuntergeklettert, und der Sanktus ist auf seinem Hosenboden in Richtung Gebirgsbach nachgerutscht. Die Bine ist vorsichtig hinabgestiegen.

Der Graffiti hat die Luise gerüttelt, ihr kleine Klapse ins Gesicht gegeben und immer wieder ihren Namen gerufen, ja fast gewinselt, doch die Luise hat sich nicht mehr gerührt. Die Bine hat versucht, ihren Puls zu erfühlen, aber Fehlanzeige.

Die Hinrainer Luise war tot, und der Graffiti hat gegreint wie ein kleines Kind.

Der Sanktus und die Bine haben ihren Freund mit dem Opfer kurz allein gelassen, sind wieder zum Vorsprung hinauf und haben sich umgesehen. In der Wiese war nichts zu erkennen, aber am Rand des Vorsprungs waren Erde und Wiese abgebrochen. Hier musste die Luise abgerutscht sein. Weiter unten, am Untergrund bis zu den Felsen, waren Spuren zu erkennen. Hier war der Körper von der Luise aufgeschlagen.

Die Bine und der Sanktus sind wieder hinab und haben die Schuhe der Toten untersucht. Der weinende Graffiti hat die Luise immer noch im Arm gehalten. Die Absätze der Schuhe waren mit der Erde des Abhangs bedeckt. Sie musste also mit den Füßen zuerst aufgekommen sein. Wahrscheinlich rückwärts. Dann war sie nach hinten gekippt und mit dem Kopf auf dem Felsen aufgeschlagen, was die klaffende Wunde am Hinterkopf, die der Sanktus und die Bine erst jetzt sehen haben können, bestätigt hat.

»Graffiti«, hat der Sanktus seinen Freund angesprochen. »Quirin!«

»Ich versteh des ned«, hat der Graffiti geschluchzt. »Immer, wenn ich eine Frau hab, wird sie mir wieder genommen. Was hab ich denn verbrochen, zefix?«

»Sie ist von da oben runtergestürzt und mit dem Kopf hier aufgeschlagen«, hat der Sanktus gesagt und auf eine blutige Stelle auf einem Stein gezeigt. »Wir haben oben Spuren vom Absturz gefunden.«

Der Sanktus hat sich auf die kriminalistische Ebene zurückgezogen, weil die Frage seines Freundes hat er nicht beantworten können und der psychologische Versteher und Betreuer war er jetzt wirklich nicht.

»Also absichtlich ist sie nicht gesprungen. Du bist also ned schuld. Glaub's ma«, war alles, was er in dieser Frage rausgebracht hat.

»Was hat denn die da heroben g'wollt. Herrschaftszeiten! Was mach' ma jetzt?«

»Ich ruf jetzt erst einmal meine Kollegen«, hat die Bine gesagt. »Zefix! Akku leer. Ich hab vergessen, das blöde Handy im Auto aufzuladen. Scheißdreck! Ich bin so deppert«, hat die Bine gekeift. »Habts ihr ein Handy dabei?«

»Nein. Drunten«, hat der Graffiti kurz angebunden gemeint und auf die Almhütte gezeigt.

Als die drei im Trockenen zurück waren, die Luise hatten sie am Tatort gelassen, haben sie als Erstes ihre klammen Jacken rechts neben den Eingang auf einen Haken an der Holzwand gehängt.

Sie sind sofort zum Tisch, und der Graffiti wollte der Bine sein Handy geben, da hat sie eine Stimme einhalten lassen.

»Finger weg vom Telefon. Sonst schäbert's!«

Die drei haben sofort den Tonfall der falschen Lily, die seelenruhig auf dem Rand der Gästeliegestatt in der hinteren Ecke des Raums gesessen ist, erkannt, und daher war es ihnen auch auf Anhieb klar, dass die Luise nicht zufällig über die Felsen gestürzt war.

89.

»Hände hoch und an den Tisch, ihr drei!«, hat die falsche Lily gezischt und sie mit einer vorgehaltenen Pistole bedroht.

Sicherlich eine der fehlenden Waffen, von der der Pröbstl gesprochen hatte. Die drei haben sich auf die Stühle am Tisch gesetzt.

»Alle auf die Bank!«, hat sie die falsche Lily angewiesen.

Der Sanktus, die Bine und der Graffiti sind wieder aufgestanden und haben ihre Fluchtposition auf den Stühlen nahe der Tür aufgegeben, um sich auf die Eckbank unterhalb des seitlichen Fensters zu setzen. Hier war an eine hastige Flucht nicht zu denken. Der Sanktus hat die Bine angeschaut und mit der Hand unter seine Achseln, also in Richtung eines imaginären Schulterhalfters gedeutet, aber die Polizistin hat ihm mit einem minimalen Kopfschütteln zu verstehen gegeben, dass sie keine Waffe unter der Regenjacke hatte. Sanktus jetzt ratlos.

Die falsche Lily ist aus ihrem Versteck herausgekommen, hat sich selbst einen Stuhl genommen, ihn vom Tisch in Richtung Küchentresen gezogen und sich in sicherer Entfernung zu den drei Überraschten hingesetzt.

»Lily«, hat der Graffiti angefangen, »was soll denn des?«

»Jaja. Was soll jetzt des, lieber Quirin? Ich weiß es auch ned. Eigentlich dein Abgang. Nur blöd, dass du Besuch hast. Den Sanktus wollt ich eigentlich ned umbringen. Und die Bine schon gleich gar ned.«

»Die Luise aber schon, oder wie?«, hat der Sanktus gefragt.

»Samma nervös, Sanktus?«, hat die falsche Lily wissen wollen.

Der Sanktus hat jetzt vorsichtshalber seinen Mund gehalten.

»Lily, oder wie du auch immer heißen magst, meine Kollegen sind verständigt und bald da. Bitte, tu die Waffe weg. Das bringt doch nix«, hat die Bine auf die falsche Lily eingeredet.

Diese hat sie jedoch völlig ignoriert.

»Das mit der Luise tut mir leid. Eigentlich hat sie mir nichts getan. Wir haben uns zufällig dort oben getroffen. Sie wollt sich nach dem Kacken anscheinend noch die Füße vertreten, und ich hab euch von da oben beobachtet. Wir sind zufällig aufeinandergestoßen. Mei, ich hab gewonnen, sie verloren. Und ich hab ned amal schießen müssen.«

Jetzt hat die falsche Lily gegrinst.

»Du bist so ein Luder!«, hat der Graffiti gerufen.

»Geh, Quirin. Das müsstest du doch besser beurteilen können. Ich bin doch kein Luder, ich bin dein Racheengel!«

»Ja wegen was denn?«, hat der Sanktus geschrien.

»Seids immer noch ned draufgekommen, ihr zwei? Nicht mal der Meisterdetektiv Sherlock Sanktus mit einer Aufklärungsquote von 110 Prozent? Nicht, ha? Respekt, meine Herren!«

»Also, sag's mir, Lily! Sag's mir, warum du mich umbringen willst!«, hat der Graffiti gefordert.

»Lily …«, hat die Bine angefangen.

»Ruhe, Bine! Sei einfach still«, hat die falsche Lily gezischt. »Sonst bist du die Erste! Ich wollt dich gar ned umbringen, Quirin. Ich wollt dich eigentlich ins Gefängnis bringen. Ich wollt dich da drin leiden und am End verrecken sehen. Aber das geht ja jetzt leider nimmer, weil mich der Herr Sanktus und diese Polizeischlampe beim Beischl überrascht haben und ich meine Spuren nicht hab verwischen können. Da ist mir die Sache mit dem Gefängnis zu vage.«

Jetzt hat's die falsche Lily geschüttelt.

»Brrr! Wenn ich denk, dass ich zu dem in die Wanne steigen hab müssen, bis ich an ihn herangekommen bin. Da beißt's mich immer noch überall.«

Sie hat sich jetzt mit der freien Hand überall gekratzt.

»Aber jetzt muss ich euch drei umbringen«, hat sie sinniert, als wenn sie überlegen würde, was sie fürs Wochenende einkaufen muss. »Aber nicht, bevor du mir ein Geständnis aufsetzt, dass du alle umgebracht hast. Den Praetorius, weil er die Manu auf dem Gewissen hat, Gebot Nummer fünf. Den Aust und den Siebler, weil sie geschwiegen und für ihn gelogen haben, Gebot Nummer acht. Denk dir nix, ich kenn sie lange und wollt sie selbst zur Raison bringen. Aber sie haben sich gegenseitig immer die besten Alibis gegeben.«

»Aber warum du?«, hat der Graffiti geplärrt.

»Sei stad und hör zu. Und den Beischl hast du umgebracht, weil er dir die Luise ausgespannt hat. Gebot Nummer neun.«

»Aber hat er doch nicht!«, hat der Sanktus eingeworfen.

»Das weiß doch niemand, oder?«, hat die falsche Lily lachend geantwortet. »Und die Wahrheit können beide nicht mehr sagen!«

»Aber das Genmaterial und die Fingerabdrücke beim Beischl?«, hat der Sanktus gefragt.

»Nur welche von vielen. Das war sein Verführungs-Jacuzzi. Da findest wahrscheinlich Genmaterial von einem ganzen Harem.«

»Aber ich hab dich g'sehn!«, hat der Sanktus gerufen, und in dem Moment hat er erkannt, wie blöd diese Aussage war. »Aber … jetzt ist's eh wurscht!«

»Hast es selber gemerkt, oder?«, hat die falsche Lily gefragt, »Dass du dann auch nix mehr sagen kannst.«

»Lily«, hat der Graffiti eingeworfen, »ich würd dich ja gern verstehen, aber magst uns ned endlich sagen, warum? Wer bist du in Wirklichkeit?«

»Ich? Wer ich bin? Himsl, du oberflächlicher Arsch, du! Du kennst mich seit über 20 Jahren. Ich hab dich angehimmelt. Hast du nie gesehen, wie verliebt ich dich angeschaut hab, wenn ich dich getroffen hab?«

Der Graffiti hat sein Hirn zermartert, aber er ist nicht draufgekommen.

»Gell, du kannst dich nicht an mich erinnern, du Großkotz. Nur Mühlbach-Blosn. Nur Schmiedinger Manu. So schön war die auch ned. Einen fetten Arsch hätt sie einmal gekriegt. So schaut's aus!«

Die falsche Lily hat tief durchgeschnauft.

»Wer ich bin, fragst du? Ich bin die Bierlmeier Christine, die kleine Schwester vom Wast. Von dem Wast, den du auf dem Gewissen hast. Von dem Wast, dessen Familie du ruiniert hast. So, jetzt schaust blöd, gell?«

Doch der Wast! Der Sanktus hat die ganze Zeit so ein Bauchgefühl gehabt, dass der verunglückte Maurer der Schlüssel zu dem Ganzen war, aber er hat's nicht zuordnen können.

»Die Bierlmeier Nini«, hat der Graffiti gehaucht. »Der Wast. Aber ich kapier's ned!«

»Das ist ganz einfach«, hat die Nini begonnen. »Du hast den Wast in die Blosn aufgenommen. Der Wast hat nie Freunde gehabt und ihr wards sein Ein und Alles. Er war schwul, wollte sich aber nie outen, weil er sich sicher war, dass ihr ihn nur noch hänseln oder gar verstoßen würdets. Dann hat er den Praetorius Engelbert kennengelernt und sich in ihn verliebt. Unser Stiefvater ist fast wahnsinnig geworden. Eine Schwuchtel in seinem Haus! Und dann noch mit einem angehenden Pfarrer. Unserer Mama war das egal. Hauptsach, dem Buben geht es gut, und in der Kirch und Pfarrei war sie eh mehr als daheim. Und dann ist das mit der Manu passiert. Der Wast hat sich selbst die Schuld gegeben, weil er sich beim Bertl verplappert hatte. Aber dann kommt der große Graffiti und schmeißt ihn aus der Blosn raus. Er droht ihm Gewalt an, wenn er nicht aus München verschwindet. Genauso den Pfarrern, weil sie haben ja alle seine Traumfrau auf dem Gewissen. Hätt das dumme Stück halt dem Praetorius die g'schissene Figur gegeben, ha?«

Die Nini hat gekocht vor Wut, und der Graffiti und der Sanktus haben sich angeschaut wie zwei Schwalberl, wenn's blitzt.

»Aber da hat sie viel zu viel Angst vor dem großen Zampano Quirin Himsl alias Graffiti gehabt. Da lässt sie sich lieber in den Tod jagen. Die drei Pfarrer sind nach Regensburg verschwunden. Der Bertl ist vor dem Wast geflohen, weil er wollt ja noch was Großes werden in der Kirche. Er war schließlich der Jahrgangsbeste und der Überhaupts-Schlaueste. Da war ein schwuler Mitwisser fehl am Platz! Ein Arschloch sondergleichen war er, der Bertl, sonst nix.«

Jetzt hat die Nini durchgeschnauft und die Waffe, die sie zwar noch in beiden Händen gehabt hat, auf den Schoß gelegt.

»Der Wast wollte ihm nachreisen, nach Regensburg, aber da hatte er bereits seine zwei Handlanger geschickt, die ihm die Entscheidung, das schön sein zu lassen, eingeprügelt haben. Verstehts ihr, was da vorgegangen ist? Der Wast hat seinen Geliebten und seine Freunde auf einen Schlag verloren. Und für den Tod von der Manu hat er sich auch verantwortlich gefühlt. Er hat nur noch gesoffen, schlecht gearbeitet und sich am Ende vom Gerüst gestürzt.«

Der Graffiti hat einen Klagelaut von sich gegeben.

»Zu spät, Himsl. Zu spät! Unsere Familie war zerstört. Meine Mama war praktisch ein Fall für die Psychiatrie, und mein Stiefvater hat uns verlassen. Er hat mit der Mama nicht mehr zusammenleben können. Sie hat gesoffen, Tabletten genommen, alles Mögliche. Sie war jahrelang in der Geschlossenen. Ich hab das Studium abgebrochen und schleunigst geschaut, dass ich ein Geld heimbring.«

»Was hast du studiert?«, hat die Bine gefragt.

»Psychologie. Bin ich halt Sprechstundenhilfe geworden. Is ja auch super! Himsl, du hast alles zerstört! Verstehst? Du hast meinen Bruder auf dem Gewissen, und daran ist meine Familie zerbrochen. Und mein Leben hast du auch ruiniert. Nur wegen einer Marienfigur und deiner Großkotzigkeit.«

»Ich hab die Manu verloren! Die Liebe meines Lebens, du dummes Weibsstück!«, hat der Graffiti angefangen, und dem Sanktus war klar, dass er jetzt auf Provokation aus war, aber was er damit bezwecken wollte, hat der Sanktus nicht gewusst. »Und dein blöder Bruder ist schuld dran. Hätt er sich zusammengerissen und beim Arschf… also Vögeln sein Maul gehalten, wär nichts passiert. Sei mir ned bös, *er* hat euch zerstört, nicht ich. Er und sein schwuler Pater. So schaut's aus!«

»Halt dein Schandmaul!«, hat die Nini gekreischt. »Du hast ja keine Ahnung!«

»Und eines sei dir noch gesagt. Wenn ich an die Manu zurückdenk und sie mit dir vergleich, hätt ich's im Bett schon merken müssen, dass mit dir was ned stimmt. Da war kein Gefühl so wie bei ihr.«

»Was?«, hat die Nini gekeift.

Der Graffiti hat dem Sanktus unter dem Tisch einen Stups gegeben, so von wegen Obacht, gleich platzt sie.

»Ihr Bierlmeiers seids durch und durch verkorkst. Geistig und sexuell!«, hat der Graffiti noch einen oben draufgesetzt. Seinen Blick hat er nicht von der Waffe abgewendet.

Die Nini hat jetzt einen Brüller losgelassen, ist von ihrem Stuhl aufgesprungen, wollte die Waffe hochziehen und auf den Graffiti richten.

Doch so weit ist sie nicht gekommen, weil zuvor hat der Sanktus gemerkt, dass sein Freund unter den Tisch greift, etwas heraufholt und dann war das »Plopp« einer Waffe mit Schalldämpfer zu hören.

Die Nini hat innegehalten und ist zu Boden gegangen. Der Sanktus hat kurz vorher den Einschlag in ihrem beigefarbenen Funktionskleidungs-Wanderpulli auf Höhe ihres Herzens gesehen.

Die Bine ist aufgesprungen und zu ihr hin. Die Nini hat noch kurz geröchelt, dann kein Puls mehr. Direkter Herzschuss. Ende Gelände, Bierlmeier Christine. Der Pulli hat sich um das Einschussloch herum schnell mit dunklem Blut vollgesogen.

»Sie ist tot«, hat die Bine zitternd dem Graffiti zugeflüstert.

»Leck mich am Arsch«, hat der Graffiti gesagt. »Is des heut a Tag!«

90.

Eine Dreiviertelstunde später sind mehrere Polizisten mit kleinen Kettenfahrzeugen am Trampelpfad zur Hütte erschienen. Die Bine hat ihnen berichtet, was passiert war, und in null Komma nix war die Stelle, wo die Luise immer noch gelegen ist, mit Scheinwerfern hell erleuchtet, und ein weiterer Trupp Polizisten hat den Tatort Hütte gesichert.

Gott sei Dank war hier im Oberland nicht der Doktor Brinkmann von der Nußbaumklinik dabei, denn den hätte der Sanktus an diesem Tag nicht mehr ertragen. Dafür war eine großer Oberbayer mit Vollbart, der wie ein Bär ausgesehen hat, anwesend. Auch ein hiesiger Kriminaler war da. Der Kommissar Riedmeier, der in Statur und Aussehen der legendäre Nachfolger des Fernsehkommissars Benno Berghammer hätte sein können. Sogar so ein altmodisches Sakko hat er angehabt. Der Riedmeier war still und ist der Bine nur zur Hand gegangen, da es ja eigentlich ihr Fall war. Hat dem Sanktus auch gefallen, weil noch einmal alles einem Fremden erzählen, wäre definitiv zu viel für ihn gewesen.

Nach zwei Stunden, es war bereits 23 Uhr, waren die Luise und die Nini soweit verpackt, dass ihre Leichen auf die Kettenfahrzeuge geschnallt werden konnten und bereit zum Transport ins Tal waren.

»Der Gianluca war's na wohl doch ned«, hat der Sanktus zum Graffiti gesagt.

»Eher ned. Naa.«

»Was redts ihr?«, hat die Bine gefragt.

»Insider«, der Sanktus.

»Deppen, echt!«, hat die Bine gemeint. »Ich muss euch jetzt allein lassen und mit den andern runter ins Tal. Alles zu Protokoll geben. Macht euch das was aus?«

»Naa, naa. Passt scho! Wir machen uns jetzt noch eine Halbe auf und hauen uns dann aufs Ohr«, hat der Sanktus gesagt.

»Gut!«, hat die Bine gesagt und die beiden ganz fest gedrückt. »Hamma's Gott sei Dank überstanden. Servus, ihr zwei!«

Die beiden haben ihr und den Polizisten samt ihren Fahrzeugen noch ein paar Minuten nachgestarrt und sich dann jeweils noch drei Bier aufgemacht. Sie sind am Tisch der Hütte gesessen und haben einfach einmal nichts gesagt außer »Prost!«, »Samma wieder guad!« oder »Ein sauberer Scheiß!« Mehr hat's an diesem Abend nicht mehr gebraucht. Irgendwann ist der Graffiti nach oben geschlichen, und der Sanktus hat den Gästeplatz im Eck, von wo aus ihnen die Nini noch vor ein paar Stunden aufgelauert hat, genommen und seinen Schlafsack ausgerollt.

SAMSTAG

91.

Gegen 7 Uhr ist der Sanktus aufgewacht, denn seine Blase
war von den vielen Bieren randvoll. Er hat in der Hütte
umhergeblinzelt und sich langsam, wie ein alter Mann, aus
seinem Schlafsack herausgeschält. Dann ist er in T-Shirt
und Boxershorts in seine Bergstiefel gestiegen und hat die
Hüttentür aufgesperrt. Die Luft war kühl, aber erfrischend.
Wunderbar nach dem gestrigen Tag.

Der Sanktus hat sich überlegt, ob er jetzt wohl zu dem
muffigen Plumpsklo hinter das Haus gehen will oder nicht,
und hat sich entschlossen, seine flüssige Notdurft direkt auf
der Wiese vor der Hütte zu verrichten.

»Moing!«, hat er den Graffiti von hinten gehört, der
sich rechts neben ihn gestellt und sich mit einem »Ahh!« in
hohem Bogen erleichtert hat.

Auf einmal hat ein Schuss die morgendliche Stille durch-
brochen, und der Sanktus hat einen stechenden Schmerz in
seiner linken Bauchhälfte spüren können. Er hat sofort dorthin getastet und bemerkt, dass seine Hand warm geworden
ist. Sie war blutverschmiert. Ihn hat sofort ein Schwindel
befallen und er ist zu Boden gegangen.

»Sanktus, steh auf!«, hat er seinen Freund rufen hören können und gespürt, wie ihn der Graffiti nach oben wuchtet.
»Jetzt hilf a bisserl mit. Wir müssen in die Hütte rein. Schnell!«

Ein weiterer Schuss hat die Stille zerrissen.

Der Graffiti hat den Sanktus über die Wiese in Richtung
Hüttentür geschleppt, und der Verletzte hat bei jedem Schritt
die Engerl singen hören können.

Gerade als sie durch die Tür in die Hütte haben hinein-wollen, hat der Graffiti abrupt innegehalten. Der Sanktus, der vor Schmerz die Augen geschlossen hatte, hat zu seinem Freund gesehen und nun die Waffe an dessen Schläfe bemerkt. Dann ist ihm kurz schwarz vor Augen geworden.

Der Sanktus ist an der Hüttenwand neben der Tür lehnend wieder zu Bewusstsein gekommen. Die linke Seite seines Bauchs hat wie wild gebrannt. Der Schuss musste seitlich von hinten gekommen sein.

Er hat aufstehen wollen, doch der Schmerz, der sofort aufgekeimt ist, hat ihn daran gehindert. Aus dem Inneren hat er eine Stimme gehört.

»So, da ist er ja, der Herr Himsl. Was ist mit meiner Tochter? Wo ist sie?«

Der Sanktus hat die Stimme gekannt und war überrascht, sie hier zu hören.

Es war die Stimme von Rosina Muxeneder.

»Welche Tochter, gnä' Frau?«

»Frag ned so saudumm. Die Nini natürlich!«, hat die Muxeneder gekeift.

»Sie ist tot. Genauso wie die drei Pfarrer und der Beischl.«

»Dann war sie in einem der Säcke?«

Die Stimme war jetzt brüchig und etwas leiser als vorher.

»Bist *du* die Mutter von der Nini?«, hat der Graffiti gefragt.

»Genau. Die Bierlmeier Rosa. Muxeneder ist der Name von meinem zweiten Mann, falls du grad darüber brütest, wie's zusammenpasst.«

»Und du hast das alles mit der Nini geplant?«, hat der Graffiti gefragt, und dem Sanktus war klar, dass er Zeit schinden hat wollen.

»Ja. Alles!«

»Aber wann?«, hat der Graffiti wissen wollen. »Warum erst jetzt?«

»Weil's manchmal so kommt, wie's kommt«, hat die Muxeneder geantwortet und gelacht. »Ich hab lang gebraucht, bis ich über das alles weggekommen bin. Ich hatte schon abgeschlossen und wollt eigentlich meine Jahre im Alter genießen. Zur Nini nach Wien ziehen.«

»Aber?«

»Aber dann hab ich dich an der Firmung mit dem Praetorius am Schlawittl gesehen, und mir war klar, dass das ein weiteres Zeichen war. Gott hat mich in meinem Kreuzzug gegen die Ungerechten bestärkt. Es war eine höhere Fügung. Gott hat mich mit dem Luziferprojekt auserkoren, ein Teil seiner Rettung der katholischen Kirche zu sein.«

Na bravo, Gedanke beim Graffiti. Vollends irr, diese Frau!

»Und dann bist du mir nach?«

»Genau. Ich hab gewusst, dass du ihn dir noch einmal schnappst. Dass der Graffiti von der Au den nicht so einfach ziehen lässt. Und recht hab ich g'habt. Da ist mir die Idee gekommen, dass ich zwei Fliegen mit einer Klappe schlagen könnt. Der Pfaff tot und du im Gefängnis, wo du leidest wie die Nini und ich. Wie ich's mir gedacht hab, bist du schnurstracks nach der Messe in Richtung Sakristei und hast den Abt abgepasst. Ich war mir sicher, dass der Praetorius erst mal in der Sakristei bleibt, weil er gewiss nicht noch einmal draußen auf dich treffen wollt. Ich hab mich von hinten in die Sakristei geschlichen und gewartet, bis er allein war. Es war ihm schön zuzusehen, wie er voller Angst überlegt hat, wie er dir entkommen könnt.«

»Und hast ihn dann zur Rede gestellt?«, hat der Graffiti gefragt.

»Zur Rede gestellt? Nein. Ich hab ihn erschlagen und fertig!«

»Und das Wortgefecht, das ich gehört hab?«

»War ich mit mir selber. Das war sozusagen meine Aufforderung, dass du reinkommen hast können, und du bist mir genau richtig auf dem Leim gegangen.«

Jetzt hat sie irr gekichert.

»Und warum hast mich eingesperrt? War doch der Polizei klar, dass ich das ned selber gemacht hab, oder?«, hat der Graffiti gefragt.

»Naja. War schwierig, aber man hat dich ja mit dem Abt finden müssen. Wer weiß? Vielleicht wärst mir ja durch die Lappen gegangen. Aber hat so auch geklappt. Die Polizei war doch überzeugt, dass du es warst. Außerdem hat die Nini dann die Idee mit dem Brief beim Aust gehabt. Der hat dich ja dann endgültig belastet.«

Jetzt hat sie ihn überlegen angeschaut.

»Und die Nini? Wie ist die ins Spiel gekommen?«

»Hab ich gleich an dem Abend angerufen. Sie ist sofort aus Wien gekommen.«

»Und ihr habt die nächsten Morde geplant.«

»Genau. Wenn wir's machen, machen wir's gescheit.«

»Und die Luziferkarten?«

»Hab ich mir instinktiv eine eingesteckt, als ich den Abt und den Graffiti auf dem Klo gesehen hab. Und schau, hat sich rentiert.«

»Und die Gebote?«

»Spontane Eingebung. Guad, ha?«

»Kann man ned meckern. Und dann hast die Nini auf mich losgelassen, dass sie mich als psychischen Fall serviert und alle sich sicher sind, der Himsl hat die Pfarrer umgebracht?«

»So schaut's aus. Und den Beischl. Der wollt uns nämlich erpressen, weil er die Nini auf dem Foto, das ihm die Polizei gezeigt hat, erkannt hat. Blöd g'laufen halt.

»Und die Aktion in den Isarauen?«

»Ganz einfach. Die Nini hat dir was ins Getränk getan, und wir haben dich vor Sonnenaufgang auf die Bank gesetzt. Brauchst nur einen Kastenwagen und einen Rollstuhl dazu.«

»Hast du mich dann auch mit dem Blut vom Siebler verziert, während die Lily, äh Nini, mit der Kathi und dem Sanktus in der *Neuen Kirche* war?«

»Logisch. Eigentlich wollt sie's selber machen. Du hast ja wieder brav geschlafen. Aber dann haben ihr die zwei Deppen einen Strich durch die Rechnung gemacht. Sie hat das Hemd raufgebracht und mich angerufen. Den Rest hab ich erledigt.«

»Und du hast natürlich bereits einen nachgemachten Schlüssel gehabt? Seht gut«, hat der Graffiti fatalistisch lächelnd kommentiert.

»Logisch, aber jetzt ist ausg'redt.«

Jetzt war kurze Pause, und der Sanktus hat nicht gewusst, was vor sich geht.

»Also, wo ist die Nini?«, hat die Muxeneder gefragt. »War sie in einem von diesen Säcken?«

Der Sanktus hat nun nichts mehr gehört und ist also davon ausgegangen, dass der Graffiti gerade nickt.

»Dann wirst du jetzt folgen, Quirin Himsl!«

Der Graffiti hat etwas gemurmelt, das der Sanktus nicht verstanden hat. Er hat gewusst, dass er jetzt etwas tun muss, denn sein Freund hat nicht umsonst auf Zeit gespielt. Anscheinend ist er nicht an seine Waffe, die sie gestern wieder brav unter den Tisch geklebt hatten, gekommen. Der Sanktus hat sich langsam erhoben. Sachte und leise. Die

Schmerzen waren fast unerträglich, aber von irgendwoher hat er eine Kraft verspürt, die er sich nicht erklären hat können. Er hat die Mistgabel, über die er am vorigen Tag noch gelacht hatte, und die immer noch an der Wand gelehnt ist, vorsichtig in beide Hände genommen und um den Rahmen durch die Türöffnung gelugt.

Die beiden sind mitten im Raum gestanden. Die Muxeneder mit der Waffe in der Hand und dem Rücken zum Sanktus. Der Graffiti, der den Sanktus gesehen hat, hat nicht gezuckt.

»Du hast unsere Familie zerstört. Du hast mir meinen kleinen Buben und jetzt auch noch meine Tochter genommen. Fahr zur Hölle!«

Jetzt ist der Sanktus mit der Mistgabel losgesprintet und hat sie der Muxeneder mit Karacho in den Hintern gerammt. Dann ist er zusammengebrochen.

EIN PAAR TAGE SPÄTER

92.

Die Beerdigung hat die Woche darauf im kleinen Rahmen stattgefunden. Alle waren in Schwarz gekleidet und sind nach der Totenmesse dem Pfarrer Hintermeier und dem Sarg zum Grab gefolgt. Auch der Pater Mbewu war dabei, wenn auch nur als Gast. Die Oberministranten, die im Fall Luzifer beteiligt waren, haben den Sarg auf seinem Weg begleitet. Ihre Mienen waren versteinert. Wieder einmal ist »Segne du, Maria« angestimmt worden, und der Hintermeier hat es so schön gesungen, dass es allen Leuten die Tränen nur grad so rausgedrückt hat. Vor allem der Kathi, die mit den beiden Kindern am Grab gestanden ist. Zuerst ist der Graffiti vorgetreten und hat einen Strauß Rosen in die Grube geworfen, dann die Kathi. Sie und die Kinder haben jeweils eine Rose dabeigehabt. Die Gäste haben ihr zugenickt und mit ihr gefühlt.

Danach hat sich die Kathi zum Graffiti gestellt.

»Geht's?«, hat er gefragt.

»Jaja. Ich bin zurzeit einfach nah am Wasser gebaut«, hat die Kathi erwidert.

»Und? Wann kommt er raus?«, hat er gefragt.

»Am Freitag«, hat sie gesagt.

»Ist er no in Miesbach?«

»Ja freilich. Da soll er auch bleiben, bis er fit ist.«

»Fahrts no nei, heut?«

»Morgen. Heut ist die Birthe neig'fahren und besucht ihn.«

»Um Gottes willen«, hat der Graffiti geseufzt.

»Geh zu. Sie hat extra wegen ihm verlängert.«

»Mensch, was ihm da alles hätt passieren können. Gut, dass die Muxi ned gescheit zielen kann. Ich mag's mir gar ned ausdenken.«

»Naja. Er hat's ja gut überstanden«, hat die Kathi gemeint. »Und ein sauberer Dämpfer tut ihm auch gut.«

»Kathi, sei ned so streng mit ihm. Er hat für mich ermittelt. Und wenn er ned g'wesen wär, könnt's sein, dass sie *mich* heut da runterlassen würden.«

»Nichtsdestotrotz. Der macht jetzt einmal ein paar Jahre Pause! So schaut's aus!

»Psst!«, hat der Gianluca von hinten die beiden gemaßregelt.

»Und so übergeben wir den Leib unserer lieben Schwester der Erde«, hat der Pfarrer Remigius Hintermeier verkündet, und der Sarg der Hinrainer Luise ist hinabsenkt worden.

✻

Den *Pfaffensud* haben der Sanktus und der Pfarrer Hintermeier im Herbst tatsächlich gebraut. Während des Biersiedens haben sie die Geschehnisse der Pfarrermorde noch einmal gründlich analysiert, was damit geendet hat, dass beide am Ende des Sudtags so betrunken waren, dass sie fast vergessen hätten, die Hefe in die Würze zu geben. Mit göttlichem Beistand ist der *Pfaffensud* doch etwas geworden und als legendärer Weihnachtsbock in die Annalen der *Haidhauser Bierwerkel* eingegangen.

ENDE

DANKSAGUNG

Ich möchte mich an dieser Stelle beim Team des Gmeiner-Verlags für die jahrelange gute Zusammenarbeit und die Chance, einen weiteren *Sanktuskrimi* veröffentlichen zu dürfen, bedanken.

Das Weitern bedanke ich mich herzlich bei Teresa Pancritius, die sich sehr viel Zeit nimmt, das Manuskript vor dem Lektorat zu prüfen und zu verbessern.

Ebenfalls danke ich meinen Söhnen Quirin und Korbinian, die mir viele Gedanken liefern, Korrektur lesen und meinen Spannungsaufbau bis in kleinste zerlegen und mich immer wieder auf den Boden der Tatsachen zurückholen.

Zuletzt danke ich den vielen Sanktus-Fans, die mich immer wieder ermutigen, einen weiteren Band zu verfassen.

BAYERISCH – HOCHDEUTSCH WÖRTERBUCH

Aufmandeln	sich hervortun
Bapperl	Aufkleber
Bappn	Klappe, Mund
Blosn »Blase«	Gruppe, Clique, Gang
Busserl	Kuss
Eing'schnappt	beleidigt
Fotzn	Mund, Maul
Gebazt	gedrückt
Glubscher	Augen
Goaß	Geiß, Ziege
Goaßg'schau	Geißgeschau, dümmlicher Blick
Grampfen	Stehlen
Gschwoischädel	dicker Kopf
Hirnbatzl	Schnalzen mit einem Finger an die Stirn eines anderen
Hirnkastl	Hirn, Kopf
Krawattl	Krawatte
Kletzen	getrocknete Birne, im Sprachgebrauch: Trottel, Depp
Kirchenrutschen	ständige Kirchenbesucherin
Krachert	exponiert
Matz	Hure
Plafond	Decke eines Raumes
Schlawiner	raffinierter Kerl
Schlawittl	Kragen

Schratzen	unangenehmes Kind
Stad	still
Tratschn	jemand, der tratscht, Geheimnisse ausplaudert
Tschamsterer	Liebhaber, Verhältnis
Ziefern	heruntergekommene Frau

Der »Sanktus« muss ermitteln:

SPANNUNG

GMEINER

WWW.GMEINER-VERLAG.DE
Wir machen's spannend